ÉTUDE LITTÉRAIRE

DU

)CŒUR HUMAIN.

II.

Les formalités voulues par la Loi ayant été remplies, tout exemplaire non revêtu de la signature de l'auteur et de celle de l'imprimeur, sera réputé contrefait.

Klefer

TRAITÉ DU PATHÉTIQUE,

OU

ÉTUDE LITTÉRAIRE

DU

CŒUR HUMAIN;

Par Anot de Maizières,

Officier de l'Université, Professeur de Rhétorique au Collége
royal de Versailles, auteur d'un *Essai sur les Révolutions,*
couronné à Lyon; d'un *Traité d'Éducation*, couronné à
Mâcon; d'un *Commentaire sur la Constitution*, couronné à
Châlons; des *Lettres politiques d'Icilius;* d'un *Exposé
comparatif de toutes les Religions.*

TOME SECOND.

VERSAILLES,

KLEFER, IMPRIMEUR-LIBRAIRE,
Place d'Armes, 17, Maison des Goudoles.
1842

ÉTUDE LITTÉRAIRE

DU

CŒUR HUMAIN.

DE L'AMOUR DU BEAU.

A M. Kératry.

> Une âme bien touchée des charmes de
> la vertu, en est plus sensible à tous les
> genres de beauté.

Le beau, dans la nature ou dans les arts, est ce
qui nous donne une haute idée de l'une et de
l'autre.

Il y a trois sortes de beau, le beau moral, le beau
intellectuel et le beau physique.

Nous saisissons le premier par la conscience, le
deuxième par les sens, et le troisième par l'esprit.

Toutefois, il est à remarquer que le principe
commun de notre admiration pour le beau en général, c'est l'intelligence.

II.   I.

« Les formes, dit excellemment M. Cousin, les formes des objets ne sont, pour les sens, ni belles, ni laides; ôtez l'intelligence, il n'y a plus, pour nous, de beauté dans les choses. Qu'est-ce qu'en effet les sens nous apprennent des formes? Qu'elles sont rondes, carrées, coloriées; qu'est-ce que la conscience, de son côté, nous en apprend? Rien, sinon qu'elles nous donnent des sensations agréables ou désagréables; l'entendement seul connaît le beau dans les productions de la nature et dans les chefs-d'œuvre de l'art. »

C'est aussi par l'entendement que se juge la beauté morale.

Sans l'intelligence qui saisit, avec les rapports des choses, les lois de la nature et de la société, nous serions sans moyen d'apprécier la moralité d'une action.

Le sentiment seul n'est pas toujours éclairé; et, réduits à eux-mêmes, les sens ne nous transmettent que des sensations et des images; il est donc évident que, dans l'appréciation de toute beauté, l'intelligence doit intervenir, sinon comme un juge unique, au moins comme un auxiliaire indispensable des deux autres.

A la faculté de comprendre le beau, se joint la faculté de l'aimer; cet amour est d'instinct; il tient à notre nature, ou plutôt, il est en nous, la marque de notre origine céleste.

Par l'admiration, l'homme s'identifie avec l'objet de son culte ; il s'élève et s'agrandit pour se rapprocher de lui ; il le saisit avec force, comme un degré de cette échelle immense du beau qu'il est destiné à parcourir. Or, comme il ne nous est possible d'admirer que ce qui est grand et beau, il s'ensuit que l'admiration nous rend supérieurs à nous-mêmes, et que nous ne saurions trop nous placer en présence d'objets propres à l'inspirer.

Nous nous sentons dégagés, par l'admiration, des entraves de la destinée humaine, quand nous contemplons le ciel étoilé, où des étincelles de lumières sont des mondes comme le nôtre ; notre pensée se perd dans l'infini, notre âme, dit madame de Staël, bat pour l'inconnu, et nous sentons que ce n'est qu'au-delà de l'existence terrestre, que notre véritable vie doit commencer.

Le sentiment de l'admiration nous élève vers Dieu ; si l'admiration vient de plaisir, nous pensons à Dieu comme source de tout bien ; si elle vient de terreur, nous pensons à Dieu comme refuge.

On ne peut ni contempler l'immensité des mers, ni entendre le murmure lointain des vents, dans une forêt, ni assister au lever d'une belle aurore, ni prêter l'oreille aux délicieux accords des voix humaines ; on ne peut sentir l'enchantement de l'éloquence et de la poésie, sans être pénétré d'un sentiment religieux.

Chez tous les peuples, le cri d'admiration est :
Oh mon Dieu! ou bien : cela est divin! tant les
idées de grandeur, de beauté et de puissance se
lient naturellement à l'idée de Dieu.

Il y a un vif sentiment du beau intellectuel, en
matière de littérature, dans ce passage de Cabanis :

« Les poëmes d'Homère ont été, depuis leur ap-
parition, l'objet de beaucoup d'écrits; toutefois, les
anciens, qui sans doute étaient bien en état d'apprécier ses beautés, semblent s'être attachés, plutôt,
à les faire valoir par des traits choisis, qu'à suivre
son génie dans la conception générale et dans le
dessin de ses vastes compositions.

» Chez les modernes, Homère a été considéré sous
plusieurs points de vue différents, non seulement
comme poëte, comme orateur, comme moraliste,
mais aussi comme historien, comme géographe,
comme peintre fidèle de la société civile de son
époque.

» Mais je ne sache pas que parmi nous on ait bien
analysé, bien saisi la manière dont Homère considère la nature, dont il embrasse son sujet, trace son
plan et en distribue les détails, où l'artifice admirable de la partie dramatique de ses poëmes, soit
développé et mis à nu; en un mot, je connais point
d'ouvrage qui fasse bien connaître son système de
composition.

» Fidèle au génie des Grecs, Homère, en peignant

la nature, ne retrace pas tout indistinctement; il
choisit ses objets d'imitation; il écarte, avec soin,
tout ce qui pourrait dénaturer ou contrarier les
impressions qu'il a pour but de produire; il imite
la nature, mais seulement la belle nature; ce qui
est beau, pour lui, c'est le beau par excellence,
c'est le beau idéal. Voyez la scène où Achille reçoit
les hôtes que lui envoie Agamemnon; la réception
faite à Ulysse par Antinoüs.

» La grandeur et le sublime dépendent tout à la
fois, de la manière dont un sujet est traité, et de la
nature du sujet lui-même; cet effet tient, presque
toujours, au genre de rapport que le plan de l'auteur ou son système de composition nous développe,
et au genre de pensées et de sentiments que son ouvrage fait naître et laisse en nous.

» Ainsi, l'aspect des grandes scènes et des grands
phénomènes de la nature est toujours imposant,
l'action de ses forces gigantesques nous inspire toujours un sentiment de respect mêlé d'effroi; dans ce
cas, l'impression du sublime est directement pro-
duite par celle de notre petitesse et de notre faiblesse, comparées à tant de grandeur et de puissance.

» Ainsi, le sublime moral résulte, pour nous, de
la majesté des conceptions, de l'élévation et de l'é-
nergie de la volonté; et, c'est encore au sentiment
secret que nous avons de notre faiblesse, que sont
dus ces effets.

» Or, quel poëte fut jamais aussi admirable qu'Homère, dans l'un et l'autre genre de sublime, qui sut
en fondre les traits avec plus d'art et de sobriété dans
la suite de ses récits ou dans les scènes dramatiques
dont ils sont entrecoupés, et qui peut lui être comparé
pour l'art, plus difficile encore, de mêler, dans le
même tableau, ces deux espèces d'impressions? il
suffit, pour s'en convaincre, d'examiner comment il
donne de la grandeur à la querelle d'Achille et
d'Agamemnon, en la rattachant à la querelle de
l'Europe et de l'Asie, à celle d'une déesse contre
ses deux rivales; comment il donne de l'unité à l'intérêt de son poëme, en le concentrant sur une seule
action, sur un principal personnage; comment il en
retarde le dénouement par des obstacles qui naissent
du sujet même, et d'où naissent ensuite toutes les
beautés de détail.

» Au sublime, de la grandeur et de la force, Homère ajoute celui du pathétique, et combien, dans
tous les arts, cette alliance augmente la puissance
et la durée des impressions; à ce qui peut ébranler
le plus vivement l'imagination, se joint alors tout
ce qui saisit le cœur par ses endroits les plus sensibles; car Homère n'ignorait pas que les passions
fortes, dirigées et tempérées par la douce sympathie
humaine, sont le mobile des grandes actions; mais
il savait aussi que dépourvues de ce guide et de ce
frein, elles n'enfantent que des crimes, et que les

grands hommes et les grands scélérats, doués également de passions énergiques, diffèrent, surtout, en
ce que les uns ont une sensibilité morale qui manque
aux autres. Aussi, voyez comme la férocité d'A-
chille est tempérérée par sa tendre amitié pour Patrocle; que sa douleur est terrible quand il apprend
la mort de son ami, et que ses fureurs, elles-mêmes,
montrent bien comme il savait aimer; et l'artifi-
cieux Ulysse, cet homme, toujours renfermé dans
lui-même, et qui perdu dans le dédale tortueux de
ses projets, semblerait devoir ignorer tous les plus
doux penchants de la nature humaine, quelle profonde
fonde tendresse ne nourrit-il pas dans son cœur,
pour sa femme Pénélope et pour son fils Télémaque?

» Une autre qualité qui distingue éminemment Homère, est celle d'individualiser ses tableaux; le sentiment ne s'attache point aux généralités; il lui faut
tel ou tel homme, telle ou telle particularité dans
les tableaux qui lui sont offerts, pour que son émotion, se joignant à l'admiration de l'esprit, en fixent
les souvenirs par des empreintes ineffaçables. Peint-
il un orage, un lion, le cours d'un fleuve, les bois
et les rochers d'une montagne, ce ne sont ni un
orage, ni un lion, ni un fleuve, ni des rochers et
des bois tels que l'imagination peut se créer au hasard; tous ces objets sont particularisés; il les
prend dans la réalité des choses, il les a vus; il les
caractérise avec une vérité parfaite; mais lors même

qu'ils ne sont que des fictions de son esprit, il lui
suffit, pour les faire confondre avec la nature elle-
même, de quelques-uns de ces traits fins qui semblent n'avoir aucun rapport avec le but dont il est
occupé, et qui, sans ajouter beaucoup au tableau,
comme tableau, ne permettent pas à l'esprit de
rester en doute sur l'existence réelle de l'original. »

Il y a, dans un ouvrage, un autre mérite que celui des conceptions.

Un hommage intelligent est rendu au genre de
beauté littéraire, qui tient au style, dans le passage
suivant de l'auteur des *Éloges* :

« On a souvent attaqué Platon comme philosophe', on l'a toujours admiré comme écrivain ; en
se servant de la plus belle langue de l'univers, Platon ajoute encore à sa beauté ; il semble qu'il ait
contemplé et vu de près cette beauté éternelle dont
il parle sans cesse, et que, par une méditation
profonde, il l'ait transportée dans ses écrits ; elle
anime ses images, elle préside à son harmonie,
elle répand la vie et une grâce sublime sur les sons,
qui représentent ses idées ; souvent elle donne à
son style le caractère céleste que les artistes grecs
donnaient à leurs divinités, comme l'Apollon du Va-
tican, comme le Jupiter olympien de Phydias ; son
expression est grande et calme ; son élévation paraît tranquille comme celle des cieux ; on dirait
qu'il en a le langage ; son style ne s'étend point, ne

s'arrête point; les idées s'enchaînent aux idées; les mots qui composent les phrases, les phrases qui composent le discours, tout s'attire et se déploie ensemble; tout se développe avec rapidité et avec mesure comme une armée bien ordonnée, qui n'est ni tumultueuse, ni lente, et dont tous les soldats se meuvent d'un pas égal et harmonieux pour s'avancer au même but.

Alors même que le beau est purement physique, il n'existe point sans condition d'intelligence et d'utilité; il résulte de l'harmonie des parties entre elles, de l'harmonie de chaque partie avec le tout, et du rapport de l'objet avec sa destination.

Quoi de plus beau que le phénomène de la lumière, de la végétation et de l'organisation du corps humain; mais aussi quoi de plus essentiellement utile? Le beau moral, le beau intellectuel et le beau matériel procèdent donc d'une même source. La beauté physique est surtout sensible dans l'ensemble des diverses parties qui composent l'univers. M. de Fontane l'a fait heureusement ressortir dans les vers suivants :

A la vue du spectacle de la nature il s'écrie :

Vers ces globes lointains qu'observa Cassini,
Mortel, prends ton essor, monte par la pensée,
Et cherche où du grand tout la borne fut placée;
Laisse après toi Saturne, approche d'Uranus;
Tu l'as quitté, poursuis; des astres inconnus

1.

De l'aurore au couchant partout sèment la route,
A leur immensité, l'immensité s'ajoute.
Vois-tu ces feux lointains? ose y voler encor.
Peut-être ici fermant son vaste compas d'or
Qui mesurait des cieux les campagnes profondes,
L'Eternel géomètre a terminé les mondes.
Atteins-les, vaine erreur; fais un pas, à l'instant
Un nouveau lieu succède, et l'univers s'étend;
Tu t'avances toujours, toujours il t'environne,
Quoi! semblable au mortel que la force abandonne,
Dieu qui ne cesse point d'agir et d'enfanter,
Eût dit : Voici la borne où je dois m'arrêter!
Non, poursuis ton essor.

Racine, dans les chœurs d'*Esther* et d'*Athalie*;
Jean-Baptiste Rousseau, dans son ode *les Cieux
instruisent la Terre*; Jean-Jacques, dans sa descrip-
tion *du Lever du Soleil*; Lamartine, dans les méditations intitulées *la Prière, le Temple*; Novalis,
dans ses *Hymnes à la Nuit*; Milton, dans le récit
qu'il fait de la création du monde; Delavigne, dans
les chœurs *du Paria*, ont admirablement senti et
fait sentir ce qu'il y a de beau dans le spectacle de
l'univers; mais nous citerons, de préférence, Chateaubriand :

« Il nous arrivait souvent de nous lever au milieu
de la nuit, et d'aller nous asseoir sur le pont, où
nous ne trouvions que l'officier de quart, et quelques matelots, qui fumaient leurs pipes en silence.
Pour tout bruit on entendait le froissement de la

proue sur les flots, tandis que des étincelles de feu
couraient, avec une blanche écume, le long des
flancs du navire. Dieu des chrétiens! c'est surtout
dans les eaux de l'abîme, et dans les profondeurs
des cieux, que tu as imprimé bien fortement les
traits de ta toute puissance! Des millions d'étoiles
rayonnant dans le sombre azur du dôme céleste! la
lune au milieu du firmament! une mer sans rivage!
l'infini dans le Ciel et sur les flots! œuvre du Tout-
Puissant. Jamais tu ne m'as plus troublé de ta
grandeur que dans ces nuits, où suspendu entre
les astres et l'Océan, j'avais l'immensité sur ma
tête, et l'immensité sous mes pieds. Je ne suis rien;
je ne suis qu'un simple solitaire; j'ai souvent entendu les savants disputer sur le premier être, et
je ne les ai point compris; mais j'ai toujours remarqué que c'est à la vue des grandes scènes de la
nature que cet être inconnu se manifeste au cœur
de l'homme. Un soir, il faisait un profond calme,
nous nous trouvions dans ces belles mers qui
baignent les rivages de la Virginie; toutes les voiles
étaient pliées; j'étais occupé sur le pont, lorsque
j'entendis la cloche qui appelait l'équipage à la
prière; je me hâtai d'aller mêler mes vœux à ceux
de mes compagnons de voyage. Les officiers étaient
sur le château de poupe avec les passagers; l'aumônier, un livre à la main, se tenait un peu en
avant d'eux; les matelots étaient répandus pêle-

mêle sur le tillac; nous étions tous debout, le visage tourné vers la proue du vaisseau, qui regardait l'Occident.

» Le globe du soleil, dont nos yeux pouvaient alors
soutenir l'éclat, prêt à se plonger dans les flots, ap-
paraissait entre les cordages du navire, au milieu
des espaces sans bornes. On eût dit, par les balan-
cements de la proupe, que l'astre radieux changeait
à chaque instant d'horizon. Quelques nuages er-
raient sans ordre dans l'Orient, où la lune montait
avec lenteur; le reste du Ciel était pur, et vers le
nord, formant un glorieux triangle avec l'astre du
jour et celui de la nuit, une trompe, chargée des
nuances du prisme, s'élevait de la mer, comme un
pilier de cristal, supportant la voûte du Ciel. Il eût
été bien à plaindre celui qui dans ce spectacle n'eût
point reconnu la beauté de Dieu. Des larmes religieuses coûlèrent malgré moi de mes paupières,
lorsque mes intrépides compagnons, ôtant leurs
chapeaux goudronnés, vinrent à entonner, d'une
voix rauque, leur simple cantique à Notre-Dame-
de-Bon-Secours, patronne des mariniers. Qu'elle
était touchante, la prière de ces hommes, qui, sur
une planche fragile, au milieu de l'Océan, contem-
plaient un soleil couchant sur les flots! Comme
elle allait à l'âme cette invocation du pauvre matelot à la mère de Douleur! La conscience de notre
petitesse à la vue de l'infini, nos chants s'étendant

au loin sur les vagues muettes, la nuit s'approchant
avec ses embûches, la merveille de notre vaisseau
au milieu de tant de merveilles, un équipage religieux, saisi d'admiration et de crainte, un prêtre
auguste en prières, Dieu penché sur l'abîme, d'une
main retenant le soleil aux portes de l'Occident, de
l'autre élevant la lune dans l'Orient, et prêtant, à
travers l'immensité, une oreille attentive à la faible
voix de sa créature; voilà ce qu'on ne saurait
peindre, et ce que tout le cœur de l'homme suffit à
peine pour sentir. »

Passons à la scène terrestre.

« Un soir je m'étais égaré dans une forêt, à quelque distance de la cataracte de Niagara; bientôt je
vis le jour s'éteindre autour de moi, et je goûtai,
dans toute sa solitude, le beau spectacle d'une nuit
dans les déserts du Nouveau-Monde.

» Une heure après le coucher du soleil, la lune se
montra au-dessus des arbres, à l'horizon opposé.
Une brise embaumée qu'elle amenait de l'Orient
avec elle, semblait la précéder comme sa fraîche
haleine dans les forêts. La reine des nuits monta
peu à peu dans le Ciel : tantôt elle suivait paisible-
ment sa course azurée, tantôt elle reposait sur des
groupes de nues, qui ressemblaient à la cime des
hautes montagnes couronnées de neige. Les nues
ployant et déployant leurs voiles, se déroulaient
en zones diaphanes de satin blanc, se dispersaient

en légers flocons d'écume , ou formaient dans les
cieux des bancs d'une ouate éblouissante, si doux à
l'œil, qu'on croyait ressentir leur mollesse et leur
élasticité.

» La scène, sur la terre, n'était pas moins ra-
vissante : le jour bleuâtre et velouté de la lune,
descendait dans les intervalles des arbres, et pous-
sait des gerbes de lumière jusque dans l'épaisseur
des plus profondes ténébres; la rivière qui coulait
à mes pieds, tour-à-tour se perdait dans les bois,
tour-à-tour reparaissait toute brillante des constel-
lations de la nuit, qu'elle répétait dans son sein.
Dans une vaste prairie, de l'autre côté de cette rivière, la clarté de la lune dormait sans mouvement
sur les gazons. Des bouleaux agités par les brises,
et dispersés çà et là dans la savanne, formaient des
îles d'ombres flottantes, sur une mer immobile de
lumière. Auprès, tout était silence et repos, hors
la chute de quelques feuilles, le passage brusque
d'un vent subit, les gémissements rares et inter-
rompus de la hulotte ; mais au loin, par intervalles,
on entendait les roulements solennels de la cataracte de Niagara, qui, dans le calme de la nuit, se
prolongeaient de désert en désert, et expiraient à
travers les forêts solitaires.

» La grandeur, l'étonnante mélancolie de ce tableau, ne sauraient s'exprimer dans les langues
humaines; les plus belles nuits, en Europe, ne peu-

vent en donner une idée. En vain, dans nos champs
cultivés, l'imagination cherche à s'étendre; elle rencontre de toutes parts les habitations des hommes;
mais dans ces pays déserts, l'âme se plaît à s'en-
foncer dans un océan de forêts, à errer au bord
des lacs immenses, à planer sur le gouffre des cata-
ractes, et, pour ainsi dire, à se trouver seule devant Dieu. »

Après Chateaubriand, nous citerons Bernardin
de Saint-Pierre, qui a placé plus d'objets dans son
tableau de la nature.

« La plupart des hommes policés regardent la nature avec indifférence; ils sont au milieu de ses ouvrages, et ils n'en comprennent point la beauté; et
pourtant quels soins cette mère commune ne prend-
elle pas de notre bonheur? elle n'a répandu ses
biens d'un pôle à l'autre, qu'afin d'engager les
hommes à se réunir pour se les communiquer.
Toutes les contrées méridionales de l'Europe ajou-
tent, chaque année, des laines à leurs laines, des
vins à leurs vins, des soies à leurs soies; l'Asie leur
donne des diamants, des épiceries, des toiles; l'A-
mérique, l'or et l'argent de ses montagnes, les éme-
raudes de ses fleuves, les teintures de ses forêts, la
cochenille, la canne à sucre; l'Afrique, son ivoire et
son or. Il n'y a aucune partie du globe qui ne leur
procure quelque jouissance; les gouffres de la mer
leur fournissent des perles; ses écueils, de l'ambre

gris et ses glaces des fourrures ; les sables de l'A-
frique leur envoient des nuées de cailles et d'oiseaux de passage qui traversent la mer au printemps,
pour couvrir leurs tables en automne ; le pôle du
Nord verse chaque été, sur leurs rivages, des légions
de poissons engraissés dans ses longues nuits; les
arbres mêmes, changent, pour eux, de climat; leurs
vergers sont remplis d'arbres à fruits asiatiques, et
leurs parcs des ébéniers du Mexique, des sorbiers
du Canada, des marroniers de l'Inde, des magnolias
de la Virginie, des jasmins de l'Arabie, des oran-
gers de la Chine, des ananas du Brésil. Rien ne
leur échappent des productions de la nature ; ne
semble-t-il pas que des concerts de louanges devraient
s'élever, jour et nuit des voûtes de nos demeures,
vers l'auteur de la nature? il n'en est rien, cependant ; nous recevons les dons de la Providence avec
une superbe indifférence ; nous y sommes trop ha-
bitués pour en sentir le prix ; notre ingratitude est
venue de l'abondance même des biens dont Dieu
nous a comblés. »

Le même auteur continue :

« Quand la nature élève un rocher, elle y met
des fentes et des anfractuosités ; elle le creuse avec
les ciseaux du temps et des éléments; elle y plante
des arbres, des herbes; elle y loge des animaux, et
elle se place au sein des mers et sur le théâtre des

tempêtes, afin qu'il y offre des asiles aux habitants de l'air et des eaux.

» Quand la nature a voulu de même creuser des bassins aux mers, elle n'en a ni arrondi ni aligné les bords, mais elle y a ménagé des baies profondes et abritées des courants généraux de l'Océan, afin que, dans les tempêtes, les fleuves pussent s'y dégorger en sûreté, que les légions de poissons vinssent s'y réfugier en tout temps ; c'est pour le maintien de ces convenances que la nature a fortifié tous les rivages de longs bancs de sable, de rescifs, d'énormes rochers et d'îles qui les protègent contre les fureurs de l'Océan.

» Elle ne fait point non plus courir les eaux des fleuves en ligne droite, mais elle les fait serpenter longtemps au sein des terres, avant qu'elles se rendent à la mer ; elle a multiplié les îles à leur embouchure, afin que si les vents ou les courants barrent un de leurs débouchés, elles puissent s'écouler par un autre.

» Les mêmes précautions ont été prises pour le maintien des terres. Le Brésil, dans toute l'étendue de ses côtes, oppose au courant de la mer une longue bande de rochers de plus de mille lieues de longueur ; la côte de Norwège a une défense à peu près semblable.

» Les chaînes des montagnes, dans les deux continents, sont parallèles aux mers qui les avoisinent

et opposées aux vents réguliers qui traversent ces
mers, afin d'arrêter les nuages sur les points du
globe qu'ils doivent féconder.

» Les lacs sont des réservoirs destinés tantôt à
recevoir l'excédant des pluies trop abondantes, tantôt à suppléer à l'insuffisance des fleuves et des rivières.

» C'est le vent du nord qui souffle le plus constamment sur les côtes d'Afrique; ce sont les vents
chauds de la zône torride qui soufflent à leur tour
le plus constamment vers les pôles.

» La Providence a mis au midi des arbres toujours verts, et leur a donné un large feuillage pour
abriter les animaux de la chaleur; elle a couvert
ceux-ci de robes à poils ras, afin de les vêtir à la
légère, et elle a tapissé la terre qu'ils habitent de
fougères et de lianes vertes, afin de les tenir fraî-
chement; elle n'a pas oublié les besoins des animaux du nord, auxquels elle a donné pour toit les
sapins toujours verts, dont les pyramides hautes et
touffues écartent les neiges de leurs pieds, et dont
les branches sont si garnies de longues mousses
grises, qu'à peine on en aperçoit le tronc; pour li-
tière, les mousses même de la terre; enfin, pour
provisions, les fruits de ces mêmes arbres qui sont
alors en pleine maturité; elle y ajoute çà et là des
grappes rouge de sorbier, qui, brillant au loin sur la
blancheur des neiges, attirent les oiseaux, en sorte

que les perdrix, les coqs de bruyère, les oiseaux de
neige, les lièvres, les écureuils, trouvent souvent,
à l'abri du même sapin, de quoi se loger, se nourrir et se tenir fort chaudement ; mais un des plus
grands bienfaits de la Providence envers les animaux du nord, est de les avoir revêtus de robes
fourrées de poils longs et épais, qui croissent précisément en hiver et qui tombent en été. »

De l'étude de l'univers, passons à celle de
l'homme, qui en est le roi.

Victor Hugo nous fait admirer dans les vers suivants la beauté de la figure humaine, considérée
dans un enfant.

Il est si beau, l'enfant, avec son doux sourire,
Sa douce bonne-foi, sa voix qui veut tout dire,
    Ses pleurs vite apaisés,
Laissant errer sa vue étonnée et ravie,
Offrant de toutes parts sa jeune âme à la vie,
    Et sa bouche aux baisers.

Bernardin nous fait admirer à sa manière la
beauté de la figure humaine.

« Toutes les expressions harmoniques sont réunies dans la figure humaine : les cheveux présentent la ligne ; le nez, le triangle ; la tête, la sphère ;
le visage, l'ovale ; et le vide au-dessous du menton,
la parabole. Le cou, qui comme une colonne, supporte la tête, offre encore la forme harmonique

très-agréable du cylindre, composée du cercle et du
quadrilatère; ces formes ne sont pas tracées d'une
manière sèche et géométrique; mais elles participent l'une de l'autre et s'harmonisent entre elles
comme il convenait aux parties d'un tout; la nature employant pour les joindre ensemble les arron-
dissements du front, des joues, du menton et du
cou, c'est-à-dire des portions de la plus belle des
expressions harmoniques, qui est la sphère.

» Je m'arrête ici aux formes charmantes dont la
nature a déterminé la bouche et les yeux, parce qu'ils
sont les deux organes actifs de l'âme. La bouche
est composée de deux lèvres, dont la supérieure
est découpée en cœur, cette forme si agréable que
sa beauté a passé en proverbe, et dont l'inférieure
est arrondie en portion demi-cylindrique. On entrevoit au milieu des lèvres les quadrilatères des
dents, dont les formes perpendiculaires et parallèles
contrastent très-agréablement avec les formes rondes qui les avoisinent. Les mêmes rapports se trouvent dans les yeux : ce sont deux globes bordés de
cils rayonnants comme des pinceaux, qui forment
avec eux un contraste ravissant, et présentent une
consonnance admirable avec le soleil, sur lequel ils
semblent modelés, étant comme lui de figure ronde,
ayant des rayons divergents dans leurs cils, des
mouvements de rotation sur eux-mêmes, et pouvant comme lui se voiler de nuages au moyen de

leurs paupières. Il y a dans le visage du blanc tout
pur, aux dents et aux yeux ; ensuite du rouge, cette
couleur par excellence, qui éclate aux lèvres et
aux joues ; on y remarque de plus le bleu des veines
et quelquefois celui des prunelles, et enfin, le noir
de la chevelure, qui, par son opposition, fait sortir
les couleurs du visage, comme le vide du cou dé-
tache les formes de la tête. Les yeux, qui sont plus
particulièrement l'organe du sentiment, ont des mouvements ineffables ; et il est remarquable que dans
les émotions extrêmes, ils se couvrent de larmes et
semblent par-là avoir une analogie de plus avec
l'astre du jour, qui, dans les tempêtes, se voile de
nuages pluvieux. Nous remarquerons, enfin, que la
démarche de l'homme n'a ni les secousses ni la
lenteur de progression de la plupart des quadru-
pèdes, ni la rapidité de celle des oiseaux ; mais
qu'elle est le résultat des mouvements les plus on-
duleux, comme la figure est celui des formes et des
couleurs les plus agréables. »

Nous dirons que le grand avantage de la beauté
physique de l homme, c'est de faire supposer l'autre ; à un front élevé, nous prêtons la dignité
de la pensée ; aux yeux d'azur, la douceur ; au
regard voilé, la pudeur ; au sourire gracieux, la
bienveillance ; au teint nuancé de blanc et de rose,
l'innocence et la candeur. Or, il faut bien nous le
persuader, nous ne sommes touchés de tous ces

charmes que parce que nous aimons les qualités
morales dont elles sont le symbole.

La beauté matérielle reflète la beauté morale. On
demandait à Raphaël où il trouvait le modèle de
ses vierges : « Dans une certaine idée, » répon-
dit-il. Et en effet, à travers les formes réelles, le génie aperçoit la beauté idéale; la matière est pour
lui transparente; il voit au-delà des apparences
la beauté morale qu'elles recouvrent. D'un autre
côté, il ne faut point oublier que les traits du visage
prenant peu à peu le caractère des sentiments qui
nous agitent, il y a des beautés qui perdent leur
puissance, et des laideurs avec lesquelles on se ré-
concilie; il y a des visages à travers lesquels perce
le vice; il en est d'autres dont la rudesse ne peut
cacher une belle âme.

Après les productions de la nature viennent celles
de l'art, qui en sont une imitation raisonnée.

La beauté du chef-d'œuvre de l'architecture du
moyen-âge est dignement louée par le génie de
Byron.

« Entrez, dit-il, dans le temple de Saint-Pierre,
à Rome, sa grandeur ne vous accable pas, et pourquoi? ce n'est point qu'il soit rétréci; mais votre
âme agrandie par le génie du lieu est devenue supérieure à elle-même et ne peut trouver une demeure
digne d'elle, si ce n'est dans ce temple où sont con-
sacrées les espérances de son immortalité; vous

avancez, mais l'élégance de cette enceinte vous
trompe; le temple s'agrandit comme une haute
montagne dont la cime paraît s'éloigner de ceux qui
la gravissent. En se développant, toutes les parties
de son immensité se montrent en harmonie; vous
découvrez enfin son dôme sublime qui le dispute
en élévation aux plus beaux édifices; leurs fonde-
ments, à eux, sont posés sur la terre, mais les nuages peuvent réclamer les siens. Vous ne pouvez
tout voir, il vous faut diviser ce grand tout pour
contempler tour-à-tour chacune de ses parties. Ap-
pelez toute l'attention de votre âme sur chaque objet
isolé, découvrez graduellement le glorieux tableau
qui n'a pu s'offrir dans son ensemble à vos yeux
trop faibles pour l'embrasser d'abord. Telle est
l'imperfection de nos sens extérieurs, ils ne peuvent rien saisir que par degrés, et tout sentiment
profond n'a plus de mots pour l'exprimer. C'est
ainsi que cet édifice est au-dessus de notre admiration; sa grandeur extraordinaire défie d'abord la
petitesse de notre nature, jusqu'à ce que nous
agrandissant avec lui, nous élevions notre âme à la
hauteur de ce qu'elle contemple. »

Dupaty disait du même édifice:

« Si je ne vous ai pas encore parlé de l'église de
Saint-Pierre, c'est qu'il est impossible de trouver
dans aucune langue des expressions pour en parler

dignement; rien ne peut rendre le ravissement qui saisit l'âme, lorsqu'on y entre pour la première fois, lorsqu'on se trouve sur le pavé étendu parmi les piliers énormes, devant ces colonnes de bronze, à l'aspect de tous ces tableaux, de toutes ces statues, de tous ces mausolées, de tous ces autels, et sous ce dôme... enfin, dans cette vaste enceinte où l'orgueil des plus grands pontifes et l'ambition de tous les beaux-arts ne cessent depuis plusieurs siècles d'ajouter en granit, en or, en bronze, de la grandeur, de la magnificence et de la durée, on pourrait amonceler à une plus grande hauteur, sur une plus grande superficie, une plus grande quantité de pierres ; mais de tant de parties colossales, composer un ensemble qui ne paraisse que grand, de tant de richesses éclatantes faire un monument qui ne paraisse que magnifique, et de tant de parties faire un seul tout, c'est le chef-d'œuvre de l'art et l'ouvrage de Michel-Ange. Mais quels défauts, dit-on, dans cet édifice? non pas du moins pour le sentiment et le regard ; il faut que le compas les y cherche et que le raisonnement les y trouve. Vous prenez une toise pour mesurer la grandeur du temple ; tout le temps que j'y ai été, j'ai pensé à Dieu... à l'éternité. Voilà sa véritable grandeur!

» Il est impossible d'avoir ici des sentiments médiocres, des pensées communes. Quel théâtre pour l'éloquence de la religion! Je voudrais qu'un jour, au milieu de l'appareil le plus pompeux, tonnant tout d'un coup dans la profondeur de ce silence, roulant de tombeaux en tombeaux, et répétée par toutes ces voûtes, la voix d'un Bossuet éclatât, et qu'elle fît tomber sur un auditoire de rois la parole souveraine du Roi des rois. »

Le sentiment du beau, en fait de sculpture, respire également dans le passage suivant du même auteur :

« Plus loin est le Dieu dont l'arc lance des traits inévitables, le Dieu de la vie, de la poésie et de la lumière, le soleil sous la forme humaine ; son front est tout radieux de la victoire qu'il a remportée ; sa flèche vient de partir brûlante de la vengeance d'un immortel ; son œil, et le mouvement de ses lèvres expriment un noble dédain ; la puissance et la majesté respirent sur son visage ; son seul regard annonce un Dieu ; les élégantes proportions de son corps sont un rêve de l'amour ; elles semblent avoir été révélées à quelque nymphe solitaire dont le cœur soupirait pour un amant immortel qui lui prêtait une beauté idéale, alors que chacune des pensées de son âme ravie, était une inspiration du Ciel. »

Dupaty dit, à la vue du tableau de sainte Cécile du Corrège :

« Avec quelle complaisance tendre, mais respectueuse, elle implore le divin enfant ; on voit qu'elle

le prie uniquement pour la douceur de le prier;
parce que prier, c'est aimer. Elle est bien volontairement à genoux, c'est bien son cœur qui joint
ses mains, l'enfant regarde en souriant sa mère,
qui regarde, elle-même l'enfant, et lui sourit.
Peut-on peindre, dans aucune langue, ces deux
sourires? »

Une douce admiration pour tout ce qui est beau,
se mêle, dans la pièce suivante, au regret de le
voir méconnu :

Je me suis dit souvent : Peut-être au fond des mers,
Dans quelque coin obscur de leurs vastes déserts,
Sous cette masse d'eau qui murmure et qui roule,
Sous ces flots que toujours le vent foule et refoule,
Loin des regards de l'homme et des feux du soleil,
Repose un joyau rare, un trésor sans pareil,
Une perle brillante, une perle divine,
Richesse ensevelie et que nul ne devine,
Une perle admirable en éclat, en blancheur,
Mais pour toujours soustraite à la main du plongeur;
A l'univers entier le flot jaloux la cache,
Cette fille des eaux, merveilleuse et sans tache.
Si l'on pouvait descendre en son lointain séjour,
Si quelqu'un parvenait à la produire au jour,
Nous la verrions passer de sa couche d'arène
Sur le bandeau d'un roi, sur le front d'une reine;
Elle serait des cours l'orgueil et l'ornement;
Mais comment se douter qu'elle est là?... Vainement
La nature avec soin la travailla sous l'onde,
Là fit blanche, la fit éblouissante et ronde;

Que lui sert son éclat, sa beauté, sa rondeur,
Elle habite des mers la sombre profondeur,
Elle y dort à jamais, destin injuste et triste,
Et personne ne sait seulement qu'elle existe ;
Car le grand Océan, invincible rempart,
Interpose ses flots entre elle et le regard ;
Ainsi me fait songer cette perle inconnue,
Par un sort envieux dans l'ombre retenue,
Puis je poursuis mon rêve, et je me dis encor :
Peut-être un beau génie, autre riche trésor,
Un homme en qui le ciel mit une âme sublime,
Vit ainsi dans l'oubli comme au fond d'un abîme ;
Comme sur un autel nous l'eussions honoré,
Maintenant sous nos pieds il végète ignoré,
Et passe inaperçu sur la terre où nous sommes,
Profondément noyé dans l'Océan des hommes,
N'ayant aucun moyen de sortir de sa nuit,
Et plus grand cependant que ceux qui font du bruit ;
Les nobles sentiments que son esprit renferme,
Le fruit dont la nature y déposa le germe,
Tout cela périra sans qu'on en ait joui,
Sans qu'on ait deviné le grand homme enfoui.
Cette pensée est triste et bien souvent m'afflige,
Et puis je vais plus loin, peut-être encor, me dis-je ?
Quelque part, dans un coin d'une vaste cité,
Au fond d'un bouge étroit, par la faim habité,
Au sixième, il existe une femme accomplie,
Jeune vierge, nubile et de vertus remplie,
Un ange de bonté, de grâce et de douceur,
Qu'on serait fier d'avoir pour épouse et pour sœur,
Mais qui coud jour et nuit, et que la destinée
A dans un galetas pour jamais confinée.
Comme la fleur qui pousse et meurt dans le désert,
Sans qu'on ait respiré son calice entr'ouvert,

Elle se fane à l'ombre, en proie à l'indigence,
Qui non moins que le corps flétrit l'intelligence ;
Elle garde ce cœur et ces trésors d'amour,
Qu'un sort plus équitable eût montrés au grand jour.
Pauvre perle, qui dort tout au fond de la vie,
Ayant tout ce qui charme et tout ce qu'on envie.
Oh ! qui me donnera d'assez bons yeux pour voir
Tout ce que l'Océan cache en son gouffre noir,
Pour trouver les talents, les vertus que le monde
Retient ensevelis dans une nuit profonde ;
Quand pourrai-je arracher à leur obscurité
La perle dont le flot connaît seul la beauté,
Le grand homme qui vit sans gloire et sans couronne,
Et la vierge aux doux yeux, pauvre, naïve et bonne.

AMOUR DE LA MUSIQUE.

A M. Vincent,

Professeur de Mathématiques au Collège royal de S.-Louis.

Au goût des beaux-arts, se lie intimement celui de la musique. Ce goût est un instinct commun
à tous les hommes bien organisés ; la musique endort les douleurs de l'enfance, anime les danses du
sauvage, enchante la solitude du berger, console le
nautonier dans son exil, et repose l'homme des
champs de ses fatigues ; que des voyageurs arabes

s'arrêtent auprès du puits du désert ; que de pauvres mineurs descendus dans les abîmes de la terre,
y suspendent un moment leurs travaux ; que les fidèles se réunissent, dans les temples, aux pieds des
autels, il y aura plus de charme dans le repos des
uns, plus d'ardeur dans la prière des autres, si
leur âme est exaltée par le son des voix ou des instruments.

A toutes les époques de l'histoire, et chez tous
les peuples, nous trouvons des preuves de la puissance de la musique ; c'est elle qui fit d'Orphée le
génie même de la civilisation grecque ; c'est par
elle que Tyrtée sauva l'indépendance de Lacédémone ; elle seule assemblait la foule aux pieds des
autels mythologiques, dans les temples d'Apollon,
à Délos ; de Minerve, à Athènes ; de Diane, à
Éphèse, qui, sans cet attrait, fussent demeurés déserts ; c'est elle qui a marqué, d'un sceau presque
divin, les bardes, chez les Gaulois, les scaldes, chez
les Scandinaves ; les chants des troubadours étaient,
dans le moyen-âge, le prix même de la bravoure et
de la gloire. La terrible *Marseillaise* a été, pendant la révolution, un instrument de victoire. Sa
voix a eu l'éclat de la foudre.

Triste et rêveur, le vieillard Démodocus est
assis au bord silencieux des mers, la brise lui apporte un de ces chants qu'entendit son enfance, et
le voilà rendu à ses beaux jours par la douce illu-

sion des souvenirs. Sapho, vaincue par la douleur,
est depuis longtemps évanouie et semble au moment d'expirer; il sera donné à la musique de la
rappeler à la vie; Bajazet, marchant à la rencontre
de Timur, traverse un vallon, et, dans le lointain, il entend un pâtre qui joue de la flûte; il est
amené à comparer les tristesses du pouvoir avec la
paix des champs; pour deux cœurs que sépare l'espace, le chant est un moyen de communication le
plus doux et le plus tendre qui se puisse imaginer;
comme on le voit dans la romance suivante, em-
pruntée au délicieux poëme de Marie :

Dès que la brise est éveillée,
Sur cette lande encor mouillée,
　　Je viens m'asseoir
　　Jusques au soir.

A son tour Anna ma compagne,
Conduit derrière la montagne,
　　Près des sureaux,
　　Ses noirs chevreaux.

Si la montagne où je m'égare,
Ainsi qu'un grand mur nous sépare,
　　Sa douce voix,
Sa voix m'appelle au fond des bois.

Oh ! sur un air plaintif et tendre,
Qu'il est doux au soir de s'entendre,
　　Sans même avo'r
　　L'heur de se voir.

De la montagne à la vallée,
La voix par la voix appelée,
    Semble un soupir
Mêlé d'ennuis et de plaisir.

Hélas! la brise est la plus forte,
Et dans les rochers elle emporte
    La douce voix
Qui m'appelait au fond des bois.

Enfin, il est d'expérience que les accords de la musique facilitent les créations de la pensée, rendent plus vives les impressions des sens, et pressent ou ralentissent les mouvements du cœur.

Mais, suivant nous, le grand mérite de la musique, c'est de nous enlever aux préoccupations du monde matériel; c'est de nous transporter dans un autre monde, où tout est beau, précisément parce que tout y est imaginaire.

Madame de Staël a montré, dans le passage suivant, quelle influence pouvait avoir la musique sur le bonheur des hommes :

« En Allemagne, les habitants des villes et des campagnes, les soldats et les laboureurs savent presque tous la musique; il m'est arrivé d'entrer dans de pauvres maisons noircies par la fumée de tabac, et d'entendre tout à coup, non seulement la maîtresse, mais le maître du logis improviser sur le clavecin, comme les Italiens improvisent en vers; l'on a soin,

presque partout, que les jours de marché il y ait
des joueurs d'instrument à vent sur le balcon de
l'hôtel-de-ville qui domine la place publique. Les
paysans des environs participent ainsi à la douce
jouissance du premier des arts ; les écoliers se promènent dans les rues le dimanche, en chantant des
pseaumes. On raconte que Luther fit souvent partie de ce chœur dans sa première jeunesse. J'étais
à Eisenach, petite ville de Saxe, un jour d'hiver
si froid, que les rues même étaient encombrées de
neige; je vis une longue suite de jeunes gens en
manteau noir, qui traversèrent la ville en chantant
les louanges de Dieu ; il n'y avait qu'eux dans la
rue, car la rigueur des frimats en écartait tout le
monde, et des voix presqu'aussi harmonieuses que
celles du midi, en se faisant entendre au milieu
d'une nature si sévère, causaient d'autant plus
d'attendrissement. Les habitants de la ville n'o-
saient, par ce froid terrible, ouvrir leurs fenêtres ;
mais on apercevait derrière les vitraux des visages
tristes et sereins, jeunes ou vieux, qui recevaient
avec joie les consolations religieuses que leur offrait
cette douce mélodie.

» Les pauvres Bohêmes, alors qu'ils voyagent
suivis de leurs femmes et de leurs enfants, portent
sur leur dos une mauvaise harpe d'un bois grossier,
dont ils tirent des sons harmonieux; ils en jouent
quand ils se reposent au pied d'un arbre, sur les

grands chemins, ou lorsqu'auprès des maisons de poste ils tâchent d'intéresser les voyageurs par le concert ambulant de leur famille errante. Les troupeaux, en Autriche, sont gardés par des bergers qui jouent des airs charmants sur des instruments simples et sonores; ces airs s'accordent parfaitement avec l'impression douce et rêveuse que produit la campagne. »

On cite comme renfermant le plus bel, éloge qu'on ait fait de la musique, l'ode de Pope, sur le jour de Sainte-Cécile :

« Descendez, muses, descendez, remplissez les airs de vos accents sublimes, inspirez les instruments sonores, rompez le silence des cordes endormies, et promenez vos mains savantes sur la lyre mélodieuse.

» Que le luth harmonieux frémisse et charme nos sens par ses sons doux et mélancoliques; que la trompette aiguë éclate au loin, et que les échos bruyants retentissent jusque sous ces voûtes sacrées, tandis que, dans sa pompe majestueuse, l'orgue profond prolonge ses sons plus mâles et plus nourris !

» Mais qu'entends-je? des voix claires et touchantes viennent surprendre délicieusement les oreilles; elles s'élèvent, s'élèvent encore, et vont porter jusqu'au palais des dieux leur savante harmonie.

» Fière de son triomphe, la musique audacieuse enfle ses accords et flotte orgueilleusement dans les airs émus et brisés, jusqu'à ce que s'éloignant par degrés, par degrés affaiblissant ses sons, ils expirent enfin, et échappent à l'oreille charmée.

» La musique établit dans l'esprit un heureux équilibre, ramène à un centre commun et son vol présomptueux et son mol affaissement.

» Le cœur se livre-t-il à des passions tumultueuses? la musique oppose sa voix douce et persuasive à ses élans fougueux ; et si l'âme, en proie aux chagrins rongeurs se flétrit, les sons de la lyre, pleins de vie et de chaleur, la rappellent à sa force première. C'est à ses sons animés, éclatants, que le guerrier doit son ardeur belliqueuse ; c'est elle qui verse un baume salutaire sur la blessure cruelle de l'amant malheureux ; à sa voix, la noire mélancolie se sent soulagée et relève la tête ; Morphée quitte la plume oiseuse; la paresse étend les bras et s'éveille; l'envie attentive laisse tomber ses serpents; nos passions séditieuses font trève à leur guerre intestine, et les partis exaspérés déposent leurs armes meurtrières.....

» La cause de la patrie nous appelle-t-elle aux combats? Ah! comme nos cœurs brûlent alors d'une ardeur martiale! Lorsque le premier vaisseau osa affronter les mers, fier sur sa poupe, le chantre de la Thrace fit entendre ses accents, et

Argo vit descendre des montagnes, où lui-même avait été formé, les pins altiers s'avançant jusqu'au milieu des ondes.....

» A ses sons enchanteurs, délicieusement émus, les demi-dieux l'environnent ; enflammés par les charmes de la gloire, ses compagnons grossiers deviennent des héros ; tous les chefs déploient à l'envi leurs boucliers revêtus de sept lames d'airain, et tiennent à moitié nus leurs glaives étincelants... Les rochers, les mers et les cieux retentissent à la fois de ce cri unanime : *Aux armes ! aux armes !*

» Mais lorsque brisant les barrières infernales, autour desquelles le triste Phlégéton roule ses eaux noires et brûlantes, l'Amour aussi fort que Pluton, conduisit le poëte chez les pâles nations de la mort. Quels sons se firent entendre ! quelles scènes hideuses s'offrirent sur ces bords effroyables ! des lueurs horribles, des voix épouvantables, des feux menaçants, l'accent du désespoir, des gémissements profonds, des mugissements sourds et lointains, et les cris perçants des âmes à la torture.

» Mais qu'entends-je? que vois-je? Orphée fait résonner sa lyre harmonieuse, et les âmes tourmentées respirent ; les ombres s'avancent de toutes parts ; ton rocher, ô malheureux Sysiphe, se fixe pour la première fois ; Ixion se repose sur sa roue, et les spectres livides arrivent en formant des chœurs ; les Furies désarmées se laissent tomber

sur leurs lits d'airain, et les serpents, dénouant
leurs nœuds, dressent leurs têtes et écoutent en silence.

» Par ces fleuves intarissables, par l'haleine par-
fumée de ces zéphyrs amoureux qui caressent les
fleurs de l'Elysée, par ces âmes fortunées qui fou-
lent les prairies jaunissantes d'Asphodel, et respirent la fraîcheur sous ces berceaux d'amaranthe,
par les ombres de ces héros dont les armes brillent
encore au milieu de ces sombres avenues, par ces
jeunes victimes d'amour qui promènent leurs douces rêveries sous ces bosquets de myrthe, rendez,
rendez Eurydice à la lumière : ou prenez l'époux,
ou rendez l'épouse.

» Il chanta, et l'enfer exauça la prière ; la sévère
Proserpine s'attendrit et lui permit de sortir de
ses sombres états, suivi de la beauté qu'il récla-
mait. C'est ainsi qu'une voix mélodieuse sut triompher de la mort et des enfers. Quelle victoire difficile et glorieuse à la fois ! Quoique le destin l'eût
étroitement liée, quoiqu'elle fût captive au milieu
du Styx, qui se replie neuf fois sur lui-même, la
musique et l'amour furent victorieux.

» Mais bientôt, hélas ! trop tôt, l'amant tourne
les yeux. Eurydice tombe encore, elle est encore
une ombre fugitive, et descend chez les morts. O
malheureux Orphée ! comment pourras-tu maintenant émouvoir les filles du destin ? Non, tu ne fus

point coupable, si l'amour n'a rien de criminel.
Tantôt, au pied des montagnes escarpées, auprès
des cascades bruyantes, au fond de ces vallées où
l'Hèbre vagabond promène, dans mille détours, ses
ondes limpides, seul, inconnu, loin de tous les regards, il pousse dans les airs ses longs gémissements,
et appelle à grands cris celle qu'il vient de perdre,
de perdre pour toujours......

» Tantôt, tourmenté par les furies qui le pressent
de toutes parts, éperdu, désespéré, éprouvant tour
à tour les effets de la passion qui le consume, il frissonne, il brûle au milieu des frimats du Rhodope...
Aussi sauvage que les vents, voyez-le fuir à travers
les déserts... Mais qu'entends-je? l'Hémus retentit des cris féroces des Bacchantes; les cruelles le
saisissent, se disputent ses membres ensanglantés,
et précipitent chez les morts son âme furieuse.....

» Jusqu'à son heure dernière il chanta Eurydice;
le nom chéri d'Eurydice frémissait sur ses lèvres
glacées... Les forêts, les ondes, les rochers et les
antres profonds répétèrent Eurydice! Eurydice...

» La musique peut calmer les chagrins les plus
cuisants, désarmer le destin le plus barbare, à nos
peines cruelles faire succéder les douceurs du repos, et nous imprimer le sentiment du plaisir dans
la folie même et le désespoir. Elle accroît nos jouissances ici-bas, et nous donne un avant-goût de la
félicité céleste... La divine Cécile sut faire ces

délicieuses épreuves, et son Créateur fut l'objet
unique de tous ses chants.

» Quand l'orgue majestueux, déployant tous ses
chœurs, fait entendre toute son harmonie, les puis-
sances célestes écoutent en silence ; les génies, les
séraphins prêtent une oreille attentive... Ces sons
mélodieux grossissent leurs accords, et nos âmes,
qui les suivent dans leur essor sublime, s'élèvent
avec eux et sentent s'augmenter encore le feu sacré
qui les embrase, et respirent l'immortalité.

» Que les poëtes cessent à présent de nous vanter
leur Orphée; un pouvoir bien plus grand, bien plus
merveilleux fut donné à la divine Cécile : les accents harmonieux de l'un purent enlever une ombre
aux enfers, les accords de l'autre transportent nos
âmes jusqu'au trône de l'Eternel. »

Il peut être utile de comparer ce qui suit à ce
qui précède. Le poëte de l'*Imagination* dit à la
musique :

> .... Tu peins l'allégresse et l'effroi,
> Animes les festins, échauffes les batailles,
> Mêles des pleurs touchants au deuil des funérailles;
> Et du pied des autels, en sons mélodieux,
> Vas porter la prière aux oreilles des dieux.
> Ainsi, Mars s'enflammait aux accords de Tyrtée;
> Ainsi, sur mille tons le fameux Timothée,
> Touchait son luth divin, parcourait tour à tour
> Le mode de la gloire et celui de l'amour;
> D'un regard de Thaïs enivrait Alexandre ;

Roulait son char vainqueur sur Babylone en cendre ;
Ou peignant Darius et sa famille en deuil,
Des pleurs de l'infortune attendrissait l'orgueil.
Dans ses noirs ateliers, sous son toit solitaire,
Tu charmes le travail, tu distrais la misère.
Que fait le laboureur, conduisant ses taureaux ?
Que fait le vigneron sur ses brûlants coteaux,
Le mineur enfoncé sous ces voûtes profondes,
Le berger dans les champs, le nocher sur les ondes,
Le forgeron domptant les métaux enflammés ?
Ils chantent, l'heure vole, et leurs maux sont charmés.

DE L'ENTHOUSIASME.

A M. Camaret, Proviseur à Rennes.

*Pauci quos æquus amavit
Juppiter aut ardens evexit ad æthera virtus.*

L'enthousiasme n'est que l'amour du beau porté au plus haut point ; c'est une exaltation de l'âme qui s'élève par l'admiration jusqu'à la source de toute perfection. L'enthousiasme est un mot, qui en grec, signifie *Dieu en nous*.

En morale, c'est lui qui nous donne la force nécessaire aux sacrifices et aux dévouements. Sans doute, la conscience suffit pour nous faire accomplir les devoirs ordinaires ; mais il en est de si pénibles qu'il faut une force presque divine pour s'en acquitter : l'enthousiasme, alors, vient en aide à la conscience; c'est lui qui fait les héros et les martyrs.

En littérature, l'enthousiasme nous donne, avec le sentiment du beau idéal, la puissance de le produire au dehors; il prête à notre âme ces ailes de feu qui la ravissent jusqu'aux sphères supérieures de l'intelligence.

Dans les arts, il nous éclaire également sur le mérite des chefs-d'œuvre, et nous rendant nous-mêmes créateurs, il nous porte à nous écrier avec le Corrège : *Et moi aussi je suis peintre.*

L'enthousiasme n'est donc point un sentiment dont l'objet soit déterminé, c'est une émotion de l'âme qui peut tenir à plusieurs causes, et se porter sur plusieurs objets; tout ce qui frappe vivement notre intelligence et notre cœur peut nous remplir d'enthousiasme.

Lorsqu'à la vue des merveilles de l'univers, le psalmiste s'écrie : « Les cieux instruisent la terre à révérer leur Auteur; » lorsqu'en écrivant la dernière phrase de son *Anatomie du corps humain,* Galien s'écrie : « J'ai chanté le plus bel hymne en l'honneur du Créateur; » lorsque par un heureux effort de génie, Archimède découvre une des plus belles lois de la statique, et que dans l'ivresse de sa joie, s'élançant nu hors de son bain, il court au milieu des rues de Syracuse en disant : « Je l'ai trouvé! je l'ai trouvé! » tous trois éprouvent le genre d'enthousiasme qui tient à l'intelligence.

Brutus, à qui on vient annoncer la mort de son fils, et qui, après avoir gardé un moment le silence, dit avec fermeté : « Rome est libre, il suffit ; rendons grâces aux Dieux. »

Le vieil Horace, à qui on demande ce qu'il voulait que fît son fils contre trois adversaires, et qui répond :

Qu'il mourût!

Polieucte, à qui son beau-père, Félix, ordonne de choisir entre l'apostasie et la mort, et qui se borne, pour toute réponse, à dire :

Je suis chrétien!

éprouvent tous les trois le genre d'enthousiasme qui tient à la volonté.

Quant aux sens, ils ne peuvent être une source d'enthousiasme.

Quelquefois l'enthousiasme paraît tenir à des causes purement physiques; mais alors même il en a d'autres, l'enivrement d'un jour de bataille, le plaisir singulier de s'exposer à la mort, quand toute notre nature nous commande d'aimer la vie; c'est au feu de l'âme qu'il faut l'attribuer. La musique militaire, le hennissement des chevaux, l'explosion de la poudre, cette foule de soldats revêtus des mêmes couleurs, exaltés par le même désir, se rangeant autour des mêmes bannières, font éprouver une émotion qui triomphe de l'instinct conservateur de l'existence, une jouissance si forte que, ni les fatigues, ni les souffrances, ni les périls, ne peuvent en défendre les âmes; que quiconque a vécu de cette vie, n'aime qu'elle, et que le but atteint ne satisfait jamais; mais c'est l'action de se risquer qui est nécessaire, c'est elle qui fait passer le mouvement du cœur dans le sang. »

Il est donc évident que le principe même de l'émotion qu'on vient de peindre est un principe moral, qui agit sur les sens, et sur lequel les sens agissent à leur tour.

Quelque vive que soit une sensation, elle n'a point le pouvoir d'exalter l'âme au-delà d'une certaine mesure; il n'y a de jouissances vraiment sublimes, que celles qui nous viennent de l'intelligence et du cœur. Dieu n'a pas voulu que les plaisirs qui nous sont communs avec les animaux, et ceux qui nous rapprochent des anges et de Dieu même, pussent faire sur nous la même impression.

Même dans l'ordre moral, il n'est donné d'enflammer les âmes au plus haut degré, qu'à certains sentiments et à certaines idées, à ceux, par exemple, qui sont plus nécessaires que d'autres, soit à la conservation de la dignité morale de l'homme, soit au maintien des familles, des nations et de l'humanité entière ; la religion, la justice, la liberté, la gloire, voilà les grandes causes de l'exaltation de l'âme; voilà les véritables sources de l'enthousiasme.

Corneille a peint, d'une manière admirable, l'enthousiasme religieux, dans sa tragédie de *Polieucte :*

NÉARQUE.

Où pensez-vous aller?

POLIEUCTE.

Au temple où l'on m'appelle.

NÉARQUE.

Quoi ! vous mêler aux vœux d'une troupe infidèle !
Oubliez—vous déjà que vous êtes chrétien ?

POLIEUCTE.

Vous, par qui je le suis, vous en souvient-il bien ?

NÉARQUE.

J'abhorre les faux dieux !

POLIEUCTE.

Et moi je les déteste !

NÉARQUE.

Je tiens leur culte impie.

POLIEUCTE.

Et je le tiens funeste.

NÉARQUE.

Fuyez donc leurs autels.

POLIEUCTE.

Je veux les renverser,
Et mourir dans leur temple ou les y terrasser.
Allons, mon cher Néarque, allons aux yeux des hommes
Braver l'idolâtrie et montrer qui nous sommes,
C'est l'attente du Ciel, il nous la faut remplir,
Je viens de le promettre et je vais l'accomplir.

NÉARQUE.

Ce zèle est trop ardent, souffrez qu'on le modère?

POLIEUCTE.

On n'en peut trop avoir pour le Dieu qu'on révère.

NÉARQUE.

Vous trouverez la mort.

POLIEUCTE.

Je la cherche pour lui.

NÉARQUE.

Et si ce cœur s'ébranle?

POLIEUCTE.

Il sera mon appui.

NÉARQUE.

Il ne commande point que l'on s'y précipite.

POLIEUCTE.

Plus elle est volontaire et plus elle mérite.

NÉARQUE.

Il suffit, sans chercher, d'attendre et de souffrir.

POLIEUCTE.

On souffre avec regret quand on n'ose s'offrir.

NÉARQUE.

Mais dans ce temple, enfin, la mort est assurée?

POLIEUCTE.

Mais dans le ciel déjà la palme est préparée.

NÉARQUE.

Dieu même a craint la mort.

POLIEUCTE.

Il s'est offert pourtant.

Par l'effet de ce même enthousiasme religieux, Polieucte, qui s'est élevé au-dessus de la crainte de la mort, s'élève au-dessus de l'amour qu'il a pour Pauline :

PAULINE.

Aimez-moi.

POLIEUCTE.

Je vous aime.

Beaucoup moins que mon Dieu, mais bien plus que moi-même.

PAULINE.

Au nom de cet amour, ne m'abandonnez pas.

POLIEUCTE.

Au nom de cet amour, daignez suivre mes pas.

PAULINE.

C'est peu de me quitter, tu veux donc me séduire?

POLIEUCTE.

C'est peu d'aller au ciel, je veux vous y conduire.

Enfin, au moment même de marcher au supplice, sa fermeté ne se dément pas :

FÉLIX.

Enfin, ma bonté cède à ma juste fureur.
Adore-les ou meurs.

POLIÉUCTE.

Je suis chrétien.

FÉLIX.

Impie,
Adore-les, te dis-je, ou renonce à la vie.

POLIEUCTE.

Je suis chrétien!

FÉLIX.

Tu l'es? ô cœur trop obstiné!
Soldats! exécutez l'ordre que j'ai donné!

PAULINE.

Où le conduisez-vous?

FÉLIX.

A la mort!

POLIEUCTE.

A la gloire!
Chère Pauline, adieu! conservez ma mémoire.

Ici, l'enthousiasme a toute sa force, toute sa
beauté et toute son éloquence; son principe en est
pur, son but sublime, et son expression pleine de
grandeur et de simplicité; dans ces scènes immor-
telles, le génie du poëte semble à la hauteur même
du *Génie du Christianisme*.

Les âmes n'ont la plénitude de leur puissance

que par l'enthousiasme qui donne au sentiment toute la chaleur, à l'intelligence toute sa portée, à la volonté toute son énergie.

Il y a dans l'enthousiasme l'insouciance, ou plutôt l'oubli momentané de tout péril, de tout intérêt, de toute affection vulgaire.

Nous sommes, par lui, enlevés de la terre et emportés à une hauteur qui nous donne quelque chose de divin en nous rapprochant du Ciel.

Dans la science, on n'a fait de grandes chôses que par l'enthousiasme. Colomb voyait, dans un passage de l'Ecriture sainte, la prédiction de ses découvertes; c'est parce qu'il se croyait une sorte de Messie, dans le monde scientifique, que Kepler parvint à deviner les lois de la mécanique céleste. L'âme a besoin de prendre son élan, pour atteindre au sublime.

Ici, nous cédons la parole à Mme de Staël, qui a écrit tant de choses admirables, mais qui jamais ne s'est élevée à une plus grande hauteur que dans les passages suivants:

« Les philosophes que l'enthousiasme inspire sont peut-être ceux qui ont le plus d'exactitude et de patience dans leurs travaux; ce sont, en même temps, ceux qui songent le moins à briller : ils aiment la science pour elle-même, et ne se comptent pour rien dès qu'il s'agit de l'objet de leur culte.

» Ce sont aussi ceux qui ont le plus de chances

de succès dans leurs recherches, car on ne rencontre jamais le vrai que par l'élévation de l'âme.

» La société développe l'esprit, mais c'est la con-
templation seule qui forme le génie.

» Le talent a besoin de confiance; il faut croire à
l'admiration, à la gloire, à l'immortalité, pour éprouver l'inspiration.

» On accuse l'enthousiasme d'être passager; mais,
'c'est précisément parce qu'elles se dissipent aisément, qu'il faut s'occuper d'émotions si belles, parce qu'elles donnent à l'âme de la dignité et de la
grandeur, et un bonheur d'illustre origine qui relève
les cœurs abattus.

» Il n'est aucun devoir, aucun plaisir, aucun sentiment qui n'emprunte de l'enthousiasme une nouvelle puissance.

» S'agit-il, pour les hommes, de marcher au secours de la patrie, chaque battement de leur cœur
est une pensée d'amour et un mouvement de fierté;
que le signal se fasse entendre, que la bannière na-
tionale flotte dans les airs, et vous verrez des regards, jadis si doux, si prêts à le redevenir à l'aspect du malheur, tout à coup animés par une volonté sainte et terrible; ni les blessures, ni le sang
même ne feront plus frémir; ce n'est plus de la
douleur, ce n'est plus la mort, c'est une offrande
au Dieu des armées; nul regret, nulle incertitude
ne se mêlent alors aux résolutions les plus désespé-

rées, et quand le cœur est tout entier dans ce qu'il veut, l'on jouit admirablement de l'existence, alors même qu'on en fait le sacrifice.

On ne peut non plus nier l'influence morale de l'enthousiasme.

Cette disposition de l'âme a de la force malgré sa douceur, et celui qui la ressent sait y puiser une noble constance; les orages des passions s'apaisent, les plaisirs de l'amour-propre se flétrissent; l'enthousiasme seul est inaltérable : l'âme elle-même s'affaisserait dans l'existence physique, si quelque chose de fier et d'animé ne l'arrachait au vulgaire ascendant de l'égoïsme; cette dignité morale, à laquelle rien ne saurait porter atteinte, est ce qu'il y a de plus admirable dans le don de l'existence; c'est pour elle que, dans les peines les plus amères, il est encore beau d'avoir vécu comme il serait beau de mourir.

Il y a quelque chose de piquant dans la méchanceté; il y a quelque chose de faible dans la bonté. L'admiration pour les grandes choses peut être déconcertée par la plaisanterie; et celui qui ne met d'importance à rien a l'air d'être au-dessus de tout. Si donc l'enthousiasme ne défend pas notre cœur et notre esprit, ils se laissent prendre de toutes parts par ce dénigrement du beau, qui réunit l'insolence à la gaîté.

Les travaux de l'esprit ne semblent, à beaucoup d'écrivains, qu'une occupation presque mécanique,.

et qui remplit leur vie comme toute autre occupa‑
tion pourrait le faire : de tels hommes ont-ils l'idée
du sublime bonheur de la pensée quand l'enthou‑
siasme l'anime? savent-ils de quel espoir on se
sent pénétré quand on croit manifester, par le don
de l'éloquence, une vérité profonde, une vérité qui
forme un généreux lien entre nous et toutes les
âmes en sympathie avec la nôtre. Dans ce monde,
on se sent oppressé par ses facultés, et l'on souffre
souvent d'être seul de sa nature au milieu de tant
d'êtres qui vivent à si peu de frais ; mais le talent
créateur suffit pour quelques instants, du moins, à
tous nos vœux ; il a ses richesses et ses couronnes ;
il offre à nos regards les images lumineuses et pures
d'un monde idéal.

La nature peut-elle être sentie par des hommes
sans enthousiasme? ont-ils pu lui parler de leurs
froids intérêts? de leurs misérables désirs? Que ré‑
pondraient la mer et les étoiles aux vanités étroites
de chaque homme pour chaque jour? mais si notre
âme est émue, si elle cherche un Dieu dans l'uni‑
vers, si même elle veut encore de la gloire et de
l'amour, il y a des nuages qui lui parlent, des tor‑
rents qui se laissent interroger, et le vent, dans la
bruyère, semble daigner nous dire quelque chose
de ce que nous aimons.

Les hommes sans enthousiasme croient goûter des
jouissances pour les arts; ils aiment l'élégance du

luxe; ils veulent se connaître en musique, en peinture, afin d'en parler avec grâce, avec goût, et
même avec ce ton de supériorité qui convient à
l'homme du monde. Mais tous ces arides plaisirs
que sont-ils à côté du véritable enthousiasme? En
contemplant le regard de Niobé, de cette douleur
calme et terrible qui semble accuser les dieux d'a-
voir été jaloux du bonheur d'une mère, quel mouvement s'élève dans notre sein? Quelle consolation
l'aspect de la beauté ne fait-il pas éprouver? car la
beauté est aussi de l'âme, et l'admiration qu'elle
inspire est noble et pure. Pour admirer l'Apollon,
ne faut-il pas sentir en soi-même un genre de fierté
qui foule aux pieds tous les serpents de la terre? Ne
faut-il pas être chrétien pour pénétrer la physionomie des vierges de Raphaël et du saint Jérôme
du Dominiquin? pour retrouver la même expression dans la grâce enchanteresse et dans le visage
abattu; dans la jeunesse éclatante et dans les traits
défigurés, la même expression qui part de l'âme et
traverse, comme un rayon céleste, l'aurore de la vie
et les ténèbres de l'âge avancé?

Y a-t-il de la musique pour ceux qui ne sont pas
capables d'enthousiasme? Une certaine habitude leur
rend les sons harmonieux nécessaires; ils en jouissent
comme de la saveur des fruits ou de la décoration
des couleurs. Mais leur âme toute entière a-t-elle
retenti comme une lyre, quand, au milieu de la nuit,

le silence a été tout à coup troublé par des chants ou
par des instruments qui ressemblent à la voix humaine? Ont-ils alors senti le mystère de l'existence
dans cet attendrissement qui réunit nos deux natures, et confond, dans une même jouissance, les
sensations et les sentiments?

Quelle beauté le langage de l'affection n'em-
prunte-t-il pas de l'enthousiasme pour la poésie et
les beaux-arts? Qu'il est beau d'aimer par le cœur
et par la pensée! de varier ainsi de mille manières
un sentiment qu'un seul mot peut exprimer, mais
pour lequel toutes les paroles du monde ne sont encore que misère? De se pénétrer des chefs-d'œuvre
de l'imagination qui relèvent tous de l'amour, et
de trouver, dans les merveilles de la nature et du
génie, quelques expressions de plus pour révéler
son propre cœur.

Qu'ont-ils éprouvé ceux qui n'ont point admiré
l'épouse qu'ils aimaient? ceux en qui le sentiment
n'est point un hymne du cœur, et pour qui la
grâce et la beauté ne sont pas l'image céleste des
affections les plus touchantes? Qu'a-t-elle senti
celle qui n'a point vu, dans l'objet de son choix,
un protecteur sublime, un guide fort et doux, dont
le regard commande et supplie, et qui reçoit à genoux le droit de disposer de notre sort? Quelles délices inexprimables de pensées sérieuses ne mêlent-
elles pas aux impressions les plus vives?

L'enthousiasme est, de tous les sentiments, celui qui donne le plus de bonheur moral.

Quelle misérable existence que celle des hommes qui repoussent les mouvements généreux qui renaissent dans leur cœur, comme une maladie de l'imagination ! Quelle pauvre existence aussi que celle de beaucoup d'hommes qui se contentent de ne pas faire du mal, et qui traitent de folie la source d'où dérivent les grandes pensées et les belles actions.

Ils se condamnent à cette monotonie d'idées, à cette froideur de sentiment qui laisse passer les jours sans en tirer ni fruits, ni progrès, ni souvenirs.

Quelques raisonneurs prétendent que l'enthousiasme dégoûte de la vie commune, et que ne pouvant pas toujours rester dans cette disposition, il vaut mieux ne l'éprouver jamais. Et pourquoi donc ont-ils accepté d'être jeunes, de vivre même, puisque cela ne devait pas toujours durer? Pourquoi donc ont-ils aimé, puisque la mort pouvait les séparer des objets de leur affection? Quelle triste économie que celle de l'âme qui nous a été donnée pour être développée, perfectionnée, prodiguée même, dans un noble but.

On dit encore que plus on se rapproche de l'existence matérielle, plus on diminue les chances de souffrances; mais il y a, dans la dégradation, une

douleur dont on ne se rend pas compte. L'homme a
la conscience du beau comme celle du bon, et la privation de l'un lui fait sentir l'ennui, comme la dé-
viation de l'autre, lui fait sentir le remords.

Ainsi la tendresse de l'époux, dépositaire de notre
bonheur, doit nous bénir aux portes du tombeau
comme dans les beaux jours de la jeunesse, et tout
ce qu'il y a de solennel dans l'existence, se change
en émotions délicieuses quand l'amour est chargé,
comme chez les anciens, d'allumer et d'éteindre le
flambeau de la vie.

Si l'enthousiasme enivre l'âme de bonheur, il
soutient encore dans l'infortune, et laisse après lui
je ne sais quelle trace lumineuse et profonde qui ne
permet pas même à l'absence de nous effacer du
cœur de nos amis ; il nous sert aussi d'asyle à nous-
mêmes contre les peines les plus amères ; et c'est le
seul sentiment qui puisse calmer sans refroidir.

Les affections les plus simples, celles que tous
les cœurs se croient capables de sentir, l'amour maternel, l'amour filial, peut-on se flatter de les avoir
connues dans leur plénitude, quand on n'y a pas mêlé
d'enthousiasme ? N'est-ce pas l'enthousiasme qui
exalte, en nous, la pitié, la sympathie, le bonheur
d'être nécessaire ? N'est-ce pas lui, quand nous avons
perdu celui qui nous a donné la vie, qui rassemble,
dans notre sein, quelques étincelles de l'âme qui s'est
envolée vers les cieux, et qui nous fait croire que

son image attendrie se penchera vers nous pour
nous soutenir avant de nous rappeler?

Enfin, quand arrive la grande lutte, quand il
faut, à son tour, se présenter au grand combat de
la mort, sans doute l'affaiblissement de nos facultés,
la perte de nos espérances, cette vie si forte qui
s'obscurcit, cette foule d'idées et de sentiments qui
habitaient dans notre sein et que les ténèbres de la
tombe enveloppent; ces intérêts, ces affections,
cette existence qui se changent en fantôme avant de
s'évanouir, tout cela fait mal, et l'homme vulgaire,
quand il expire, paraît avoir moins à mourir. Dieu
soit béni, cependant, pour le secours qu'il nous
prépare encore en cet instant; nos paroles seront in-
certaines, nos yeux ne verront plus la lumière, nos
réflexions, qui s'enchaînent avec clarté, arriveront,
isolées, sur de confuses traces; mais l'enthousiasme
ne nous abandonnera pas; ses ailes brillantes pla-
neront sur notre lit funèbre; il soulèvera les voiles
de la mort; il nous rappellera des moments où,
pleins d'énergie, nous avions senti que notre cœur
était impérissable, et nos derniers soupirs seront
peut-être comme une noble pensée qui remonte
vers le Ciel.

Qu'il nous soit permis d'opposer à ces belles inspirations du génie, des réflexions d'une moindre
portée intellectuelle, mais d'une application plus
ordinaire.

Dieu a donné aux femmes une organisation plus
délicate, une imagination plus vive et un cœur plus
tendre; ces dons précieux, développés dans une
juste mesure, peuvent devenir, pour elles, un principe de sagesse et un gage de bonheur; mais ils
peuvent leur être aussi une cause d'erreurs et une
occasion de souffrances.

Le premier malheur d'une jeune fille enthousiaste et romanesque, c'est d'être un objet de mo-
querie pour la foule.

En effet, il est rare qu'une telle femme puisse
conserver dans son maintien, dans ses actions et
dans son langage, cette mesure, cette dignité et
cette décence, qui sont, pour une femme, la plus
belle des parures.

On pardonne aux hommes qui s'élèvent, par
leur talent, au-dessus de la foule, la bizarrerie des
manières et l'étrangeté du langage; il est reçu qu'un
homme de génie peut être impunément taxé d'originalité; mais à tort ou à raison, on ne croit pas au
génie des femmes, et encore moins à celui des jeunes
filles; toutes celles à qui l'enthousiasme de leurs
idées donne un quelque chose d'extraordinaire,
sont accusées de manquer aux convenances, et, pour
une femme, cette accusation est assurément très-
grave; car les convenances sont pour elle des devoirs.

D'un autre côté, l'exaltation des idées se trouvant dans une opposition prononcée avec la des-

tinée des femmes, il en résulte, pour celles qui s'y livrent, une autre cause de ridicule.

L'enthousiasme est le mobile des grandes actions; mais tout ce qu'on demande aux femmes, c'est uniquement d'en faire de bonnes; il faut de l'enthousiasme à la pensée du poëte, à la conception de l'artiste, au courage du guerrier et à l'éloquence de l'orateur; mais les femmes ne sont appelées à monter ni sur le Parnasse, ni à l'assaut, ni à la tribune; la vie qui l'attend est une vie paisible; il ne faut donc pas d'éclat aux vertus qu'on leur demande, et il y a quelque chose de risible à voir des Bellones ou des Muses au milieu d'un ménage.

Les femmes ordinaires qui ne croient pas à l'enthousiasme, parce qu'elles ne peuvent le concevoir, traitent d'insensées toutes celles qui en éprouvent; elles regardent l'enthousiasme comme le dédain injurieux des qualités communes qui sont leur partage; elles voient en lui une prétention qu'elles n'ont pas, et dont elles s'offensent.

Les hommes jugent ce travers avec plus de sévérité encore; une femme exaltée est, à leurs yeux, une femme rebelle aux devoirs de son sexe; ces hommes si exagérés dans leurs opinions politiques, dans leurs passions et dans leur système, s'indignent de l'exaltation des femmes, tout en se plaçant beaucoup au-dessus d'elles; ils leur demandent une raison qu'ils n'ont pas eux-mêmes.

3.

Si l'exaltation expose au ridicule, elle expose
aussi à beaucoup d'autres inconvénients.

L'homme enthousiaste est comme frappé d'aveuglement; il ne voit les objets qu'à travers un prisme
qui les embellit ; de là, sa facilité à se passionner,
en dépit de la raison qui cherche à l'éclairer. Or, si
la passion aveugle les hommes, elle aveugle surtout
les femmes; si peu clairvoyant que soit un jeune
homme, le bandeau qui lui couvre les yeux ne l'empêche point de marcher assez droit vers les dignités,
les honneurs et la fortune; mais pour une femme
exaltée, il n'y a d'autre intérêt que celui du cœur.

Nous insistons d'autant plus sur le danger de l'enthousiasme, qu'il n'enflamme ordinairement que les
âmes pures et candides. Les âmes ambitieuses at-
tendent, pour s'attacher, un rang, des titres, la fortune et la gloire ; elles sont préservées de toutes les
affections qui ne promettent aucun de ces avantages; mais un cœur généreux, qui les compte pour
rien, est plus imprudent; il a moins de considéra-
tions qui le retiennent dans ses premiers mouvements; et comme d'ailleurs on peut moins tromper sur sa fortune, sur son rang et sur sa naissance,
qui sont des choses visibles, que sur des sentiments
qui sont cachés, il s'ensuit qu'il y a plus de chances
d'erreurs pour un cœur enthousiaste et généreux,
que pour un cœur froid qui ne considère que le côté
positif de la vie humaine.

L'enthousiasme ajoute, en apparence, à la puissance morale de l'homme; il imprime un mouvement rapide à ses facultés; il l'élève, pour un moment, au-dessus de lui-même; il paraît, en un mot, vouloir le rapprocher du Ciel et l'unir à Dieu; mais les forces qu'il lui prête ne sont pas durables; la fatigue qui leur succède l'épuise et le tue; de l'exaltation à la folie, il n'y a qu'un pas. La plupart des grands hommes qui ont marqué par leur enthousiasme, sont morts insensés.

La même disposition d'esprit qui compromet la raison d'une femme, compromet aussi son bonheur.

L'enthousiasme nous cause, il est vrai, la plus délicieuse des émotions; mais, par cela même, il fait sentir le néant des autres; et comme on ne l'éprouve guère qu'en écoutant des paroles sublimes, en voyant de belles actions, en rencontrant de nobles sentiments, toutes choses qui sont fort rares, il s'ensuit que le bonheur de l'enthousiasme n'est jamais qu'une lueur passagère, et que les hommes modérés, qui sont heureux à moins de frais, le sont plus souvent.

Si les jouissances de l'enthousiasme sont rares, parce qu'il y a peu d'objets qui puissent l'inspirer, elles le sont encore plus par notre impuissance à les goûter longtemps; le bonheur de l'enthousiasme a, il est vrai, la pureté, l'éclat et les parfums des fleurs; mais aussi, comme les fleurs, il n'a guère qu'une

saison dans la vie, le temps nous l'enlève avec tout
le reste; à mesure que nous avançons en âge, à mesure que nous acquérons de l'expérience, à mesure
que notre raison et nos lumières s'étendent, nous
admirons moins les hommes parce que nous les connaissons mieux; notre cœur, pour eux, se glace;
notre enthousiasme se refroidit, et le bonheur que
cet enthousiasme nous donne, ne tarde pas à nous
échapper.

Cette perte est, pour une femme, plus grande
que pour un homme; il reste, à celui-ci, quand il
a perdu les illusions du cœur, quand il est tristement éclairé sur la vanité des affections et l'inconstance des vertus humaines, il lui reste les illusions
de l'orgueil, l'espoir des grandeurs et les charmes
de l'étude; mais pour la femme qui a cessé d'être
aimée et d'aimer, la perte de ses espérances est une
mort anticipée. Ce sentiment est toute la vie d'une
femme; toute son âme est dans son cœur.

L'enthousiasme avait créé pour elle un monde
fantastique, où son regard n'apercevait que des fleurs,
où son esprit n'imaginait que des perfections, où son
cœur ne pressentait que de nobles sentiments; l'illusion a été de courte durée; de ce monde enchanté,
où s'égarait son imprévoyance, elle retombe dans le
monde réel, où elle voit les fleurs remplacées par
les épines; les grossiers détails de la vie domestique succéder à la poésie des créations intellec-

tuelles, et les sordides calculs de l'intérêt dissiper
les rêves de son imagination.

De là, pour elle, une série de réflexions amères;
de là, son mépris injuste pour des avantages que,
dans une autre disposition d'esprit, elle eût appré-
ciés; de là enfin une accusation cruelle portée au
fond du cœur contre le monde qui l'environne, contre
sa position, contre sa famille peut-être ; plus admirables étaient les biens que se promettait son enthousiasme, plus affreux est son désespoir de les
avoir perdus. Elle avait rêvé des félicités suprêmes;
son supplice est celui d'un ange tombé du ciel; et,
entrant dans le froid abîme du monde réel, elle a
laissé sur le seuil de ce monde toutes ses espérances.

Oh! combien de femmes ont éprouvé les vives et
poignantes douleurs de ces désenchantements; sur
combien de fronts, jeunes encore, les regrets ont
gravé les rides prématurées que l'âge seul devait
y imprimer.

Si la femme exaltée est malheureuse de ce qu'elle
perd en idée, elle l'est plus encore de ce qu'elle
trouve en réalité dans le monde.

Sa vie y est malheureuse par cela seul qu'elle y
est agitée et bouleversée par le choc continuel d'impressions opposées ; or, les femmes sont comme des
fleurs, les orages ne peuvent les briser sans les flétrir.

L'enthousiasme éveille dans une femme une foule

de passions qui ne peuvent être satisfaites; l'enthousiasme, pour elle, c'est le tourment de l'ambition sans la puissance, c'est la lutte du damné
mythologique qui essaie de gravir une montagne
avec un rocher qui retombe sur lui éternellement.

Un homme, du moins, un homme enthousiaste,
avec du talent, du génie ou de la patience, peut
écarter ou briser les obstacles qui l'arrêtent dans sa
marche; l'énergie de sa volonté est pour lui un levier
avec lequel il peut soulever le monde.

Il marche dans sa force et dans sa liberté; mais,
dans une faible femme, le feu de l'enthousiasme
est un feu qui la consume inutilement; les préjugés, les institutions sociales, l'opinion sont des
chaînes qui pèsent sur son génie; son supplice
est celui du malheureux Prométhée; elle est fata-
lement liée à la destinée que lui ont faite le hasard et la naissance, la volonté d'un père ou celle
d'un mari. L'exaltation d'idée qui la porte à secouer
des chaînes que rien ne brisera jamais, est pour elle
une source de tourments, ou plutôt cette exaltation rend son bonheur impossible.

Ce qui ajoute au malheur d'une femme exaltée,
c'est qu'elle fait celui des autres, quand elle est
détrompée : comme elle ne voit rien dans ce qui
l'environne qui lui paraisse mériter l'estime, l'affection et la bienveillance, elle prend communément le parti de n'aimer qu'elle-même, et devient

égoïste; et alors inévitablement le monde lui rend
l'indifférence qu'elle a pour lui; de là, de nouvelles souffrances; enfin, il y a peu d'hommes dis-
posés à faire le bonheur d'une femme exaltée; la
tâche est trop rude; ce bonheur est mis à des conditions que ne peuvent remplir les hommes vulgaires; il exige d'eux un dévouement si complet,
de sentiments si généreux, des idées si sublimes,
qu'ils refusent communément de s'en charger;
pour aspirer à la main d'une personne romanesque
et sentimentale, il faut se croire au-dessus des
simples mortels; il faut se croire un héros, un ange :
or, s'il y a encore des hommes qui sont des anges,
ces hommes-là sont rares.

Une femme exaltée est donc forcément isolée
dans sa famille et dans le monde; elle est condamnée à la plus triste des solitudes, celle du cœur;
comme il n'y a pas d'âme qui la comprenne, il n'y
en a point qui lui réponde; à mesure qu'elle avance
en âge, elle est saisie d'une invincible tristesse;
car, toutes ses pensées, refoulées au fond du cœur,
y deviennent des souffrances; elle perd ainsi tout
le bonheur de la vie réelle, parce qu'elle a voulu
celui qui n'est pas à sa portée.

DE L'IMAGINATION.

A M. Carbon,

Recteur de l'Académie de Besançon.

Spernit humum.

Nous avons tellement l'amour du beau, que, faute de le trouver dans le monde réel, nous le demandons au monde imaginaire.

D'autre part, la misère de notre condition mortelle nous pèse, et nous nous livrons volontiers à toutes les illusions qui nous en ôtent le sentiment.

L'homme qui a la conscience de sa faiblesse, rêve aussi par orgueil à des grandeurs possibles ; il se console de manquer de certains mérites, par l'espoir de ceux qu'il se flatte d'avoir un jour ; humilié par le présent, il exalte l'avenir.

Enfin, par cela seul que l'homme a des passions, il est nécessairement le jouet de son imagination ; car la passion, c'est l'enthousiasme, et l'enthousiasme est toujours porté à diviniser les objets de son culte ; ce qui nous fait aimer une personne, c'est moins son mérite réel, que le mérite supposé que nous lui prêtons. « Si on pouvait, dit Rousseau,

voir ce qu'on aime tel qu'il est, il n'y aurait pas
d'amour sur la terre. »

Il suffit de reconnaître quel est le principe de
l'imagination pour reconnaître aussi quelle est sa
puissance.

Nos affections n'ont de force que par l'imagination, qui change à son gré la nature des choses;
ni ceux que nous aimons n'ont toutes les qualités,
ni ceux que nous haïssons n'ont tous les défauts
que nous leur prêtons; nos enthousiasmes et nos
antipathies tiennent à des erreurs; la plupart de
nos sentiments nous sont inspirés par des illusions:
ce qui le prouve, c'est qu'à mesure que notre
raison s'étend, on nous voit y renoncer; ou du
moins les modifier. « Il y a bien peu de gens, dit
Larochefoucault, qui ne soient honteux de s'être
aimés quand ils ne s'aiment plus. » On pourrait dire
la même chose de ceux qui furent ennemis quand
ils cessent de l'être. Pour que la vengeance demeure
implacable, il faut que l'imagination lui rende toujours présente l'injure qu'elle a reçue; pour que
l'ambition soit infatigable, il faut qu'une sorte de
prestige lui cache le péril de la route qu'elle suit
et la couvre de fleurs : est-il possible d'aimer encore la gloire, le pouvoir, la fortune, quand la
froide réflexion nous force à dépouiller ces biens du
faux éclat qui les environne? Quand Dioclétien et
Charles V n'eurent plus d'imagination, ils se réti-

rèrent, l'un à Salone, l'autre au monastère de
Saint-Just.

Toutefois, l'imagination est, par l'étendue même
de sa puissance, un élément de bonheur, et nous devons mettre au rang des bienfaits de la Providence,
la faculté qui nous est donnée de sortir du cercle
étroit des réalités.

> Vois comme l'Éternel a d'une main avare
> Dispersé les plaisirs, comment il les sépare ;
> Par des vides fréquents ou le désir trompé
> Ne sait pas où le prendre et meurt désoccupé,
> Où notre œil n'aperçoit de distance en distance
> Que quelques points épars dans un espace immense.
> L'illusion accourt, et sa brillante erreur
> Sur mille objets divers promène notre cœur;
> Près du bonheur qu'on eut met le bonheur qu'on rêve,
> Dieu créa l'univers, l'illusion l'achève ;
> Où meurt la jouissance elle éveille un désir,
> Elle met le regret où finit le plaisir,
> Et de vœux, de projets, d'espérance suivie,
> Remplit le canevas des scènes de la vie.

L'imagination, comme le dit Mallebranche, est
la folle de la maison; mais si elle nous entraîne
vers l'erreur, elle nous égare du moins dans des
sentiers agréables; si elle évoque le passé, elle n'en
retrace que ce qui l'eut d'aimable; si elle s'élance
vers l'avenir, c'est en lui prêtant des riantes couleurs; c'est elle qui donne son plus grand charme

aux impressions des sens et aux affections du cœur.
Sur un homme dépourvu d'imagination, la plus
douce mélodie, les parfums les plus délicieux, les
spectacles les plus frappants ne produisent qu'un
effet médiocre. Sans imagination, il n'y a ni culte
enthousiaste de la gloire, ni dévouement à la liberté,
ni amour passionné, parce que ces divers sentiments se nourrissent d'illusions. Sans imagination,
on ne jouit pleinement ni des merveilles de la
poésie, ni des beautés de la nature, ni des chefs-
d'œuvre des arts. Sans imagination, un homme,
assis au rivage des mers, et devant qui se dérou-
lent les solitudes de l'Océan, tandis qu'au-dessus
de lui s'étend cette autre mer d'azur que parsèment
des jets de lumière, ne sentira qu'une seule chose :
l'impression de la fraîcheur du soir, et l'appétit que
rend plus vif le voisinage de l'eau.

Il y a de l'originalité, mais aussi un admirable
bon sens dans le passage suivant de Stèele, qui voit
dans l'imagination une source féconde de jouissances.

Les divers objets que nous offre le monde ont
été formés par la nature pour plaire à nos sens ; et
comme c'est là tout ce qui les rend désirables à un
goût simple et pur, on peut dire qu'on les possède
réellement quand on goûte les jouissances qu'ils
sont destinés à produire ; c'est de là que j'ai pris
l'usage de m'attribuer un droit naturel de propriété

sur tous les objets qui contribuent à mes plaisirs ;
quand je vis à la campagne, toutes les belles maisons où j'ai accès dans le voisinage, font, à mes
yeux, partie de mon domaine ; je m'adjuge également les bois et les parcs où je me promène, et je
songe à la folie de l'honnête bourgeois de Londres,
qui a le chimérique plaisir d'entasser ses rentes
dans ses coffres, mais qui reste étranger à la fraîcheur de l'air et aux jouissances champêtres ; grâce
à mon système, je suis possesseur d'une demi-
douzaine des plus beaux châteaux de l'Angleterre,
qui, aux termes de la loi, appartiennent à certains
de mes amis, mais que ceux-ci, en qualité d'hommes
publics, abandonnent pour vivre auprès de la cour.

Dans quelques grandes familles, que je visite de
temps en temps, un étranger me prendrait peut-
être pour un simple ami de la maison ; mais, à mon
sentiment, je suis le maître du logis, et celui qui en
porte le titre, n'est autre que mon intendant, qui me
soulage de l'embarras de pourvoir par moi-même
aux agréments de la vie.

Quand je traverse la rue, je me crée des droits sur
tous les riches équipages que j'y rencontre, et je les
regarde comme des ornements propres à réjouir
mes yeux, ainsi que l'imagination des braves gens
qui s'y pavanent et qui ont fait tant de frais de
toilette uniquement pour me plaire.

En vertu du même principe, j'ai fait la décou-

verte que je suis naturellement propriétaire de tous
les colliers et diamants, croix, décorations, bro-
cards et habits brodés que j'aperçois à un théâtre
ou à une fête, parce qu'ils procurent plus de plaisir
aux spectateurs qu'à celui qui les porte; je considère les élégants et les belles comme autant de
perroquets dans une volière, ou de tulipes dans un
jardin, destinés simplement à me récréer.

Une galerie de tableaux, un cabinet de curiosités,
une bibliothèque où j'ai entrée, sont à moi sans
contestation. Grâce à ma doctrine, je suis devenu
un des plus opulents personnages de la Grande-
Bretagne, avec cette différence que je ne suis ni en
proie aux inquiétudes qui agitent les véritables
riches, ni en butte à l'envie qu'ils excitent.

Si l'imagination étend le cercle de nos jouissances, elle étend également celui de nos peines.

Un exilé, un prisonnier, un condamné souffrent d'autant plus, qu'ils ont l'imagination plus
vive.

On peut voir aussi, par les vers suivants, quelle
est la part de l'imagination dans les illusions, les
peines et la durée de l'amour.

> Voyez-vous ce visage, où d'une âme flétrie
> Se peint la douloureuse et lente rêverie,
> Qui gai par intervalle et souvent dans les pleurs,
> Jusque dans son souris exprime ses douleurs?

D'un amant qui n'est plus, amante infortunée,
Et par un long délire à l'espoir condamnée,
Elle l'attend toujours; elle croit que la mer
Lui retient cet objet à ses désirs si cher.
Dans les mêmes chemins, connus de sa tendresse,
Cet invincible espoir la ramène sans cesse.
Elle arrive : son œil jette de toutes parts
Sur l'immense Océan ses avides regards;
Elle demande aux flots si des rives lointaines
Le vent ramène enfin l'objet de tant de peines.
Rien ne paraît : allons, il reviendra demain,
Se dit-elle, et reprend tristement son chemin.
Le lendemain arrive, elle vient dès l'aurore,
L'attend, soupire et part pour revenir encore,
Tant l'amour sait nourrir son triste égarement.

L'imagination, qui accroît la sensibilité de
l'homme, augmente aussi sa puissance intellectuelle; c'est elle qui permet au peintre d'apercevoir
dans la nature des beautés inconnues au vulgaire;
c'est elle qui donne au poëte le pouvoir de vivre
tout à la fois dans le présent, dans le passé et dans
l'avenir, ou qui lui fait trouver des mondes dans la
solitude et des voix dans le silence; c'est elle qui
relève pour l'historien les ruines de Thèbes, de
Palmyre et de Babylone; c'est elle qui fait découvrir
au philosophe la beauté idéale, la beauté divine à
travers les misères de l'humanité.

C'est par l'imagination que l'architecte agrandit
les œuvres qui lui servent de modèles. Les Raphaël
et les Michel-Ange ont été, non moins qu'Homère,

le Dante, l'Arioste et Milton, des hommes d'i-
magination; Gama et Colomb, qui découvrirent de
nouveaux mondes; Newton, qui découvrit de nouveaux cieux; Laplace, qui devina les lois de la mécanique céleste, ont été des hommes que leur pensée emportait au-delà des idées de leur siècle; ils
n'ont été des hommes de génie que parce qu'en-
fermés, avec le vulgaire, dans l'étroit labyrinthe
des réalités, ils se sont élancés loin d'elles, vers le
possible, sur les ailes de l'imagination.

« Raphaël veut peindre le fils de Dieu, dont la divinité triomphante de sa mortalité passagère, remonte vers le Ciel; la Divinité, dans tout l'éclat de
sa gloire, ne peut seule remplir toute l'idée de ce
grand peintre; mais s'il me montre sur la terre et sur
le premier plan, un démoniaque entouré de quelques apôtres, occupés de sa délivrance; sur le second plan, au sommet d'une montagne, d'autres
disciples qui, sans s'apercevoir de ce qui se passe
sur la terre, fixent des yeux éblouis, mais non pas
étonnés, sur l'image céleste du Dieu triomphateur,
qui verse autour de lui des torrents de lumière;
s'il fait contraster la majestueuse sérénité de ce
Dieu, vainqueur de la mort, avec les traits convulsifs du démoniaque, emblème des passions humaines, et même avec l'inquiète sollicitude des
apôtres qui viennent à son secours; s'il me montre
au-dessus du fils de l'Éternel, des groupes d'anges

dont la présence annonce le voisinage du ciel, et
qui semblent prêts à le conduire, en triomphe, au
trône de son père ; alors je reconnais l'ouvrage
d'une imagination féconde et sublime ; alors j'oublie la correction du dessin, et toute la beauté de
l'exécution ; je ne suis plus occupé que du contraste
admirable qu'il met entre le calme radieux de la
divinité, et l'agitation de l'humanité souffrante ; je
passe des hommes à Dieu, de la terre au ciel, des
peines et des passions de cette vie, à l'impassible
tranquillité des demeures célestes, et je me trouve
heureux et presque fier d'avoir senti ou deviné l'i-
dée de ce grand homme ; non seulement l'imagination peut seule composer de beaux ouvrages, mais
elle peut seule les louer dignement. Eh bien ! disait
un peintre à un voyageur revenu de Rome : Ces
beaux enfants du *Dominiquin sont-ils grandis?* Au
moment où un grand sculpteur venait de donner le
dernier coup de ciseau à un cheval en marbre :
Marche donc ! dit un témoin de son travail. Voilà
l'imagination louant le génie !   DUPATY. »

Des enfants qui jouent dans un jardin, sous les
yeux de leur mère, c'est là un spectacle commun
et vulgaire ; l'imagination d'un poëte en a fait un
tableau gracieux :

> Pour prêter plus de charme à ce brillant théâtre,
> Chloé vient, elle vient jeune, agile et folâtre,

. . . .
. . . .

Libre enfin, oubliant son crayon qui repose,
Elle vole à la fleur comme elle fraiche éclose ;
Du jardin, en sautant, franchit chaque parquet,
Choisit, compose, effeuille, éparpille un bouquet.
Comme les arbrisseaux, enfants de ce bocage,
Tous différents d'instinct et de figure et d'âge,
Ses frères ont pris part à ses jeux inconstants,
Et leur printemps ajoute aux grâces du printemps ;
Tous, d'un air sérieux, suivant leur goût frivole,
L'un tend ses petits bras au papillon qui vole ;
Pour atteindre un rameau, l'autre se hausse en vain ;
Cet autre d'un fruit vert va cacher le larcin ;
L'autre cherche à saisir son image dans l'onde,
Et cependant, pareille à la rose féconde
Qui se lève au milieu de ses boutons naissants,
Leur mère suit de l'œil leurs ébats innocents,
Ces objets enchanteurs que ce jardin rassemble,
Ces plantes, ces enfants qui s'élèvent ensemble,
Cette sérénité du vif azur des cieux,
Du monde rajeuni l'aspect délicieux,
Cet air suave et pur de la saison nouvelle,
Des riantes beautés voilà le vrai modèle,
Et pour ma déité quels tableaux plus flatteurs
Qu'un beau jour, un beau ciel, un jardin et des fleurs ?

Enfin, on peut dire que l'imagination ajoute à la
puissance des sentiments religieux.

Combien en voyageant dans le vaste empyrée,
L'imagination parle à l'âme inspirée ;

II.   4

Des soleils aux soleils succèdent à mes yeux,
les cieux évanouis se perdent dans les cieux ;
De la création je crois toucher la cime,
Et soudain à mes pieds se montre un autre abîme.
O prodige ! le monde allait s'agrandissant,
Le monde tout à coup s'abaisse en décroissant,
De degrés en degrés s'étend la chaîne immense ;
L'infini s'arrêtait, l'infini recommence ;
.... insensibles tissus,
Invisibles à l'œil, du verre inaperçus,
Des univers sans nom et des mondes d'atômes,
Familles, nations, républiques, royaumes,
Ayant leurs lois, leurs mœurs, leur haine, leur amour,
Abrégés de la vie et chefs-d'œuvre d'un jour,
Des confins du néant où Dieu mit leur naissance,
Jusqu'en leur petitesse attestant sa puissance,
Le montrent aussi grand que dans l'immensité,
Entouré de l'espace et de l'éternité.
Ainsi, dans la nature insensible ou vivante,
Au bord d'un double abîme, éperdu d'épouvante,
J'atteints par la pensée ou le verre ou mes yeux,
Tout ce qui remplit l'air ou la terre ou les cieux ;
Ne voyant plus de terme où l'univers s'arrête,
Des mondes sous mes pieds, des mondes sur ma tête,
Je ne vois qu'un grand cercle où se perd mon regard,
Dont le centre est partout et les bords nulle part ;
Plantes, terres et mers, en merveilles fécondes,
Et par-delà les mers ces planètes, ces mondes,
Dieu, le Dieu créateur, qui pour temple a le ciel,
Les astres pour cortége et pour nom l'Éternel.

AMOUR DU MERVEILLEUX.

A mon Fils Henri Tiburce.

Nescio quid meditans nugarum
totus in illis.

L'amour du merveilleux est une des formes de l'imagination.

Il se manifeste chez tous les hommes et chez tous les peuples, à tous les âges de la vie d'un homme, comme à toutes les époques de l'existence d'une nation; et toutefois, avec une vivacité plus surprenante dans l'enfance de l'une et de l'autre.

Il n'est aucunement besoin de prouver un pareil fait, à la vérité duquel chacun de nous rend témoignage par la fidélité de ses souvenirs d'enfance.

Nos premiers jours, à tous, ont été enchantés par le récit de merveilleuses histoires de sylphes et de lutins, ou effrayés par le récit d'autres histoires non moins merveilleuses, de revenants et de fantômes; nous avons tous été élevés dans le palais des fées; chacun de nous a donné sa naïve admiration, à ces épopées de l'enfance, qu'une mère ou une nourrice racontait auprès de son berceau.

Les peuples qui ont conservé leur simplicité pri-

mitive, comme les Arabes, ne se lassent point du
récit des merveilleux événements du monde féé-
rique, qui leur sont racontés sous les palmiers du
désert, à la lueur de ces belles nuits de l'Orient, qui
disposent les âmes à l'admiration, par le seul effet
du spectacle qu'elles présentent.

Dans un âge plus avancé, ce goût, pour le merveilleux, diminue sans s'éteindre ; les genres d'ouvrages qui sont propres à le satisfaire, comme
l'*Odyssée, l'Oberon,* ne plaisent pas seulement
à l'enfance ; l'homme d'un âge mûr est ramené à
l'amour du merveilleux par le dégoût du réel sur
lequel il est blâsé :

> De nos passions, la plus riche en prestiges,
> C'est l'amour du nouveau, c'est l'amour des prodiges ;
> L'homme a dans ses plaisirs besoin d'étonnement,
> Ce qu'il voit tous les jours, il le voit froidement.
> Nous voulons du nouveau, n'en fût-il plus au monde.

Voltaire a déploré, en vers charmants, l'affaiblissement de notre goût pour le merveilleux :

> O l'heureux temps, que celui de ces fables,
> Des bons démons, des esprits familiers,
> Des farfadets aux mortels secourables ;
> On écoutait tous ces faits admirables.
> Dans son château, près d'un large foyer,
> Le père et l'oncle, et la mère et la fille,
> Et les voisins et toute la famille,

Ouvraient l'oreille à monsieur l'aumônier,
Qui leur faisait des contes de sorcier;
On a banni les démons et les fées,
Sous la raison les Grâces étouffées,
Livrent nos cœurs à l'insipidité.
Le raisonner tristement s'accrédite,
On court, hélas! après la vérité.
Ah! croyez-moi, l'erreur a son mérite.

AMOUR DU JEU.

A M. Manhès.

« Le jeu, dit Labruyère, nous plaît parce qu'il satisfait notre avarice, c'est-à-dire, l'espérance d'avoir
plus; il flatte notre vanité, par l'idée de la préférence
que la fortune nous donne, et par l'idée de la supériorité de notre esprit à calculer les chances; il satisfait notre curiosité en nous donnant un spectacle; enfin, il nous donne les différents plaisirs de
la surprise. »

A la juger superficiellement, voilà ce qu'on peut
dire, sur le jeu, de plus raisonnable et de plus vrai;
mais si on l'étudie avec plus de soin, cette passion
paraît être une des moins explicables du cœur humain. Voici ce qu'en pense un homme dont nous
regrettons d'avoir oublié le nom:

« Ni l'amour du gain, ni le besoin, ni l'oisiveté,
n'en rendent une raison suffisante; tel joueur, après

avoir gagné, abandonne négligemment à des valets
le produit de son jeu ; tel autre, au milieu des préoccupations du jeu, se livre à des rêveries ; tel homme,
enfin, bien loin de jouer par désœuvrement, ajoute
le travail du jeu à la série de ses autres travaux. On
ne peut dire non plus que le jeu soit, par ses chances, un objet d'étude, car la plupart des joueurs ne
calculent pas, et jouent en aveugles, sur la foi du
hasard dont ils se font un dieu.

» Le jeu, par l'habitude de s'y livrer, devient un
besoin, une passion, une frénésie, qui étouffe tous
autres sentiments, même les plus sacrés ; un joueur
n'est ni père, ni époux, ni même amant ; le joueur
oublie, en jouant, tout ce qui l'environne, tout ce
qui devrait l'intéresser et l'émouvoir ; il n'est plus
lui-même, et il est le premier à l'avouer et à s'en
étonner ; rien ne le modère, rien ne le touche, rien
ne l'arrête ; il oublie, en jouant, ses travaux, ses
engagements, ses devoirs ; il ne ressent ni la fatigue, ni la faim, ni la soif ; si au fond de son cœur,
celle de ses enfants, de sa femme, qui manquent de
pain, se fait entendre, il étouffe cette voix ; il joue
sa fortune, il la joue tout entière ; il joue sa parole,
son honneur, sa conscience, et quelquefois sa vie. »

DE LA PITIÉ.

A ma Sœur Julia.

> Il n'y a que les nobles cœurs qui
> sachent combien il y a de gloire à
> être bons.

La pitié est un sentiment dont il importe beaucoup à un écrivain de connaître le principe, le caractère et les effets ; d'abord, parce qu'elle est en elle-même l'un des sentiments les plus admirables du cœur humain, et ensuite, parce qu'elle constitue à elle seule presque tout le pathétique ; c'est elle qui donne de l'intérêt à la plupart des œuvres de l'esprit ; elle est l'âme de l'épopée ; la tragédie, l'élégie, n'ont d'autre but que de la faire naître ; l'art oratoire lui doit lui-même ses plus beaux triomphes.

La pitié est le sentiment qui nous associe aux souffrances d'autrui ; elle tient d'abord aux rapports physiques qui existent entre nous et nos semblables.

Les signes du plaisir et de la douleur qui se remarquent dans les traits, dans l'attitude, dans les cris de différents êtres animés, nous font sentir

avec eux, éprouver leur joie et compatir à leurs
souffrances. Un marin raconte que dans une chasse
aux singes il fit cesser le feu en entendant les cris
que poussaient leurs petits, et qui ressemblaient à
ceux des enfants.

« Si, dit Cabanis, si nous sommes capables de partager les affections de toutes les espèces animées,
à plus forte raison partagerons-nous celles de nos
semblables qui sont organisés pour sentir à peu
près comme nous, et dont les gestes, la voix, le
regard, la physionomie nous rappellent plus dis-
tinctement ce que nous avons éprouvé nous-mêmes.
Je parle d'abord des signes pantonimiques, parce
que ce sont les premiers de tous, les seuls communs à toute la race humaine ; parce qu'ils sont
la véritable langue universelle et antérieure à la
connaissance de toute langue parlée : ils font courir
l'enfant vers l'enfant, ils le font sourire à ceux qui
lui sourient ; ils le font partager les affections simples dont il a pu prendre connaissance jusqu'alors.
A mesure que nos moyens de communication aug-
mentent, cette faculté les développe de plus en
plus, d'autres langues se forment, et bientôt nous
n'existons guère moins dans les autres que dans
nous-mêmes. »

Toutefois, de la nature de notre constitution et
du rapport de notre constitution avec celle des autres hommes, il ne résulte qu'une pitié instinctive et

pour ainsi dire organique; c'est là le genre de pitié
dont parle Buffon dans le passage suivant :

« La pitié naturelle est fondée sur les rapports
que nous avons avec l'objet qui souffre; elle est
d'autant plus vive que la ressemblance, la confor-
mité de nature est plus grande; on souffre en
voyant souffrir son semblable; compassion, ce mot
exprime assez que c'est une souffrance, une passion que l'on partage; ce sentiment doit donc diminuer à mesure que les natures s'éloignent : un
chien qu'on frappe, un agneau qu'on égorge, nous
font quelque pitié; un arbre que l'on coupe, une
huître que l'on mange, ne nous en font aucune. »

La raison fortifie l'instinct des sens.

Il y a dans la pitié un conseil de la prudence
humaine, une leçon de morale naturelle et un pré-
cepte de religion;

Mais il y a surtout un retour sur nous-même, il
y a surtout un souvenir d'une douleur passée ou la
prévision d'une douleur à venir; il y a un mouvement sympathique de notre cœur pour se mettre en
harmonie avec celui de notre semblable.

S'il en est ainsi, ceux qui ont beaucoup souffert
sont, plus que d'autres, accessibles à la pitié; et
rien n'est plus vrai que ce vers :

« Malheureux, on apprend à plaindre le malheur. »

Un enfant est sans pitié, parce que l'aurore de la

4.

vie, environné de tendres soins, objets de plus douces affections, et bercé des plus riantes espérances, il n'a point encore l'expérience de la douleur; les grands et les riches du monde sont insensibles pour la même raison; ils n'ont à supporter ni les travaux ni la misère, ni les humiliations; ils ne connaissent de la vie humaine que ses plaisirs, sa gloire et son bonheur.

Les hommes profondément malheureux sont également insensibles; leur douleur personnelle absorbe tout ce qu'ils ont de sensibilité.

Une dernière cause d'insensibilité, c'est le vice, qui, en desséchant le cœur par l'égoïsme, y fait mourir toute pitié; l'homme de bien, au contraire, dont la conscience est paisible, et que la pratique de la vertu remplit d'une joie douce, accorde volontiers aux autres une pitié dont il n'a pas besoin pour lui-même. Ajoutons qu'il y a plus de place pour les bons sentiments dans une âme étrangère aux passions, plus de respect pour l'homme dans ceux qui le croient fait à l'image de Dieu, racheté du sang du Christ, et destiné à la vie du ciel.

Celui qui ne croit pas à la vérité d'un avenir, et pour qui l'homme n'est qu'une brute mieux organisée que les autres, ne peut avoir une grande pitié pour ses douleurs.

La conclusion littéraire à tirer de ces observations, c'est qu'un écrivain qui veut exciter le sentiment de la pitié doit créer le plus de rapports possibles entre nos souffrances habituelles et celles qu'il nous donne à plaindre. C'est qu'il doit surtout mettre en jeu ceux des sentiments, celles des passions qui sont le plus dans la nature humaine, qu'il doit songer que les malheurs d'un ambitieux ne peuvent nous toucher autant, par exemple, que ceux d'un père ; les passions qui s'agitent dans les drames de la mort de César, de Macbeth, de la mort de Pompée, de Rome sauvée, nous sont trop étrangères pour que nous soyons vivement émus des catastrophes qu'elles entraînent.

La douleur de Pénélope, regrettant son fils, émeut sans doute tous les hommes; mais elle émeut davantage ceux d'entre eux qui sont pères ; elle émeut encore plus les mères, et parmi les mères, celles qui ont des enfants à pleurer. Chose admirable que Dieu nous ait rendus compâtissants pour les autres, par intérêt pour nous, afin de faire profiter nos semblables de l'amour même que nous avons pour nous.

Si la pitié pour un être souffrant tient surtout aux rapports que nous avons avec lui, et si, d'un autre côté, nos plus vives sympathies sont celles dont le principe est moral, il s'ensuit que, pour nous émouvoir, il faut nous offrir le tableau d'un malheur qui ait droit à notre intérêt, non seulement par sa ressemblance avec les nôtres, mais encore par la vertu de ceux qui le supportent.

« Le sentiment de l'innocence, dit Bernardin de Saint-Pierre, est le premier mobile de la pitié, voilà pourquoi nous sommes plus touchés des malheurs d'un enfant que de ceux d'un vieillard, des souffrances morales du repentir, que des tourments du crime.

» Lorsqu'un vieillard est vertueux, le sentiment moral de ses malheurs redouble en nous ; ainsi la vue d'un Bélisaire est très-attendrissante ; si on y ajoute celle d'un enfant qui tend sa petite main afin de recevoir quelques secours pour cet illustre aveugle, l'impression de la pitié est encore plus forte. »

On sent naître en soi ce sentiment, quand on lit le passage suivant de Plutarque :

« Quand l'exécuteur descendit dans le caveau, Philopœmen était couché sur son manteau sans dormir et tout occupé de sa douleur et de sa tristesse ; dès qu'il vit de la lumière et cet homme près de lui, tenant la lampe d'une main et la coupe de poison de l'autre, il se releva avec peine, à cause de sa grande faiblesse, à demi sur son séant ; et, prenant la coupe, il demanda à l'exécuteur s'il n'avait rien entendu dire de ses cavaliers, et surtout de Lycortas ; l'exécuteur lui dit qu'il avait ouï dire qu'ils s'étaient presque tous sauvés. Philopœmen le remercia d'un signe de tête, et, le regardant avec douceur : Tu me donnes là une bonne nouvelle, nous ne sommes donc pas malheureux en tout ; et sans dire une seule parole de plus, sans jeter le moindre soupir, il but le poison et se recoucha sur son manteau. »

Aucun genre d'intérêt ne manque au malheur de Philopœmen, car il est encouru pour la plus noble cause, la cause de la liberté; il est aussi grand que possible, c'est la mort; il est éprouvé par un homme de bien; on avait dit de Philopœmen qu'il était le dernier des Grecs; enfin il est supporté en silence; Philopœmen ne s'enquiert que de la destinée de ses compagnons d'armes. Voilà sans doute de ces passages qui faisaient dire à Rousseau : C'est mon homme que Plutarque.

Desdémona, dans Shakespear, excite la pitié par des causes semblables, par l'idée que le poëte nous a donnée de sa naïve candeur, de sa confiance dans son amant, et de l'épouvantable malheur qui est le prix de son amour.

Othello, le poignard levé sur Desdémona, lui dit :

Avez-vous prié Dieu, avant de vous endormir?

Elle répond, avec une angélique douceur, à celui qui doit être son meurtrier :

Oui, je l'ai prié pour vous.

On ne lit point sans attendrissement la prière d'Hécube à Ulysse; les adieux à la vie, d'Alceste, d'Iphigénie, de Polyxène, dans *Euripide;* la der-

nière lettre de Clarisse à miss Howe, dans Richardson, et d'Amélie à Réné, dans *le Génie du Christianisme*; la prière d'Andromaque à Pyrrhus, le
conseil du grand-prêtre au petit Joas, dans Racine;
le récit de la mort de Virginie, dans Bernardin de
Saint-Pierre.

Sans vouloir comparer la pièce qui suit, aux
chefs-d'œuvre dont nous venons de parler, nous la
citerons néanmoins comme étant peu connue, et
comme méritant de l'être :

> Au seuil d'une chapelle assis
> Deux enfants presque nus et pâles de souffrance,
> Appelaient des passants la sourde indifférence,
> Soupirant de tristes récits ;
> Une lampe à leurs pieds éclairait leurs alarmes,
> Et semblait supplier pour eux.
> Le plus jeune, tremblant, *chantait* baigné de *larmes*,
> L'autre tendait la main aux *refus* des *heureux*.
> Nous voici deux enfants, nous n'avons plus de mère,
> Elle *mourut* hier en nous donnant son *pain*.
> *Elle* dort où dort notre *père*;
> Venez, nous avons froid, nous expirons de faim ;
> Et la voix *touchante* et *plaintive*,
> Frappait les airs de cris *perdus* ;
> La foule; sans les voir, s'échappait fugitive,
> Et bientôt on ne passa plus.
>
> BELMONTET.

Toutes les circonstances qui peuvent rendre un
malheur digne de pitié se trouvent ici réunies; l'a-
bandon, la nudité, la détresse de ces pauvres en-

fants leur donnent un premier droit à l'intérêt ; une
autre raison de les plaindre, c'est qu'ils ont perdu
une mère à laquelle ils inspiraient tant d'affection
qu'elle est morte de faim en leur donnant ce qui lui
restait de pain ; c'est que, dociles à ses derniers
conseils, ils se sont placés au seuil d'une chapelle,
sous la protection de la Providence ; c'est, enfin,
qu'ils chantent baignés de larmes, et que néanmoins
leur voix n'attendrit le cœur de personne.

Une tendre pitié nous est inspirée par ces dernières phrases d'une lettre de l'infortunée Clarisse
à son amie d'enfance :

« Je ne veux pas me plaindre à la justice des
hommes, puisque ma réputation est flétrie aux yeux
du monde ; puisqu'il ne me reste aucune espérance
de bonheur sur la terre, qu'on me laisse du moins
descendre tranquillement dans le tombeau ; que
tout y soit enseveli : je ne demande d'autre souvenir qu'une larme, une seule larme, qui tombera des
yeux de ma chère miss Howe, à l'heure, au moment où la mort fermera les miens. »

On est doucement ému par le pathétique des trois
élégies qui suivent :

LE DÉPART.

Pauvre petit, pars pour la France,
Que te sert mon amour? je ne possède rien.
On vit heureux ailleurs ; ici, dans la souffrance.
Pars, mon enfant, c'est pour ton bien.

Tant que mon lait put te suffire,
Tant qu'un travail utile à mes bras fut permis,
Heureuse et délassée en te voyant sourire,
Jamais on eût osé me dire :
Renonce aux baisers de ton fils.
Mais je suis veuve; on perd sa force avec la joie.
Triste et malade, où recourir ici?
Où mendier pour toi? chez des pauvres aussi!
Laisse ta pauvre mère, enfant de la Savoie ;
Va, mon enfant, où Dieu t'envoie.
Mais si loin que tu sois, pense au foyer absent :
Avant de le quitter, viens, qu'il nous réunisse.
Une mère bénit son fils en l'embrassant :
Mon fils, qu'un baiser te bénisse.

Vois-tu ce grand chêne, là-bas?
Je pourrai jusque-là t'accompagner, j'espère.
Quatre ans déjà passés, j'y conduisis ton père ;
Mais lui, mon fils, ne revint pas.
Encor s'il était là pour guider ton enfance,
Il m'en coûterait moins de t'éloigner de moi ;
Mais tu n'as pas dix ans, et tu pars sans défense...
Que je vais prier Dieu pour toi...
Que feras-tu, mon fils, si Dieu ne te seconde?
Seul, parmi les méchants (car il en est au monde),
Sans ta mère, du moins, pour t'apprendre à souffrir...
Oh! que n'ai-je du pain, mon fils, pour te nourrir!
Mais Dieu le veut ainsi; nous devons nous soumettre :
Ne pleure pas en me quittant;
Porte au seuil des palais un visage content.
Parfois mon souvenir t'affligera peut-être...
Pour distraire le riche, il faut chanter pourtant.
Chante tant que la vie est pour toi moins amère ;
Enfant, prends ta marmotte et ton léger trousseau,

Répète, en cheminant, les chansons de ta mère,
Quand ta mère chantait autour de ton berceau.
Si ma force première encor m'était donnée,
J'irais, te conduisant moi-même par la main;
Mais je n'atteindrais pas la troisième journée;
Il faudrait me laisser bientôt sur ton chemin :
Et moi je veux mourir aux lieux où je suis née.

Maintenant de ta mère entends le dernier vœu :
Souviens-toi, si tu veux que Dieu ne t'abandonne,
Que le seul bien du pauvre est le peu qu'on lui donne.
Prie, et demande au riche : il donne au nom de Dieu.
Ton père le disait; sois plus heureux : adieu.

Mais le soleil tombait des montagnes prochaines,
Et la mère avait dit : Il faut nous séparer;
Et l'enfant s'en allait à travers les grands chênes,
Se tournant quelquefois et n'osant pas pleurer.

PARIS.

J'ai faim : vous qui passez, daignez me secourir.
Voyez : la neige tombe, et la terre est glacée.
J'ai froid : le vent se lève, et l'heure est avancée;
     Et je n'ai rien pour me couvrir.
Tandis qu'en vos palais tout flatte votre envie,
A genoux sur le seuil, j'y pleure bien souvent.
Donnez : peu me suffit; je ne suis qu'un enfant;
     Un petit sou me rend la vie.

On m'a dit qu'à Paris je trouverais du pain;
Plusieurs ont raconté, dans nos forêts lointaines,
Qu'ici le riche aidait le pauvre dans ses peines;
Eh bien! moi, je suis pauvre, et je vous tends la main.

Faites—moi gagner mon salaire :
Où me faut-il courir? Dites, j'y volerai.
Ma voix tremble de froid ; eh bien ! je chanterai,
Si mes chansons peuvent vous plaire.

Il ne m'écoute pas, il fuit ;
Il court dans une fête (et j'en entends le bruit),
Finir son heureuse journée ;
Et moi, je vais chercher, pour y passer la nuit,
Cette guérite abandonnée.

Au foyer paternel quand pourrai-je m'asseoir?
Rendez—moi ma pauvre chaumière,
Le laitage durci qu'on partageait le soir,
Et, quand la nuit tombait, l'heure de la prière,
Qui ne s'achevait pas sans laisser quelque espoir.
Ma mère, tu m'as dit, quand j'ai fui ta demeure :
Pars, grandis et prospère, et reviens près de moi...
Hélas ! et tout petit, faudra-t-il que je meure
Sans avoir rien gagné pour toi?
Non, l'on ne meurt point à mon âge ;
Quelque chose me dit de reprendre courage...
Eh ! que sert d'espérer?... que puis-je attendre enfin !...
J'avais une marmotte, elle est morte de faim.

Et, faible, sur la terre il reposait sa tête ;
Et la neige, en tombant, le couvrait à demi,
Lorsqu'une douce voix, à travers la tempête,
Vint réveiller l'enfant par le froid endormi.
« Qu'il vienne à nous celui qui pleure,
Disait la voix mêlée au murmure des vents ;
L'heure du péril est notre heure :
Les orphelins sont nos enfants. »

Et deux femmes en deuil recueillaient sa misère.
Lui, docile et confus, se levait à leurs voix ;
Il s'étonnait d'abord ; mais il vit dans leurs doigts
Briller la croix d'argent au bout du long rosaire ;
Et l'enfant les suivit en se signant deux fois.

LE RETOUR.

Avec leurs grands sommets, leurs glaces éternelles,
Par un soleil d'été, que les Alpes sont belles !
Tout, dans leurs frais vallons, sert à nous enchanter,
La verdure, les eaux, les bois, les fleurs nouvelles.
Heureux qui sur ces bords peut longtemps s'arrêter !
Heureux qui les revoit, s'il a pu les quitter !

Quel est ce voyageur que l'été leur renvoie,
Seul, loin dans la vallée, un bâton à la main ?
C'est un enfant ; il marche, il suit le long chemin
    Qui va de France à la Savoie.
Bientôt de la colline il prend l'étroit sentier :
Il a mis, ce matin, la bure du dimanche,
    Et dans son sac de toile blanche
Est un pain de froment qu'il garde tout entier.

Pourquoi tant se hâter à sa course dernière ?
C'est que le pauvre enfant veut gravir le coteau,
Et ne point s'arrêter qu'il n'ait vu son hameau
    Et n'ait reconnu sa chaumière.

Les voilà !... tels encor qu'il les a vus toujours,
Ces grands bois, ce ruisseau qui fuit sous le feuillage.
Il ne se souvient plus qu'il a marché dix jours ;
    Il est si près de son village !

Tout joyeux il arrive, et regarde... Mais quoi!
Personne ne l'attend! sa chaumière est fermée!
Pourtant du toit aigu sort un peu de fumée.
Et l'enfant plein de trouble : Ouvrez, dit-il, c'est moi...
La porte cède, il entre, et sa mère attendrie,
Sa mère, qu'un long mal près du foyer retient,
Se relève à moitié, tend les bras, et s'écrie :
       N'est-ce pas mon fils qui revient?
Son fils est dans ses bras, qui pleure et qui l'appelle :
Je suis infirme, hélas! Dieu m'afflige, dit-elle;
Et depuis quelques jours je te l'ai fait savoir,
Car je ne voulais pas mourir sans te revoir.

Mais lui : « De votre enfant vous étiez éloignée,
Le voilà qui revient; ayez des jours contents;
Vivez : je suis grandi, vous serez bien soignée;
       Nous sommes riches pour longtemps. »

Et les mains de l'enfant, des siennes détachées,
Jetaient sur ses genoux tout ce qu'il possédait,
Les trois pièces d'argent dans sa veste cachées,
Et le pain de froment que pour elle il gardait.

Sa mère l'embrassait et respirait à peine;
Et son œil se fixait, de larmes obscurci,
       Sur un grand crucifix de chêne,
Suspendu devant elle et par le temps noirci.
« C'est lui, je le savais, le Dieu des pauvres mères
Et des petits enfants, qui du mien a pris soin;
Lui, qui me consolait quand mes plaintes amères
       Appelaient mon fils de si loin.
C'est le Christ du foyer que les mères implorent,
Qui sauve nos enfants du froid et de la faim.
Nous gardons nos agneaux, et les loups les dévorent;
Nos fils s'en vont tout seuls, et reviennent enfin.

Toi, mon fils, maintenant me seras-tu fidèle?
Ta pauvre mère infirme a besoin de secours;
Elle mourrait sans toi. » L'enfant, à ce discours,
Grave, et joignant ses mains, tombe à genoux près d'elle,
Disant : « Que le bon Dieu vous fasse de longs jours! »

A. GUIRAUD.

L'auteur de *Marie* a donné le même caractère à son récit de la mort d'une jeune villageoise :

Quand Louise mourut, à sa quinzième année,
Fleur des bois, par la pluie et le vent moissonnée,
Un cortége nombreux ne suivit point son deuil,
Un seul prêtre, en priant, conduisit le cercueil;
Puis venait un enfant, qui, d'espace en espace,
Aux saintes oraisons répondait à voix basse;
Car Louise était pauvre, et jusqu'en son trépas
Le riche a des honneurs que le pauvre n'a pas.
La simple croix de bois, un vieux drap mortuaire
Furent les seuls apprêts de son lit funéraire;
Et quand le fossoyeur soulevant son beau corps,
Du village natal l'emporta chez les morts,
A peine si la cloche avertit la contrée
Que sa plus douce vierge en était retirée;
Elle mourut ainsi : par les taillis couverts,
Les vallons embaumés, le genet, les blés verts,
Le convoi descendit au lever de l'aurore,
Avec toute sa pompe, avril venait d'éclore;
Il couvrait en passant d'une neige de fleurs
Le cercueil virginal et le baignait de pleurs.

Il y a plus de grâce encore dans les vers suivants, composés sur le même sujet, et qui sont si suaves,

si purs et si doux, qu'ils nous semblent avoir atteint
la perfection même :

. . . .
. . . .
. . . .
. . . .
. . . .
. . . .
. . . .
. . . .

> Au ciel elle a rendu sa vie,
> Et doucement s'est endormie
> Sans murmurer contre ses lois.
> Ainsi le sourire s'efface,
> Ainsi meurt sans laisser de trace
> Le chant d'un oiseau dans les bois.

Il serait difficile de lire sans être ému du même
sentiment, les vers qui suivent, de M. Turquety :

> Le souffle de l'automne a jauni les vallées,
> Leurs feuillages errants dans les sombres allées,
> Sur le gazon flétri retombent sans couleurs.
> Adieu l'éclat des cieux ! leur bel azur s'altère,
> Et le soupir charmant de l'oiseau solitaire
>   A disparu comme les fleurs.

> L'aquilon seul gémit dans les campagnes nues :
> Tout se voile ; les cieux, vaste Océan des nues,
> Ne reflètent sur nous qu'un jour terne et changeant.
> L'orage s'est levé, l'hiver s'avance et gronde,
> L'hiver, saison des jeux pour les riches du monde,
>   Saison des pleurs pour l'indigent.

Oh ! le vent déchaîné sème en vain les tempêtes,
Heureux du monde ! il passe et respecte vos fêtes :
L'ivresse du plaisir embellit vos instants :
Et, malgré les hivers, vous respirez encore,
Dans les tardives fleurs que vos soins font éclore,
    Un dernier souffle du printemps.

Et le bal recommence, et la beauté s'oublie
Aux suaves concerts de la molle Italie;
A ces accords touchants de grâce et de langueur;
Et bercée à ces bruits qu'un doux écho prolonge,
Votre âme à chaque instant traverse comme un songe
    Tous les prestiges du bonheur.

Mais la douleur aussi veille autour de sa proie.
Soulevez, soulevez ces longs rideaux de soie,
Qui défendent vos nuits des lueurs du matin.
Hélas ! à votre seuil que verrez-vous paraître?...
Quelque femme éplorée, ou bien encor peut-être
    Un vieillard tout pâle de faim.

Oh ! vous ne savez pas ce que souffre à toute heure,
Sous ces toits indigents, frêle et triste demeure,
Où l'aquilon pénètre et que rien ne défend :
Non, vous ne savez pas ce que souffre une mère,
Qui, glacée elle-même, au fond de sa chaumière
    Ne peut réchauffer son enfant !

Non, vous n'avez pas vu ces fantômes livides,
Sous vos balcons dorés, tendre des mains avides;
Le bruit des instruments vous dérobe à moitié
Ce cri que j'entendais aux pieds de vos murailles,
Ce cri du désespoir, qui va jusqu'aux entrailles :
    Oh ! pitié ! donnez par pitié !

Pitié pour le vieillard dont la tête s'incline!
Pitié pour l'humble enfant! pitié pour l'orpheline!
Qu'un peu d'or ou du pain sauve du déshonneur!
Ils sont là; leur voix triste essaie une prière.
Dites : resterez-vous aussi froids que la pierre
       Où s'agenouille la douleur?

Je le demande, au nom de tout ce qui vous aime;
Je le demande au nom de votre bonheur même,
Par les plus doux penchants et par les plus saints nœuds;
Et, si ces mots sacrés n'ont pu toucher votre âme,
S'il faut un nom plus grand, chrétiens, je le réclame
       Au nom du Christ, pauvre comme eux.

Donnez : ce plaisir pur, ineffable, céleste,
Est le plus beau de tous, le seul dont il nous reste
Un charme consolant que rien ne doit flétrir;
L'âme trouve en lui seul la paix et l'espérance.
Donnez : il est si doux de rêver en silence
       Aux larmes qu'on a pu tarir!

Donnez : et quand viendra cette heure où la pensée,
Sous le vent de la mort languit tout oppressée,
Le frisson de vos cœurs sera moins douloureux;
Et quand vous paraîtrez devant le juge austère,
Vous direz : J'ai connu la pitié sur la terre,
       Je puis la demander aux cieux!

La pièce qui suit ressemble à celle qui précède;
mais nous ne craignons pas de revenir sur le sentiment que toutes deux expriment.

Dans vos fêtes d'hiver, riches heureux du monde,
Quand le bal tournoyant de ses feux vous inonde,

Quand partout à l'entour de vos pas vous voyez
Briller et rayonner cristaux, miroirs, balustres,
Candélabres ardents, cercle étoilé, des lustres,
Et la danse, et la joie au front des conviés.

Tandis qu'un timbre d'or sonnant dans vos demeures,
Vous change en joyeux chant la voix grave des heures,
Oh ! songez-vous parfois que, de faim dévoré,
Peut-être un indigent, dans les carrefours sombres,
S'arrête et voit danser vos lumineuses ombres
        Aux vitres du salon doré ?

Songez-vous qu'il est là, sous le givre et la neige,
Ce père sans travail, que la famine assiége ?
Et qu'il se dit tout bas : « Pour un seul que de biens !
A son large festin que d'amis se récrient !
Ce riche est bien heureux, ses enfants lui sourient !
Rien que dans leurs joucts, que de pain pour les miens ! »

Et puis à votre fête il compare en son âme
Son foyer où jamais ne rayonne une flamme,
Ses enfants affamés, et leur mère en lambeau,
Et, sur un peu de paille, étendue et muette,
L'aïeule que l'hiver, hélas ! a déjà faite
        Assez froide pour le tombeau !

Donnez, riches ! l'aumône est sœur de la prière.
Hélas ! quand un vieillard sur votre seuil de pierre,
Tout raidi par l'hiver, en vain tombe à genoux ;
Quand les petits enfants, les mains de froid rougies,
Ramassent sous vos pieds les miettes des orgies,
La face du Seigneur se détourne de vous.

Donnez ! afin que Dieu, qui dote les familles,
Donne à vos fils la force et la grâce à vos filles ;

5

Afin que votre vigne ait toujours un doux fruit;
Afin qu'un blé plus mûr fasse plier vos granges;
Afin d'être meilleurs; afin de voir les anges
    Passer dans vos rêves la nuit!

Donnez! il vient un jour où la gloire nous laisse.
Vos aumônes là-haut vous font une richesse.
Donnez! afin qu'on dise : « Il a pitié de nous! »
Afin que l'indigent que glacent les tempêtes,
Que le pauvre qui souffre à côté de vos fêtes,
Au seuil de vos palais fixe un œil moins jaloux.

Donnez! pour être aimés du Dieu qui se fit homme,
Pour que le méchant même en s'inclinant vous nomme.
Pour que votre foyer soit calme et fraternel ;
Donnez! afin qu'un jour, à votre heure dernière,
Contre tous vos péchés vous ayez la prière
    D'un mendiant puissant au ciel!

VICTOR HUGO.

On voit aisément quelles ont été les vues de la Providence quand elle nous a rendus sensibles à la pitié.

Les grandes misères, les grandes douleurs de la vie humaine, les maladies, la pauvreté, l'exil, l'abandon, la captivité, la laideur, l'idiotisme, trouvent une sorte de contrepoids dans la disposition du cœur de l'homme à la compassion.

La peine est plus grande dans le cœur de ceux qu'il importait le plus d'attendrir.

La pitié n'est le partage ni des enfants, qui n'ont

point encore de forces, ni des vieillards, qui n'en ont
plus ; elle appartient plus particulièrement à cette
époque de la vie où l'homme a toute sa puissance
et peut donner de plus utiles secours : « Jupiter,
dit Démédocus, dans Homère, Jupiter a confié la
pitié aux jeunes hommes ; nous autres vieillards,
accablés du fardeau de Saturne, si nous avons pour
nous la paix et la justice, nous sommes privés de
cette compassion, de ces sentiments délicats, ornements des beaux jours de la vie. »

Dieu a aussi voulu que les femmes fussent plus
compatissantes que les hommes, parce que leur pitié est plus douce au malheur que celle des hommes ; il a donné plus de penchant à plaindre et à
soulager au sexe dont les soins sont plus patients,
plus affectueux et plus tendres. Au pied du lit des
blessés, des infirmes et des malades ; auprès du berceau et auprès de la tombe, il a placé celles dont
le regard, dont la voix, dont les pleurs sont à eux
seuls une consolation ; celles qui savent des paroles
dont la douceur enchante la souffrance ; celles qui,
plus que nous, participant de la nature des anges,
sont les interprètes de la religion et les messagers
du Ciel.

Par la même raison, il a mis plus de pitié dans
les âmes nobles et généreuses, parce que chez elles
la pitié est plus féconde en bonnes œuvres. A quoi
eût servi la pitié du méchant en qui elle fût demeu-

rée stérile? A quoi eût servi une pitié qui eût attendri le cœur et mouillé les yeux de larmes, sans
inspirer au cœur ni dévouement ni sacrifices?

Dieu nous a donné plus de sympathie pour la
douleur que pour la joie des autres; la raison en est
simple; aux heureux il importe peu que l'on partage leur bonheur; mais il importe beaucoup aux
malheureux que l'on soit disposé par la compassion à les secourir.

La pitié n'est pas la même pour les souffrances
morales que pour les misères physiques.

Vous admiriez naguère cette belle jeune fille que
paraient tout à la fois sa grâce, sa candeur et l'éclat
de son printemps; vous la compariez au lys de la
vallée, à la rose qui s'échappe des flancs du rocher
humide encore de la rosée de la nuit; vos regards
s'arrêtaient avec complaisance sur sa douce figure.

Bientôt, la vie de cette heureuse enfant a paru
défaillir, son front a pâli, ses yeux se sont éteints,
sa tête s'est penchée et tous ses membres ont été
frappés d'une langueur mortelle.

Puis le mal est devenu plus grave : le visage pâli,
s'est desséché; ses yeux, déjà privés de lumière,
ont perdu jusqu'à la force de s'ouvrir; le corps
épuisé, a dû s'étendre sur un lit comme dans un
tombeau.

Les secours de l'art, réclamés de toutes parts,
ont été impuissants; la main convulsive de la souf-

fran te a repoussé les breuvages les plus salutaires.
A la vue des mets les plus exquis, et présentés par
les mains les plus chéries, son cœur s'est soulevé
de dégoût; pour triompher de sa résistance, on
lui a parlé de la mort, et, loin de s'effrayer de
cette pensée, elle a dit avec un sourire : Je veux
mourir.

L'infortunée a succombé : là où était le corps
d'un ange, il n'y a plus qu'un cadavre hideux et in-
fect; dans une demeure où brillait la joie, on n'entend plus que des gémissements; aux guirlandes de
roses, aux sourires de l'affection, aux enchante-
ments de l'espérance, ont succédé les voiles funèbres, les larmes et les réalités du sépulchre.

Le spectacle d'une telle mort inspire toujours et
à tout homme une profonde pitié.

Mais la perte de la vie de l'âme, la mort morale,
excite à peine une légère attention, et pourtant cette
dernière infortune est plus déplorable que l'autre.

Un jeune homme, après avoir été l'orgueil de son
heureuse mère, est devenu un objet d'affection
pour une tendre épouse, de respect et de naïve
confiance pour ses petits enfants. A la noblesse du
cœur, à la dignité du caractère, il joint la beauté
du génie; son mérite a désarmé l'envie.

Une année à peine écoulée, la moralité de cet
homme reçoit une atteinte; l'éclat de sa réputation
se ternit légèrement, et puis ce qui était doute et

soupçon acquiert de la vraisemblance et enfin devient une certitude.

Déjà aux torts ont succédé les fautes; aux fautes, les scandales; aux scandales, le crime.

Ni les sages avertissements d'une sœur, ni les
douces supplications d'une épouse, ni les pleurs de
petits enfants, n'ont pu changer le cœur du coupable; il a repoussé avec fureur tous les conseils
et toutes les prières; une passion insensée et dont
lui-même ne peut se déguiser la turpitude ni les
périls, s'est emparée de lui, et, pour cette passion,
il a tout sacrifié, il a tout foulé au pieds. Bientôt,
chez lui, à la fierté du cœur a succédé l'effronterie
du satyre, à la gaîté de l'innocence le rire forcé de
la débauche; perdu de réputation, repoussé loin
des gens honnêtes, accablé sous le poids d'obliga-
tions que rempliront pour lui ceux qu'il a désho-
norés, il n'est plus pour lui-même et pour les autres qu'un objet de dégoût à l'approche duquel
chacun baisse ou détourne les yeux.

Dans sa demeure naguère si fortunée où régnait
une douce tranquillité, où souriaient tant d'espérances, où se murmuraient les bénédictions de la
terre et du ciel, il n'y a plus qu'un morne silence
qu'interrompt seulement les blasphèmes de l'im-
piété ou les sanglots étouffés du désespoir.

Maintenant, on nous demande pourquoi de ces
deux destinées la plus triste est celle dont on a

moins de pitié ; hélas ! la raison en est simple et juste : c'est que la souffrance physique et la mort sont des malheurs qu'on ne peut éviter, tandis que quand un homme est vicieux, c'est qu'il a voulu l'être.

Il y a toutefois une pitié qui juge avec d'autres principes que le vulgaire des hommes, et qui puise ses inspirations à une source plus élevée que la justice même, c'est la charité, dont nous parlerons plus tard.

DE LA BONTÉ.

A Me Jobert Paquot.

J'ai juré de fermer mon âme à toute haine,
A tout regret cuisant ; ouverte à bien jouir,
De la laisser au jour libre s'épanouir,
De n'aimer d'ici-bas que les plus douces choses,
De me nourrir du beau comme du suc des roses.
L'abeille se nourrit, sans chercher désormais
Quel mal on pourrait faire à qui n'en fit jamais.
Aussi, les yeux au ciel, ma future patrie,
Et calme et solitaire au milieu de la vie.
De traverser les flots de ce monde moqueur,
Sans jamais y mêler ni ma voix ni mon cœur.

BRIZEUX.

Dans la sympathie, il y a de l'instinct ; dans la pitié, un retour sur nous-même ; mais, dans la bonté, tout est volontaire et désintéressé ; la bonté n'est point la vertu, mais elle y dispose ; elle ne

suppose ni la victoire de nos passions, ni l'accomplissement de grands sacrifices, ni la fidélité à tous
les devoirs de la religion ; mais elle a la qualité, qui
répond le mieux à cette maxime de l'Evangile :
« Aimez-vous les uns les autres ; celui-là accomplit
la loi, qui aime son prochain comme lui-même. »

« Celui-là est bon, dit Pascal, qui fait du bien
aux autres ; s'il souffre pour le bien qu'il fait, il est
très-bon ; s'il souffre de ceux à qui il a fait du bien,
il a une si grande bonté qu'elle ne peut être aug-
mentée que dans le cas où sa souffrance viendrait à
croître ; et, s'il en meurt, sa vertu ne saurait aller
plus loin ; elle est héroïque, elle est parfaite. Le
principe de la bonté est en nous-même. » — « Lorsque
Dieu, dit Bossuet, forma le cœur et les entrailles
de l'homme, il y mit, premièrement, la bonté comme
le propre caractère de la nature divine, et pour être
comme la marque de cette main bienfaisante dont
nous sortons, et pour être en même temps le premier attrait que nous aurions en nous-mêmes pour
gagner les autres hommes. »

La véritable bonté ne doit pas être seulement
une affection cachée dans le cœur ; elle doit en
sortir pour se produire par des actions.

Elle peut être le partage de tous les hommes, des
riches et des pauvres, des petits et des grands du
monde.

« Il n'y a, dit un philosophe, il n'y a que les

paresseux de bien faire qui ne sachent faire du bien
que la bourse à la main ; les consolations, les soins,
les conseils, la protection sont des ressources que
la commisération nous laisse à défaut des richesses
pour le soulagement des malheureux ; souvent les
opprimés ne le sont que parce qu'ils manquent d'organe pour faire entendre leurs plaintes ; il ne s'agit
que d'un mot qu'ils ne peuvent dire, d'une raison qu'ils ne savent point exposer, de la porte
d'un grand qu'ils ne peuvent franchir. »

Notre bonté naturelle se développe par l'exercice:
c'est en faisant le bien qu'on devient bon ; la raison
nous le dit, et l'expérience nous le prouve.

La bonté est aussi plus parfaite quand elle prend
un caractère religieux.

Aux yeux de la religion, tous les hommes sont
également les enfants de Dieu, les membres d'une
même famille, des coupables rachetés de la mort
au prix du même sang, et héritiers du même pa-
trimoine céleste; aux yeux de l'athée, au contraire,
l'homme n'est qu'une vaine poussière, une frèle
apparence de quelques jours, un fortuit assemblage
d'organes dont le mouvement s'arrête à la mort : il
est aisé de voir quel est celui des deux systèmes qui
est le plus propre à nous rendre bons pour nos
semblables.

Parmi les hommes religieux, les pauvres ont un
genre de bonté qui manque aux riches.

5.

« Sans cesse menacés par le malheur, dit Mme de
Staël, recourant sans cesse à la prière, inquiets chaque
jour, sauvés chaque soir, ils se sentent davantage
sous la main immédiate de celui qui protége ce que
les hommes ont délaissé; ils ont une bonté plus
pratique que celle des autres hommes. »

Les souffrances morales disposent mieux encore
à la bonté que les souffrances physiques ; leur effet,
sous ce rapport, est plus grand, parce qu'elles sont
plus fréquentes et plus vives.

Comme souvent la bonté cède à la prière, aux
larmes et à l'intérêt d'autrui, elle passe aisément
pour faiblesse; mais il est peu de qualités, néanmoins, qui exigent autant de fermeté; voici pourquoi : la bonté entre en lutte avec le plus invincible de nos penchants, l'égoïsme; elle nous impose
le constant oubli de nous-mêmes, le constant sacrifice de nos intérêts; elle nous oblige, à toute heure,
envers tous et sur toute chose; or, la nature humaine est plus capable de grands efforts que d'efforts durables; il faut donc un admirable courage
pour être constamment bon.

Le mérite de la bonté ne peut guère être apprécié
que par ceux qui ont l'habitude du dévouement, que
par ceux qui voient les choses de haut et à leur vrai
point de vue. « Il n'y a que les grands cœurs, dit
Sophocle, qui sachent combien il y a de gloire à
être bons. »

Ce qu'il y a au monde de plus propre à toucher, c'est la peinture de ce qui est bon ; rien ne va plus avant dans le cœur de l'homme ; un écrivain doit donc s'attacher à représenter comme bons les personnages sur lesquels il appelle l'intérêt.

Bossuet, dans l'*Oraison funèbre du prince de Condé*, a représenté ce héros occupé, au sortir des batailles, des intérêts, du bonheur et de l'instruction religieuse de ses serviteurs : « Ce n'était pas, dit l'orateur, ce n'était pas seulement pour un fils, ni pour sa famille, qu'il avait des sentiments si tendres ; je l'ai vu, et ne croyez pas que j'use d'exagération, je l'ai vu, simple et naturel, changer de visage au récit de leurs infortunes, entrer avec eux dans les moindres choses comme dans les plus importantes, dans les accommodements calmer les esprits aigris avec une patience et une douceur qu'on n'aurait jamais attendue d'une humeur si vive et d'une si haute élévation. Loin de nous les héros sans humanité ! ils pourront bien forcer le respect, ravir l'admiration, mais ils n'auront point les cœurs. »

Les grands hommes, dont l'humanité n'est point le partage, par une juste punition de leur dédaigneuse insensibilité, demeureront éternellement privés du plus grand bien de la vie humaine, je veux dire des douceurs de la société.

Ce qui nous touche dans la vie de Philopœmen,

c'est moins le récit de ses exploits que celui d'un
acte de bonté que Plutarque nous raconte de la manière suivante :

' « Une femme de Mégare, avertie par son mari
que le général des Achéens venait loger chez elle,
se donnait beaucoup de peine pour lui préparer à
souper; Philopemen arrive, vêtu d'un manteau fort
simple; l'hôtesse, qui le prit pour un serviteur ou
pour un courrier, le pria de l'aider à préparer le repas. Philopemen, quittant son manteau, se mit à
fendre du bois; l'hôte revint, et le voyant dans cet
état : — Que faites-vous là! s'écria-t-il, seigneur
Philopemen. — Vous le voyez, répondit celui-ci, je
paie les intérêts de ma mauvaise mine. »

Il y a, dans la *Vie de Turenne,* un trait de bonté
que les historiens de sa vie ont jugé indigne de la
gravité de l'histoire, mais que Plutarque, dit Rousseau, se fût bien gardé de passer sous silence :

« Un jour d'été, qu'il faisait fort chaud, Turenne,
en petite veste blanche, était à la fenêtre dans son
antichambre; un de ses gens survient, et, trompé
par l'habillement, le prend pour un aide de cui-
sine avec lequel il était familier; il s'approche
doucement par derrière; et, d'une main qui n'était
pas légère, lui applique un grand coup sur les
fesses; l'homme frappé se retourne. — Le valet
voit en tremblant le visage de son maître, il se jette à
ses genoux tout éperdu : « Monseigneur, s'écrie-t-il,

j'ai cru que c'était George, le marmiton ! — Et quand c'eût été George, lui dit Turenne avec bonté, il ne fallait pas frapper si fort. »

En continuant de suivre la même gradation, nous citerons après le récit d'un acte de bonté de la part d'un héros ancien et d'un grand homme des temps modernes, un acte de bonté plus admirable encore, et que nous emprunterons à la vie d'un saint.

La seule simplicité d'un cœur fidèle suffit à l'éloge de certains faits.

Parmi les forçats que Vincent de Paul ramenait à la Providence, il en trouve un dont le désespoir lui résiste : c'est un jeune homme condamné par les lois fiscales à trois années de captivité sur les galères, et inconsolable de la misère où il a laissé sa femme et ses enfants. Vincent de Paul, ne pouvant tarir ses larmes, profite de l'obscurité dans laquelle il s'est caché pour solliciter la liberté de cet infortuné; il l'obtient par un moyen que l'imagination n'oserait prévoir : pour rompre la chaîne d'un esclave, il se réduit lui-même en esclavage, il se met lui-même à la place du jeune forçat; l'héroïsme de cette bonté a son invraisemblance ; notre égoïsme, au récit d'un élan si sublime de charité, n'estime plus assez les hommes, et ne nous permet plus de nous estimer assez nous-même pour s'élever à la croyance d'un pareil dévouement.

Heureusement, la preuve de ce fait irrécusable a été mise au-dessus de toute controverse.

Enfin, dans les beaux vers qui suivent, l'auteur de *Marie* a peint la bonté du Sauveur des hommes :

> Or, telle de ses yeux était la douce flamme,
> Qu'à le voir seulement on devinait son âme,
> Et si douce sa voix qu'un aveugle eût cru voir
> Son regard angélique et pur comme un miroir ;
> Tel qu'un sage d'Asie, amoureux de symboles,
> De sa bouche abondaient les longues paraboles,
> Des mots mystérieux sur lesquels il couvrait
> Sa doctrine puisée au lac de Nazareth ;
> Tous préceptes de paix, de douceur, d'indulgence,
> La tendre humilité, l'horreur de la vengeance,
> Et le mépris du monde, et l'espoir vers le ciel,
> Qui prend soin du ciron et de la mouche à miel,
> Et revêt tous les ans le lys de la vallée
> D'une robe de neige et qu'il n'a point filée,
> Plus belle en vérité que dans tout son pouvoir,
> Le grand roi Salomon n'en put jamais avoir.
> Ainsi compatissant il allait sur la terre,
> Faisant fléchir la loi pour la femme adultère,
> Aux hommes ne parlant que de fraternité,
> Et sans faste orgueilleux prêchant la pauvreté.

DE LA RECONNAISSANCE.

A M. Boinvilliers, Avocat.

Mens sibi conscia recti.

La reconnaissance est la mémoire du cœur.

Reconnaître un bienfait, c'est avouer que celui à qui nous le devons a sur nous un avantage quelconque; or, il nous en coûte toujours de faire un pareil aveu; la reconnaissance combat directement le sentiment qui est comme le fonds de notre nature, je veux dire l'orgueil : voilà pourquoi elle est une des vertus les plus belles qu'il y ait sur la terre; voilà aussi pourquoi elle est l'une des plus rares.

« Les bienfaits, disent les Hindous, s'écrivent sur le sable; et les injures, sur le marbre. »

La reconnaissance, déjà belle par elle-même, est aussi admirable comme principe de beaucoup d'autres vertus; qu'est-ce que la piété filiale, sinon la reconnaissance d'un enfant pour les bienfaits de ses parents? qu'est-ce que le patriotisme, sinon la reconnaissance que l'on doit à la patrie qui nous protége? qu'est-ce que la piété, si ce n'est un souvenir des bontés de la Providence à notre égard?

N'y a-t-il pas même un fonds de reconnaissance dans toutes les affections, dans l'attachement même des époux, des frères, serviteurs et des maîtres, des amis, des frères d'armes? Je n'hésite point à placer la reconnaissance à la tête de toutes les vertus, attendu que Dieu lui-même n'en exige pas d'autre de l'homme de bien auquel il promet le bonheur du ciel.

« Les païens, dit Sterne, avaient imaginé trois déesses en l'honneur de la reconnaissance : Thalie, Aglaé et Euphrosine. Ils avaient jugé qu'une seule ne suffisait pas pour honorer une vertu si belle; ils les peignaient nues, pour montrer que la reconnaissance doit être sincère ; jeunes, pour montrer que le souvenir d'un bienfait doit être toujours récent; douce et riante, pour montrer la joie que doit nous inspirer le souvenir d'un service; elles étaient trois, parce que la reconnaissance doit être trois fois plus grande que le bienfait; elles se tenaient par la main, parce que les services et la reconnaissance doivent être inséparables. »

Les vers suivants, de Victor Hugo, sont propres à faire naître, dans l'âme du lecteur, un sentiment de reconnaissance pour Dieu :

L'été, l'âme du pauvre est pleine,
Humble, il bénit le Dieu lointain
Dont il sente la céleste haline
Dans tous les souffles du matin;

L'été, si l'orphelin s'éveille,
Sans toit, sans mère et priant Dieu,
Une voix lui dit à l'oreille :
Suis—moi, viens sous mon dôme bleu.

Viens, j'ai des fruits d'or, j'ai des roses,
J'en remplirai tes petits bras ;
Je te dirai de douces choses,
Et peut—être tu souriras ;

Car je voudrais te voir sourire,
Pauvre enfant, si triste, si beau,
Et puis tout bas j'irais le dire
A ta mère dans son tombeau.

J'ai souvent pensé dans mes veilles
Que la nature au front sacré,
Dédiait tout bas ses merveilles
A ceux qui l'hiver ont pleuré.

Pour tous, et pour le méchant même,
Elle est bonne, Dieu le permet,
Dieu le veut ; mais surtout elle aime
Le pauvre que Jésus aimait.

Toujours sereine et pacifique,
Elle offre à l'auguste indigent
Des dons de reine magnifique,
Des soins d'esclave intelligent.

A—t—il faim ? au fruit de la branche
Elle dit : Tombe, ô fruit vermeil !
A—t—il soif ? que l'onde s'épanche ?
A—t—il froid ! lève—toi, soleil !

Rousseau a peint ainsi la reconnaissance de l'homme pour Dieu :

« L'univers entier ne lui offre que des sujets d'attendrissement et de gratitude : partout il aperçoit la bienfaisante main de la Providence ; il recueille ses dons dans les productions de la terre; il voit sa table couverte par ses soins ; il s'endort sous sa protection ; son paisible réveil lui vient d'elle; il voit son conseil dans les disgraces, et ses faveurs dans ses plaisirs ; les biens dont il jouit, tout ce qui lui est cher, sont autant de nouveaux sujets d'hommage ; si le Dieu de l'univers échappe à ses faibles yeux, il voit partout le père commun des hommes. »

Labruyère a flétri l'ingratitude dans le passage qui suit :

« Cet homme qui a fait la fortune de plusieurs, qui a fait la vôtre, n'a pu soutenir la sienne, ni assurer, avant sa mort, celle de sa femme et de ses enfants : ils vivent cachés et malheureux. — Quelque bien instruit que vous soyez de la misère de leur condition, vous ne pensez pas à l'adoucir ; vous ne le pouvez pas, en effet, vous tenez table, vous bâtissez ; mais vous conservez, par reconnaissance, le portrait de votre bienfaiteur, qui a passé, à la vérité, du cabinet à l'antichambre. Quels égards ! il pouvait aller au garde-meuble. »

« Titius assiste à la lecture d'un testament avec les yeux rouges et humides, et le cœur serré de la perte

de celui dont il espère recueillir la succession; un
article lui donne la charge, un autre les rentes de
la ville, un troisième le rend maître d'une terre à
la campagne; il y a une clause qui, bien entendue,
lui accorde une maison au milieu de Paris, comme
elle se trouve, et avec les meubles; son affliction
augmente; les larmes lui coulent des yeux, le moyen
de les contenir? Il se voit officier, logé aux champs
et à la ville, meublé de même; il se voit une bonne
table et un carrosse; *y avait-il au monde un meil-*
leur homme que le défunt, un plus honnête homme?
Il y a un codicile; il faut le lire; il fait Mœvius lé-
gataire universel, il renvoie Titius dans son fau-
bourg, sans rentes, sans titres, et le met à pied.
Il essuie ses larmes; c'est à Mœvius à s'affliger. »

DE L'AMITIÉ.

A M. Henri Renaudin.

Unanimis.

Nous trouvons, dans un passage de l'Évangile,
la meilleure définition qu'on puisse donner de l'a-
mitié.

Du haut de sa croix, le Christ mourant confie sa mère au disciple bien-aimé, et lui dit : « Voilà votre mère ; puis, il dit à celle-ci : Femme, voilà votre fils ; » comme s'il eût pensé que la vie qu'il allait perdre, allait se continuer dans celle de son ami ; comme s'il eût pensé que l'âme de son ami était tellement identifiée avec la sienne, qu'il pouvait lui attribuer ses affections les plus personnelles.

« Notre ami, disait Pythagore, c'est un autre nous-même. »

Dans la première entrevue d'Alexandre avec la famille de Darius, la mère de ce prince, Sisygambis tomba aux pieds d'Héphestion, qu'elle avait pris pour le roi, parce qu'il était vêtu plus magnifiquement que tous les autres ; on l'avertit de son erreur, et, avec larmes, elle en demanda pardon à Alexandre. « Vous ne vous êtes pas trompé, lui dit le fils d'Olympias, car Héphestion est un autre Alexandre. »

L'amitié est la plus libre et la plus désintéressée des affections humaines ; la nature nous inspire, et la religion nous recommande les *affections domestiques;* la raison nous fait un devoir des autres *affections humaines;* mais l'amitié n'est une obligation pour personne ; elle n'a de devoirs à remplir, que ceux qu'elle *s'impose;* elle est seulement une inspiration du cœur, et le résultat d'une sympathie instinctive, que ceux même qui l'éprouvent ne peuvent

pas toujours expliquer. Montaigne, après avoir cherché en vain la raison de son amitié pour la Béotie,
finit par dire : Je l'aimais parce que c'était lui et
parce que c'était moi.

L'amitié étant un sentiment très-libre, il s'ensuit
qu'elle est aussi un sentiment très-doux, et qu'elle
ne pèse ni comme devoir à remplir, ni comme intérêt à défendre ; et, qu'enfin, elle n'a d'autre objet que le bonheur de l'homme.

La Providence a eu en vue la perpétuité *des familles,* quand elle a mis, dans le cœur de l'homme,
les affections de fils, de frère, d'époux et de père ;
elle a eu en vue la *perpétuité des sociétés,* quand
elle nous a donné les sentiments d'amour pour la
patrie, la gloire, la liberté ; mais elle a créé l'amitié
dans un intérêt tout à fait individuel. Elle en a fait
un élément de bonheur pour chacun de nous, en
particulier ; elle a ainsi montré que, dans ses soins,
elle embrassait l'ensemble de l'univers, et s'arrêtait, avec complaisance, sur chacun des êtres qui s'y
trouvent.

« Ce sentiment se fortifie, dit Chateaubriand, autant par les oppositions que par les ressemblances ;
pour que deux hommes soient parfaits amis, ils
doivent s'attirer et se repousser sans cesse par quelque endroit ; il faut qu'ils aient des opinions opposées et des principes semblables, des humeurs tran-
chées, et pourtant des goûts pareils, en un mot, de

grands contrastes de caractère, et de grandes har-
monies de cœur. »

L'amitié suppose la confiance, et la confiance
suppose l'estime ; c'est assez dire qu'il n'y a de véritable amitié possible, qu'entre des gens de bien.

On est amené aussi à regarder comme vraie cette
maxime de Cicéron, quand on réfléchit au dévouement qu'impose l'amitié, et dont est rarement capable une âme vicieuse, pour qui tout est calcul.

Lafontaine avait la même idée de ce sentiment,
quand il faisait les beaux vers qui suivent :

> Qu'un ami véritable est une douce chose,
> Il cherche nos besoins au fond de notre cœur,
> Il nous épargne la pudeur
> De les lui découvrir nous-même ;
> Un songe, un rien, tout lui fait peur,
> Quand il s'agit de ce qu'il aime.

Les plus belles amitiés sont celles du jeune âge,
alors que l'âme est pure, étrangère aux vues de
l'intérêt, et plus susceptible d'enthousiasme. Quelle
amitié est comparable, en douceur, aux amitiés de
collége ? Quelle liaison a laissé, au fond du cœur de
chacun de nous, de plus tendres et de plus riants
souvenirs ? A quel sentiment, si ce n'est à celui-là,
devons-nous les illusions qui nous font remonter
le cours des années quand il est presqu'achevé ?

Rien ne prépare à l'amitié comme la ressemblance

de destinées, surtout quand ces destinées ne sont point heureuses.

Le cœur d'un voyageur, égaré parmi les ruines de la Grèce, et celui d'une pauvre jeune fille malade qui lui aide à retrouver sa route, sont comme ouverts d'avance au sentiment de l'amitié, ou du moins à cette réciprocité de bienveillance, qui en est l'image.

« Je priai cette jeune fille, dit le voyageur, d'accepter des pendants d'oreilles et un collier du sérail en pâte de rose ; elle accepta pour me plaire. Ces parures me siéront mal, dit-elle, je suis si pâle et si changée ; puis elle ajouta : Que puis-je vous donner en échange ? je suis une pauvre fille, mais prenez la moitié de cette feuille de platane que je viens de déchirer en deux parts, et gardez la première pour vous souvenir de Smaragdi, je conserverai la seconde ; peut-être, un jour, ces deux moitiés de feuille, les seules qui puissent s'ajuster l'une à l'autre, se rejoindront. MARCELLUS. »

Quand une affection est vraie, elle s'accroît par l'infortune de celui qui en est l'objet ; par une sorte de compensation accordée au malheur, il a plus de droits à l'attachement des cœurs généreux que la prospérité.

Aussi rien n'est plus vrai que les mots prêtés par Racine à Pylade, quand ce dernier voit Oreste au désespoir.

Allons, Seigneur, enlever Hermione.

Le René de Nattchez, qui inspire une amitié si
vive, a quelque chose du caractère et de la destinée
d'Oreste...

« Le souffle refroidi de l'aube engourdit les membres de René; ses plaies étaient déchirées par les
buissons et les ronces, et de la nudité de son corps
découlait une eau glacée; Outougamis saisit René
de nouveau, le réchauffa sur son cœur, et quand
la lumière du soleil pénétra sous la voûte des cyprès, elle trouva le sauvage tenant encore son ami
entre ses bras.

» Mère des actions sublimes, toi qui, depuis que
la Grèce n'est plus, as établi ta demeure sur les
tombeaux indiens, dans les solitudes du nouveau
monde; toi qui, parmi ces déserts, es pleine de
grandeur parce que tu es pleine d'innocence! amitié
sainte, prête-moi tes paroles les plus fortes et les
plus naïves, ta voix la plus mélodieuse et la plus
touchante, tes sentiments exaltés, tes feux immor-
tels et toutes les choses ineffables qui sortent de ton
cœur pour chanter les sacrifices que tu inspires.
Oh! qui me conduira aux champs des Rutules, à la
tombe d'Euryale et de Nisus, où la muse console
encore des mânes fidèles; tendre divinité de Vir-

gile, tu n'eus à soupirer que la mort de deux amis,
moi j'ai à peindre leur vie infortunée.

» Qui dira les douces larmes du frère d'Amélie?
Qui fera voir ses lèvres tremblantes, où son âme venait errer? Qui pourra représenter, sous l'abri d'un
cyprès, parmi des roseaux, Outougamis soutenant
dans ses bras l'ami qu'il a délivré, cet ami couvert
de fange et de sang, et dévoré d'une fièvre ardente?
Que celui qui le peut exprimer nous rende le regard de ces deux hommes, quand, se contemplant
l'un l'autre en silence, les sentiments du ciel et du
malheur rayonnaient et se confondaient sur leurs
fronts? Amitié, que sont les empires, les amours,
la gloire, toutes les joies de la terre auprès d'un
seul instant de ce douloureux bonheur?

» Huit jours entiers, il marche, ou plutôt il vole;
pour lui, plus de sommeil; pour lui, plus de repos; montagnes, précipices, rivières, tout est franchi. Si l'excès de la fatigue arrête le frère de Celuta, s'il sent, malgré lui, ses yeux s'apesantir, il
croit entendre une voix qui lui crie au milieu des
flammes : Outougamis, Outougamis, où est le gage
d'amitié que je t'ai donné?

» Cependant les douleurs de René s'étaient aug-
mentées, ses plaies s'étaient rouvertes, la fièvre
l'agitait, et l'on ne s'apercevait de sa vie qu'à ses
souffrances.

» Accablé par ses chagrins et ses travaux, affaibli

II.   6

par la privation presque tot.ile de nourriture, le
frère de Celuta eût eu besoin pour lui-même des
soins qu'il prodiguait à son ami; mais il ne s'aban-
donna point au désespoir; son âme, s'agrandissant
avec les périls, s'élève comme un chène qui semble
croître à l'œil, à mesure que les tempêtes du ciel
s'amoncèlent autour de sa tête; plus ingénieux
dans son amitié qu'une mère indienne qui ramasse
de la mousse pour en faire un berceau à son fils,
Outougamis coupe des joncs avec son poignard,
en forme une sorte de nacelle, parvient à y coucher le frère d'Amélie, et, se jetant à la nage,
traîne après lui le fragile vaisseau qui porte le trésor
de l'amitié.

» Il est sauvé, s'écrie-t-il en abordant au rivage; pauvre colombe fugitive, te voilà donc à l'a-
bri des chasseurs.

» Outougamis entre sous les cyprès, il y fait un
doux lit avec des cimes de joncs pleines d'une
mousse légère, puis, attirant son ami sur le lit, il le
recouvre de feuilles séchées; le second soin du frère
de Celuta fut de panser les plaies du frère d'Amélie,
dont il suce d'abord le venin; il ne pensait point à
lui, il obéissait à un instinct sublime. Comme un
charmant olivier, nourri parmi les ruisseaux et les
ombrages, laisse tomber, sans s'en apercevoir, au
gré des brises, ses fruits mûrs sur les gazons fleu-
ris; ainsi l'enfant des forêts américaines semait, au

souffle de l'amitié, ses vertus sur la terre, sans se douter des merveilleux présents qu'il faisait aux hommes.

» Rafraîchi et calmé par les soins de son libérateur, René sentit ses paupières se fermer, et Outougamis tomba lui-même dans un profond sommeil à ses côtés; les anges veillèrent sur le repos de ces deux hommes qui avaient trouvé grâce auprès de celui qui dormit dans le sein du disciple bien aimé.

» Outougamis eut un songe, une jeune femme lui apparut : elle s'appuyait en marchant sur un arc détendu, entouré de lierre comme un thyrse; un chien la suivait; ses yeux étaient bleus, un sourire sincère entr'ouvrait ses lèvres de roses : son air était un mélange de force et de grâce.

» Outougamis, semblait dire l'Indienne, fille du songe, élève-toi par l'adversité; que les vertus de la nature te servent de degrés pour atteindre aux vertus plus sublimes de la religion.

» Amitié, qui m'avez raconté ces merveilles, que ne m'avez-vous donné le talent pour les peindre; j'avais un cœur pour les sentir. »

Le sentiment qui unit deux âmes est, comme on le voit, fortifié par le malheur qui les soumet à plus d'épreuves, qui l'étend par la pitié d'une part et par la reconnaissance de l'autre.

Par une autre harmonie de la nature morale, l'a-

mitié est aussi plus vive chez les hommes violents;
la source des larmes qui sont, comme la pluie du
cœur, destinées à abattre les tempêtes, est plus
abondante là où ces tempêtes sont plus à craindre.

« C'est avec toute raison qu'Homère, dit Mar-
montel, a fait de l'ennemi le plus inexorable dans
son ressentiment, l'ami le plus doux et le plus tendre
dans ses affections. »

Les amitiés parmi les sauvages et parmi les
hommes de guerre ont un caractère particulier de
force et de durée; c'est aux temps héroïques de la
Grèce que vécurent les Thésée et les Pirithoüs, les
Oreste et les Pylade, les Hercule et les Philoctète,
les Achille et les Patrocle; c'est dans le moyen-
âge, autres temps héroïques de l'histoire, que le
lien qui unissait des frères d'armes fut le plus respecté.

Virgile, si fidèle aux lois de la vraisemblance,
a fait naître au milieu des camps l'amitié de Nisus
et d'Euryale.

Le tableau de cette amitié mérite d'attirer notre
attention.

Sous le rapport de la vraisemblance, elle n'est
pas seulement expliquée par la remarque que nous
venons de faire, elle l'est aussi par le contraste qui
existe entre les qualités des deux amis. Nisus est
un homme endurci à la chasse, *quem miserat ida*
venatrix; il a dans sa nature quelque chose de sau-

vage et d'emporté ; il sent fermenter en lui une ardeur qu'il ne peut contenir.

Aut pugnam, aut aliquid jàm dudùm invadere
   magnum
Mens agitat mihi.

Euryale, au contraire, est le fils unique d'une
mère qu'il n'a point quittée ; il a donc naturellement dans le cœur quelque chose de plus tendre.
De là résulte une sympathie aisée à comprendre,
une alliance morale de la faiblesse avec la force.

Tous deux, quoique à des titres divers, excitent de prime abord un puissant intérêt ; Nisus,
par sa prompte intelligence à concevoir,

   Locum insidiis conspeximus ipsi,
et par son audace à exécuter une résolution ;

   Nunc ipsa vocat res.
Euryale a pour lui son jeune âge,

   Ora puer primâ signans intonsa juventâ ;
sa merveilleuse beauté :

   Quo pulchrior alter
non fuit.
son attachement pour sa mère.

Ce guerrier, si intrépide quand il s'agit de braver
la mort, avoue naïvement qu'il ne pourrait supporter la vue des larmes maternelles ;

Testis quod nequeam lacrymas perferre parentis.
Tous deux se donnent également des preuves de
dévouement, mais non pas, toutefois, de la même

manière : l'attachement de Nisus pour Euryale a quelque chose de grave ; il est prévoyant et protecteur, comme celui d'un père ; ainsi, avant de s'exposer à la mort, Nisus prend soin de la destinée de son ami. C'est pour lui qu'il demande le prix de sa bravoure personnelle,

Si tibi quæ posco promittunt.

Il veut aussi empêcher Euryale de l'accompagner. Tu es trop jeune encore pour mourir, lui dit-il,

Tua vitâ dignior ætas.

Tu es nécessaire à ta mère,

Neu matri miseræ tanti sim causa doloris!

Euryale, dans son amitié pour Nisus, a quelque chose du dévouement absolu et enthousiaste d'un fils pour son père. Ce qui le décide à tenter de traverser le camp des Rutules, c'est uniquement le péril où va s'engager Nisus, et qu'il veut, pour cette raison, partager.

Solum te in tanta pericula mittam? .

Le péril de Nisus, voilà la seule chose qui l'occupe ; il n'y a dans sa résolution ni réflexion ni prudence, il y a abandon ; il ne calcule point, il aime en aveugle, il n'aime qu'avec son cœur.

Ce qui ajoute à la beauté de son dévouement, c'est l'excès même de sa tendresse pour celle qu'il va délaisser pour suivre Nisus, et qu'il recommande en termes si touchants aux soins du jeune Iules.

Genitrix

*Est mihi quam miseram tenuit non ilia tellus
mecum excedentem.*

*Hanc ego nunc ignaram hujus quodcumque pericli,
in que salutatam linquo.*

On juge de la force de son affection par l'étendue
du sacrifice que cette affection lui impose.

Dans le cours de l'action, l'amitié de Nisus continue d'être prévoyante; il avertit Euryale quand
le moment de frapper est venu; il lui indique la
route qu'il doit suivre; il annonce qu'il va marcher
le premier et lui servir de guide;

Euryale audendum dextrâ;

Hâc iter est, tu ne qua manus se attollere nobis

A tergo possit custodi et consule longè;

Hæc ego vasta dabo et lato te limite ducam.

Il est clair, par ce dernier mot, que Nisus s'est
réservé la première part du péril, mais qu'il ne
veut pas le laisser voir au confiant Euryale, à qui
il cache, au contraire, avec la délicatesse d'un
noble cœur, ce qu'il fait pour lui.

Attentif jusqu'au bout à veiller sur celui qu'il
aime, c'est encore Nisus qui annonce quand il faut
se retirer.

Absistamus ait nam lux inimica propinquat.

La catastrophe est amenée d'une manière pathétique par une imprudence d'Euryale, qui se rend
la cause involontaire de la mort de son ami, et qui

est encore touchante par son caractère de naï
veté.

Euryale, émerveillé de la beauté des armes de
Rhamnès, n'a pu résister au plaisir de son âge
au plaisir de les emporter et de s'en revêtir, et c'es
précisément l'éclat de ces armes qui le trahit dan
l'ombre de la forêt où il cherche à se réfugier e
qui attire sur lui l'attention des soldats de Volcens

Quant à Nisus, il échappe d'abord à la poursuite
de l'ennemi ; mais lorsque, tournant la tête, il ne
voit plus Euryale, il revient sur ses pas, et bientôt
il aperçoit son ami saisi par les Rutules ; dans l'audace de son désespoir, il tente, pour le délivrer, un
effort qui hâte sa perte; il lance, dans l'ombre,
plusieurs traits aux compagnons de Volcens, qui,
pour se venger, lève le fer sur Euryale ; à cette
vue, Nisus, éperdu, s'écrie : « C'est moi, c'est moi
qu'il faut frapper, moi seul je suis coupable. Celui-
ci est innocent. »

La beauté du mouvement qui le porte à réclamer
pour lui le péril où est son ami, n'a pas besoin
d'éloges ; plus ce mouvement est rapide, irréfléchi,
spontané, plus il est beau. La répétition du mot
me est d'une sublime éloquence ; dans l'insistance
de son dévouement, Nisus abrége, il presse les
mots pour faire entendre plus vite son vœu de
mourir pour Euryale.

Cependant ce dernier est égorgé sous les yeux

de Nisus, qui, aussi prompt que la foudre, tue le meurtrier.

Tranquille alors et comme indifférent à sa propre destinée, il se couche et reçoit la mort sur le corps de son ami.

Cicéron a sagement disserté sur l'amitié, Ducis l'a célébrée en beaux vers, Lafontaine la fait aimer dans la plus délicieuse de ses fables, celle des *Deux Pigeons.*

DE LA SENSIBILITÉ MORALE.

A M. Fay, Avocat.

Homo sum, humani nihil a me alienum puto.

La sensibilité est une des conditions de la nature humaine; elle seule, à proprement parler, constitue la vie.

Comme il y a en nous trois principes, nous avons trois sortes de sensibilité, celle des sens, celle de l'esprit et celle du cœur.

Ces trois sortes de sensibilité existent avec des caractères et à des degrés différents dans chacun de nous.

Il est des hommes dont l'esprit seul peut être

6.

impressionné vivement, qui ne sentent que les
beautés intellectuelles, qui ne vivent que de la
vie de la pensée, et sur lesquels on n'a de prise
que par la vérité, le calcul, la raison et la logique.

Il en est d'autres qui ne ressentent que des impressions physiques, dont la vie et toute sensuelle,
et qui remplacent les idées et les sentiments par des
appétits et des sensations.

Enfin, il est des hommes pour qui le sentiment
est à peu près tout, dont la sensibilité est presqu'entièrement morale, et qui ne vivent guère que
de la vie du cœur.

Du moment que la sensibilité existe, et quel que
soit d'ailleurs le point de nous-mêmes où elle se
manifeste et le degré de son énergie, il faut nécessairement qu'elle s'exerce sur quelqu'un ou sur
quelque chose; elle ne peut, dans aucun homme,
rester inactive; de la faculté d'aimer que Dieu nous
a donnée résulte logiquement le besoin d'aimer, et
ce besoin est l'un des plus impérieux et des plus
nobles de notre nature.

Le cœur de l'homme est plein d'une surabon-
dance de sentiments affectueux et tendres qui demandent à s'épancher au dehors; vivre, pour lui
c'est aimer; à défaut de patrie, de famille et de
relations amicales, il choisit dans la grande société
humaine les objets d'affection que plus près il n'a
pu trouver. Souvent, il va plus loin; un lépreux que

tout le monde repousse, un aveugle isolé au milieu
de la foule, un ermite retiré dans le désert, s'attachent à un animal plutôt que de n'aimer rien.
L'Arabe du désert se fait un ami de son coursier;
un oiseau est un objet d'affection pour un enfant,
une fleur pour une jeune fille ; Pelisson, captif, se
prit d'une sorte d'amitié pour une araignée; Philoctète, abandonnant sa grotte, lui dit adieu en
pleurant ; un vieux matelot s'arrêtera tout pensif à
la vue de son vaisseau qu'on dépèce sur le rivage.

La sensibilité de l'esprit se développe quand il
est cultivé par l'étude; celle du cœur, quand il s'ouvre sous une influence heureuse aux sentiments de
la nature ; celle des sens, quand ils sont exercés
avec suite et avec intelligence.

Considérée d'une manière générale, la sensibilité,
comme déjà nous l'avons dit, s'étend par la pratique du bien; elle suit, dans l'homme, la condition
de la moralité.

Les idées se faussent, le cœur se dessèche, les
sens s'émoussent au milieu des passions désordon-
nées qui soumettent toute l'activité de l'homme à
leurs exigences; du moment qu'il y a corruption,
l'esprit n'a plus de finesse que pour les choses fu-
tiles; le cœur n'a plus qu'une sensibilité maladive
et nerveuse; les sens abrutis, ne servent plus qu'aux
jouissances matérielles.

Il faut donc que l'homme soit sain d'esprit, de

cœur et d'organes pour aimer ce qu'il doit aimer, et pour l'aimer de tout l'amour possible.

Il n'y a de culte fervent pour la science, de véritable attachement pour la vérité que dans les nobles intelligences.

Les cœurs honnêtes, les cœurs purs sont aussi les seuls qui sachent aimer avec sincérité, avec abandon, avec constance et au prix de tous les sacrifices.

Enfin, il n'y a d'impression vive que pour les sens que rien n'a dépravés ou blasés.

La sensibilité, quand elle tient à la pureté du cœur, est un mérite, et, de plus, elle est une admirable puissance pour le génie ; c'est par elle qu'il rend vivement les idées qu'il a reçues de même; c'est parce que lui-même brûle d'une flamme intérieure qu'il peut réchauffer ce qui l'approche.

De cette sensibilité vague et sans objet déterminé, nous devons distinguer l'amour.

A M. Louis Renaudin.

Ce sentiment prépare l'union des époux comme l'instinct social prépare l'union des citoyens ;

Il est le principe des familles comme le patriotisme est celui des nations, comme la sympathie de l'homme pour l'homme est le principe de la fraternité universelle.

La preuve de la mission domestique et sociale de l'amour résulte de l'âge auquel il se développe et de l'étendue de sa puissance.

Il naît à l'âge où l'homme a la plénitude de sa force physique, de ses lumières et de son courage; il tient aussi à l'imagination qui est riche d'illusions, au cœur qui est disposé à l'enthousiasme, et aux sens, dont l'empire ne peut être nié.

Cette passion est très-vive, parce qu'elle doit triompher de ce qu'il y a en nous de plus difficile à vaincre, de l'égoïsme et de l'inconstance.

Destiné d'ailleurs à rapprocher les hommes, l'amour doit pouvoir briser les barrières qui les séparent et qu'élèvent entre eux les préjugés, la fortune, la naissance, le rang, les positions et les caractères.

Enfin, chargé de protéger la faiblesse d'une femme et de petits enfants, il a nécessairement besoin d'une grande puissance.

Il doit, en partie, cette puissance à ces mêmes obstacles qui l'excitent par l'orgueil, mais qui ne sont pas les seuls.

Il y a dans l'âme d'une jeune fille une timidité, une réserve et une pudeur instinctive que l'amour effraie; de là, une lutte qui accroît la force du sentiment combattu; il en est de l'amour comme d'un cours d'un fleuve; il murmure, il frémit, il s'irrite autour des digues qu'on lui oppose.

L'homme n'est point arrêté par sa timidité personnelle, mais il est tenu à distance par celle de la femme; il s'efforce d'en triompher; et, dans ce combat, il est soutenu, non seulement par l'amour, mais encore par cet indestructible orgueil qui est le fond de sa nature.

Si la puissance de l'amour tient, comme nous l'avons dit, aux contrariétés qu'il rencontre, les femmes doivent aimer avec plus de force que les hommes, parce qu'elles sont plus souvent contrariées dans leurs vœux; elles trouvent d'abord au dedans d'elles-mêmes plus de raisons de résister à leur penchant; et ensuite leurs moyens de renverser les obstacles qu'elles trouvent au dehors ne sont pas aussi puissants que ceux des hommes.

Si le feu de l'amour s'anime quand il est comme attisé par les obstacles, ou excité par le souffle de la contradiction, il est aussi plus ardent quand il brûle dans une âme pure.

« L'amour, dit un moraliste, est privé de son plus grand charme quand l'honnêteté l'abandonne; il n'a de prix qu'autant que le cœur peut s'y complaire : ôtez à la femme qui aime, l'idée de la perfection de l'objet aimé, vous lui ôterez son enthousiasme, vous lui ôterez ce qui fait l'orgueil, la joie et le bonheur de son amour. »

Il y a toujours pour elle une involontaire tristesse à ne pouvoir se justifier la passion qu'elle éprouve, ou à ne pouvoir attacher de prix à celle qu'elle inspire ; toute affection s'affaiblit par la honte : la pureté de notre nature le veut ainsi. »

Pas plus qu'à la femme, il n'est donné à l'homme d'aimer avec un entier abandon, ou du moins d'aimer longtemps ce qu'il méprise ; sa dignité proteste contre l'hommage qu'il adresse à ce qui est vil ; il est sans confiance dans les promesses d'une femme qui en a trahi de plus sacrées ; la reconnaissance, la pitié, l'habitude le retiennent quelque temps ; mais tôt ou tard, en dépit de lui-même, en dépit des larmes de celle qu'il aimait, il cesse d'aimer.

Sans doute, l'amour peut à toute force se passer de l'honnêteté, car Dieu n'a pu mettre l'innocence comme condition d'un sentiment que devaient éprouver tous les hommes ; mais nous avons droit de dire qu'une belle âme et toutes choses égales d'ailleurs plus aimante qu'une autre.

En général, la jeunesse et la beauté suffisent pour faire naître l'amour.

Dans une âme généreuse, la pitié dispose à des sentiments plus tendres : Othello, dans Shakeaspear, donne cette explication de la passion qu'il a inspiré à Desdémona.

Elle aima mes malheurs et j'aimai sa pitié.

Dans une âme noble, l'amour naît de l'admira-

tion pour de belles qualités, et devient un culte
quand il a ce caractère. Il fait dire à un amant :
« J'estime ce que j'aime, ou je cesse d'aimer. »

Dans une âme vaine l'amour est le désir des con-
quêtes. Il est aussi des amours de calcul, des
amours d'ambition et des amours de sympathie.

Mais la cause la plus commune de l'amour est
précisément ce je ne sais quoi, qu'on ne peut définir
et qui tient à la partie mystérieuse du cœur humain :
il y a pour les âmes des attaches invisibles par où
elles se saisissent et se lient l'une à l'autre.

D'autres raisons, qui tiennent moins à la nature
humaine qu'à l'état moral de la société, peuvent
ajouter à la puissance de l'amour.

« Ce que nous appelons *amour* parmi nous, dit
Chateaubriand, est un sentiment dont la haute
antiquité a ignoré jusqu'au nom ; le Christianisme,
en épurant le cœur, est parvenu à jeter de la spiri-
tualité jusque dans le penchant qui en paraissait le
moins susceptible ; il l'a forcé de prendre un caractère plus généreux et plus noble ; il l'a soumis à
des lois, qui, en le comprimant, lui ont donné plus
de ressort ; l'amour des paladins du moyen âge ne
ressemble en rien à celui des héros d'Homère. »

Les progrès de la civilisation n'ont pas laissé
non plus d'exercer quelqu'influence sur l'amour ;
ils lui ont donné plus de délicatesse, ils nous ont
rendus plus clairvoyants sur les signes qui l'annon-

cent, et plus habiles dans l'art de l'inspirer et de l'exprimer.

Il a aussi pris un nouvel empire à mesure qu'il y a eu plus de bien-être et de loisir parmi les hommes.

Ignorée de l'artisan trop occupé, du laboureur trop simple, cette passion n'existe que dans les rangs de la société, où l'oisiveté nous laisse surchargés de tout le poids de notre cœur avec son immense amour-propre et ses éternelles inquiétudes.

Cette grande puissance de l'amour est précisément ce qui en fait la plus terrible comme la plus douce des passions humaines : quand sa violence n'est point contenue par le frein de la morale, il peut vouloir, non seulement renverser d'injustes obstacles, mais s'attaquer aux droits des personnes, des familles et de la société.

Est-il repoussé, son orgueil réagit par la haine contre des refus qui l'humilient ;

Est-il accueilli, il peut faire de l'épouse la plus aimée la plus triste des victimes par l'emportement de sa fureur jalouse ;

Est-il trahi, il peut porter dans la vengeance toute l'ardeur qui le consume ;

Vient-il à s'éteindre, il laisse dans l'âme un vide que rien ne peut combler, un ennui dont rien 'ne distrait, un deuil dont rien ne console. Plus que toute autre affection, il produit l'oisiveté du cœur, qui est la plus dangereuse de toutes.

Ce qui rend ses égarements dangereux, c'est que son empire est universel ; ni l'avarice, ni l'ambition, ni la vanité, ni l'envie, ne sont des passions pour tous les hommes, mais aucun homme n'est étranger au sentiment de l'amour.

Non seulement l'amour entraîne à des fautes, mais il entraîne à des malheurs.

Si l'on pouvait voir ce qu'on aime tel qu'il est, a dit un philosophe, il y a longtemps qu'il n'y aurait plus d'amour sur la terre ; or, s'il en est ainsi, si l'amour vit d'illusions, dont le propre est d'être passagères, il s'ensuit qu'il ne nous donne qu'un bonheur momentané, en nous transportant dans un monde fantastique dont tôt ou tard il nous faut descendre.

En amour on a toujours à redouter ou l'indifférence, ou l'ingratitude, ou la jalousie, ou l'inconstance, ou la trahison de ceux qu'on aime ; c'est-à-dire, les sources des plus cruelles souffrances qui puissent torturer le cœur humain.

D'un autre côté, l'amour s'use avec la jeunesse ; il s'efface avec la beauté ; il s'éteint sous les glaces de l'âge ; il est une fièvre qui touche au délire et qui nous livre aux misères, aux ridicules et aux épouvantes de la folie.

Écoutons l'écrivain qui a le mieux peint cette

passion, et qui a jeté, sur le feu qu'elle allume, les froides paroles qui suivent :

« Vous êtes bien folles, vous autres femmes, de vouloir donner de la consistance à un sentiment aussi frivole et aussi passager que l'amour; tout change dans la nature, tout est dans un flux continuel, et vous voulez inspirer des feux constants? Et de quel droit prétendez-vous être aimées aujourd'hui, parce que vous l'étiez hier? Gardez donc le même visage, la même humeur; soyez toujours les mêmes, et l'on vous aimera toujours, si l'on peut; mais changer sans cesse et vouloir toujours qu'on vous aime, ce n'est point chercher des cœurs constants, c'est en chercher d'aussi inconstants que vôus. »

L'amour peut être un élément de moralité.

Ainsi, un amour honnête échauffe, de son feu, tous les sentiments auxquels il se mêle; il les transforme, il les élève, il leur donne, en les concentrant sur un seul point, un ressort prodigieux; et c'est pour cette raison qu'on a pu dire, avec vérité, l'amour fait les héros.

D'un autre côté, l'amour nous dérobe aux tentations, en nous faisant réserver, pour une seule âme, tous les trésors d'affection que la nôtre renferme.

Pour un cœur aimant, le reste des humains a disparu; il n'y a plus d'existant, pour lui, que la personne aimée; et celle-ci lui est-elle ravie, il se

trouve comme perdu dans le vaste désert qu'on appelle le monde; rien n'est plus vrai que ce mot
d'Antiochus, racontant l'effet que produisit, sur
lui, le départ de Bérénice :

Dans l'Orient désert quel devint mon ennui?

Ce détachement que le véritable amour nous inspire pour tout ce qui n'est pas lui, peut sauver le
cœur de beaucoup de désordres.

Comme l'amour peut être un élément de moralité,
il peut être aussi un élément de bonheur.

Mieux que les autres sentiments, il enchante le
cœur et l'imagination; il idéalise ce que nous aimons, en même temps qu'il nous fait croire que cet
idéal est à nous; il nous fait tout voir sous un aspect
riant; il a même, comme la vertu, cet avantage qu'il
dédommage de tout ce qu'on lui sacrifie, et qu'il
nous rend heureux des privations mêmes qu'il nous
impose.

Si l'amour a la violence que nous lui attribuons,
s'il est tout à la fois un principe de malheur et de
félicité, un élément de moralité et de corruption,
il est clair qu'il doit s'emparer, presque en souverain, du monde littéraire.

En lisant les meilleurs ouvrages des temps anciens et des temps modernes, on se convainc aisément qu'il en est ainsi.

Ce sentiment est le seul qui anime les grandes
scènes de l'épopée; il règne au théâtre, dans la tragédie comme dans la comédie; il est l'âme des
poëmes élégiaques et bucoliques; sans lui tout est
pâle dans un roman, un fabliau, une romance.

Mais s'il entre comme principe de chaleur, d'intérêt et d'action dans toute espèce de composition,
il n'a pas, néanmoins, partout le même caractère.

La nature, la civilisation et la religion, le mar-
quent d'une empreinte différente.

Examinons d'abord ce qu'il fut chez les anciens.

Le passage suivant d'Euripide nous montre quelle
noble idée se firent quelquefois les Grecs du sentiment de l'amour, alors même qu'ils le considéraient
uniquement comme une inspiration de la nature, et
dans les hommes les plus simples.

« Sur les bords riants du Céphise, on dit que Vénus, puisant une onde pure, répand, sur les lieux
d'alentour, la douce haleine des vents tempérés,
qu'elle mêle, sans cesse, aux cheveux qu'elle embellit, des guirlandes de roses qui répandent de
doux parfums, et qu'elle envoie les amours en tous
lieux pour *servir de ministres à la sagesse, et pour
partager les travaux de la vertu.* »

En même temps qu'ils s'en faisaient une idée
noble, ils s'en faisaient aussi une idée juste, comme
on le voit par la belle allégorie que renferme l'histoire de Psyché; cette nymphe est aimée et con-

serve l'objet de son amour aussi longtemps qu'ell
ne cherche point à le connaître ; quand elle le voi
tel qu'il est, elle le perd. On ne pouvait mieux ap
prendre aux hommes que l'amour est une illusion

En donnant à ses traits de la dignité et de l
justesse, les Grecs n'ont point oublié de lui donne
de la grâce.

Théocrite, dans ses idyles; Virgile, dans ses églo
gues; Tibulle, dans ses élégies, ont tracés de frais e
délicieux tableaux de l'amour champêtre; on en
peut juger par le fragment qui suit d'une églogue
de Ségrais, qui a imité les plus beaux passages de
églogues de Virgile, avec beaucoup de bonheur :

> Le berger accablé de son mortel ennui,
> Ne se plaisait qu'aux lieux aussi tristes que lui.
> Errant à la merci de ses inquiétudes,
> La douleur l'entraînait aux noires solitudes,
> Et des tendres accents de sa mourante voix,
> Il faisait retentir les rochers et les bois.
> Climène, disait-il, ô trop belle Climène,
> Vous surpassez autant les nymphes de la Seine,
> Que ces chênes hautains, et si verts et si beaux,
> Des humides marais surpassent les roseaux.
> Qui n'admire l'éclat et la fraîcheur des roses,
> De roses qu'à l'amour sur vos lèvres écloses;
> Où peut-on voir qu'en vous, ces œillets et ces lys,
> Qui paraissent toujours nouvellement cueillis?
> Où vous portez vos pas, les forêts reverdissent;
> Où vous disparaissez, toutes choses languissent.
> . . . .

Faut-il toujours aimer, si l'on n'est point aimé?
Hélas! de quel espoir est ma flamme suivie,
Si lorsque dans les pleurs je consume ma vie?
Celle pour qui je souffre un sort si rigoureux,
Trouve tant de plaisir à me voir malheureux.
En mille et mille lieux de ces sites champêtres,
J'ai gravé son beau nom sur l'écorce des hêtres :
Sans qu'on s'en aperçoive il croîtra chaque jour.
Hélas! sans qu'elle y songe ainsi croît mon amour.
N'ai-je point quelque agneau dont vous ayez désir?
Vous l'aurez aussitôt, vous n'avez qu'à choisir.
Sous les feuillages verts, venez, venez m'entendre;
Si ma chanson vous plaît, je vous la veux apprendre.
Que n'eût point fait Iris pour en apprendre autant ;
Iris que j'abandonne, Iris qui m'aime tant;
Si vous voulez venir, ô miracle des belles,
Je vous enseignerai un nid de tourterelles ;
Je vous le veux donner pour gage de ma foi,
Car on dit qu'elles sont fidèles comme moi.
Climène il ne faut point mépriser nos bocages,
Les dieux ont autrefois aimé ces pâturages,
Et leurs divines mains, au rivage des eaux,
Ont porté la houlette et conduit les troupeaux.
L'aimable déité qu'on adore à Cythère,
Du berger Adonis se faisait sa bergère.

Guarini, dans le *Pastor Fido;* le Tasse, dans *Aminte;* Gesner, dans ses pastorales, ont été des peintres non moins heureux, de l'amour champêtre.

Près d'eux, nous placerons l'auteur du poëme de Marie, qui trace ainsi le portrait de son héroïne :

Lorsqu'au bas de l'église elle arrivait enfin,
Se cachant à demi sous son voile de lin ;
Volontiers j'aurai cru voir la vierge immortelle,
Ainsi qu'elle appelée et bonne aussi comme elle ;
Savais-je en ce temps-là pourquoi mon cœur l'aimait,
Si ses yeux étaient noirs, si sa voix me charmait,
Où sa taille élancée, ou sa peau brune et pure ?
Non, j'aimais une jeune et douce créature.

Puis vient le récit d'une journée passée par les
deux enfants, à la campagne et au milieu des jeux
innocents de leur âge dans une prairie que traver-
sait un ruisseau où ils baignaient leurs pieds :

Seuls alors au désert, et libres tout le jour,
Nous sentions en jouant nos cœurs remplis d'amour.
C'était plaisir à voir, sous l'eau limpide et bleue,
Mille petits poissons faisant frémir leur queue :
Des insectes sans nombre, ailés et transparents,
Occupés tout le jour à monter les courants,
Phalènes, moucherons alertes, damoiselles,
Se sauvant sous les joncs du bec des hirondelles.
Sur la main de Marie une vint se poser,
Si bizarre d'aspect, qu'afin de l'écraser
J'accourus ; mais déjà la jeune paysanne
Par l'aile avait saisi la mouche diaphane,
Et voyait la pauvrette en ses doigts remuer,
Elle n'a que sa vie, oh ! pourquoi la tuer ?
Dit-elle, et dans les airs sa bouche ronde et pure,
Légèrement souffla la frêle créature.
Qui soudain déployant ses deux ailes de feu
Partit et s'éleva joyeuse et louant Dieu.

Bien des jours ont passé depuis cette journée,
Hélas ! et bien des ans ; dans ma quinzième année,
Enfant j'entrais alors, mais les jours et les ans
Ont passé sans ternir ces souvenirs d'enfants,
Et d'autres jours viendront, et des amours nouvelles,
Et mes jeunes amours, mes amours les plus belles,
Dans l'ombre de mon cœur mes plus fraîches amours,
Mes amours de quinze ans, refleuriront toujours.

Dans une charmante nouvelle, intitulée le *Mouchoir bleu*, l'amour a le même caractère d'innocence et de simplicité naïve.

Nous ne citerons que la lettre de Marie à son fiancé :

« Je profite du recrue Arnold, qui s'est engagé dans ton régiment, pour t'envoyer cette lettre et une bourse de soie que j'ai faite à ton intention ; je me suis bien cachée de mon père, pour la faire, car il me gronde toujours de t'aimer tant, et dit que tu ne reviendras pas. N'est-ce pas que tu reviendras ? Au reste, quand tu ne reviendrais jamais, je t'aimerais malgré cela. Quand te reverrais-je donc ? Ce qui me fait plaisir, c'est que tu me dis que tu es estimé de tes chefs et aimé des autres ; mais tu as encore deux ans à faire ; fais-les donc vite, parce qu'alors nous nous marierons. Adieu, mon bon ami Peters ; tâche de m'envoyer quelque chose de France, non pas de peur que je t'oublie, mais pour que je le porte avec moi. Tu baiseras ce que tu

m'enverras, je suis bien assurée que je retrouverai
de suite la place de ton baiser. »

Si, chez les hommes qui vivent près de la nature,
l'amour a peu de violence, parce qu'il n'a point à
rendre de combats qui l'exaltent, il n'en est pas de
même dans un état social où l'égalité primitive est
détruite.

Ce qui fait, en grande partie, la beauté du tableau des amours de Roméo et de Juliette, c'est le
cadre où cet amour est placé. Ces deux jeunes gens
aimables, par eux-mêmes, le paraissent davantage
par suite des haines au milieu desquelles ils vivent;
sur une terre de désolation, et que recouvre un
ciel chargé de tempêtes, leur innocent amour s'é-
panouit comme une belle fleur; on ressent naturellement pour eux l'intérêt qui s'attache à la
beauté, à la faiblesse et au malheur; et, d'un autre
côté, on comprend que leur passion devienne plus
vive au milieu des périls qui les environnent; mais
c'est surtout dans l'entrevue du balcon qu'ils excitent, dans l'âme du lecteur, une sympathie plus
touchante, parce qu'alors ils sont, plus que jamais,
exposés à la mort; on comprend que Roméo est
perdu s'il est découvert, et que sa perte entraînerait
celle de Juliette; si leur langage est tendre, la pensée du vieillard qui doit bénir leur union, et la présence de la nourrice de Juliette, couvrent leur entretien d'un voile d'innocence, qui fait entendre ses

paroles avec plus de charme ; d'un autre côté, tout
ce qu'il y a de suave, de pur et de gracieux dans leur
affection, dans leurs espérances et dans leur langage,
est encore enchanté par la beauté de la scène où les
a mis le génie du poëte ; ils se montrent dans un
frais et délicieux jardin, à la lueur d'une de ces belles
nuits, qu'on ne voit qu'en Italie, et au milieu d'un
silence qu'interrompt la seule voix du rossignol ;
c'est là qu'ils rêvent de beaux jours ; c'est là qu'ils
promettent de s'aimer toujours ; mais pendant qu'ils
parlent, le lecteur a présent à la pensée la mort qui
doit les frapper le lendemain ; il voit déjà ouvert le
tombeau où tous deux doivent tomber avec toutes
leurs illusions, avec tous leurs rêves d'amour, avec
tout leur bonheur.

Voici quelques passages de cette scène, imités par
A. de Vigny.

JULIETTE. *Elle paraît au balcon.*

Il n'a pas su m'attendre...

Ah ! si je ne craignais qu'on ne vînt à m'entendre,
Bientôt ma faible voix fatiguerait l'écho
A redire après moi : Roméo ! Roméo !...
Hélas ! il est parti ! Roméo !...

ROMÉO, *écoutant et revenant.*

Qui m'appelle !

C'est mon nom que j'entends, c'est la voix de ma belle !
Combien par cette voix murmuré doucement,
Ce nom à mon oreille arrive promptement !
Oh ! parle, me voici !

JULIETTE.

Roméo?

ROMÉO *s'approchant.*

                        Douce amie?

JULIETTE.

A quelle heure demain en verrai-je vers toi?

ROMÉO.

Vers le milieu du jour.

JULIETTE.

                        Il va tarder pour moi!
Pourquoi t'ai-je appelé? je m'en souviens à peine.

ROMÉO.

Laisse-moi demeurer, afin qu'il t'en souvienne.

JULIETTE.

Non, je ne songerais qu'au bonheur de te voir,
Et tu pourrais en vain rester là tout ce soir.

ROMÉO.

Ah! puissé-je y rester jusqu'à l'instant suprême,
Te faire oublier tout, et l'oublier moi-même!

JULIETTE.

Vois, il est presque jour! je te voudrais parti,
Et pourtant de mes vœux te tenir averti;
Comme le pauvre oiseau, qu'un enfant plein de joie,
Fait voltiger au bout d'une chaîne de soie,
Et qu'un léger effort ramène à son côté,
Tant son jaloux amour lui plaint la liberté!

ROMÉO.

Que ne suis-je, en effet, ton oiseau, Juliette!

JULIETTE.

Je le voudrais, ami, si ton cœur le souhaite ;
Mais non; entre mes mains tu pourrais trop souffrir,
A force de t'aimer, je te ferais mourir!...
Bonne nuit! bonne nuit! Roméo! je te laisse!...
De cet adieu si doux, si douce est la tristesse,
Que si j'osais longtemps écouter mon amour,
Je te dirais, je crois, bonne nuit jusqu'au jour.

Juliette se retire du balcon.

ROMÉO.

La paix soit dans ton âme, et puisse à ma prière
Le sommeil le plus doux effleurer ta paupière!
De mon guide sacré courons chercher l'appui :
Du moins, de mon bonheur, je puis m'ouvrir à lui.

Will thou be gone? is it not yet near day.

JULIETTE.

Quoi! sitôt? quoi! déjà? Déjà tu veux partir?
De l'approche du jour rien n'a pu t'avertir?
C'était le rossignol, et non pas l'alouette,
Dont le chant a frappé ton oreille inquiète;
Crois-en, mon Roméo, ce grenadier en fleurs
Qui l'entend chaque nuit raconter ses douleurs:
C'était le rossignol...

ROMÉO.

Vois-tu, ma bien-aimée,
S'étendre à l'horizon cette ligne enflammée?
Vois-tu les traits du jour entr'ouvrir l'Orient,
Les étoiles pâlir, et le matin riant,

Du milieu des brouillards qui voilent nos campagnes,
S'élever radieux sur le front des montagnes?
Il faut partir et vivre, ou rester et mourir!

JULIETTE.

Non, ce n'est pas le jour; où donc veux-tu courir?
Le jour est encor loin; c'est quelque météore,
Qui, pour guider ta fuite, a devancé l'aurore.
Oh! ne pars point!

ROMÉO.

Eh bien! qu'on me surprenne ici!
Juliette le veut, et je le veux aussi!
Non, ce n'est pas le jour! la lune au front d'albâtre
Répand sur nos coteaux cette lueur grisâtre;
Non, ce n'est pas le jour! ce ramage joyeux
Qui dès longtemps résonne au plus haut point des cieux,
Ce n'est pas l'alouette à la voix matinale;
L'erreur, si c'en est une, à moi seul est fatale!
Et qu'importe la mort! Qu'en dis-tu, mon amour?
Restons, restons encor, non, ce n'est pas le jour.

JULIETTE.

C'est le jour! c'est le jour! Va-t'en, hâte ta fuite,
Tu ne saurais, hélas! t'éloigner assez vite.
Ces sons étourdissants, cette importune voix,
C'était bien l'alouette! oh! mieux vaudrait cent fois
Entendre du hibou le cri rauque et bizarre,
Que ce héraut du jour dont le chant nous sépare.
Fuis, d'instants en instants l'horizon s'éclaircit.

ROMÉO.

Et d'instants en instants notre sort s'obscurcit.

JULIETTE.

Crois-tu qu'un jour, du moins, le ciel nous réunisse?
Le crois-tu?

ROMÉO.

Je l'espère : oui, dans ce temps propice
Nos maux ne seront plus qu'un faible souvenir,
Triste et doux entretien de nos jours à venir.

JULIETTE.

Et moi, j'ai dans le cœur un funeste présage ;
Je ne sais quel prestige a pâli ton visage ;
Au pied de ce balcon maintenant descendu,
Tu me parais un mort dans sa tombe étendu !

ROMÉO.

C'est ainsi, cher amour, que vous frappez ma vue :
Le chagrin dévorant nous dessèche et nous tue !
Adieu, ma Juliette !

JULIETTE.

Adieu, chère âme ! adieu !

A mesure que nous montons d'un degré dans l'échelle sociale, nous trouvons que l'amour se transforme et prend une physionomie nouvelle ; sans changer de nature, sans avoir même plus de force ou de délicatesse, il est autre, néanmoins, par la manière dont il se produit, et par le langage dans lequel il s'exprime ; ainsi, Didon, dans Virgile ; Bérénice, Iphigénie et Monime, dans Racine ; Ophélia, dans Shakespear, qui sont des princesses ou des reines, ne ressemblent point aux bergères de Virgile, non plus qu'aux héroïnes que Fielding et Walter Scott ont placées dans les classes intermédiaires de la société ; sans doute les belles âmes se trouvent

dans tous les rangs, et, quand elles aiment, elles
donnent à leur amour le même caractère de grandeur qu'à leurs autres sentiments; mais il est pourtant sensible que dans les hautes sphères de la société, les sacrifices qu'on fait à la passion de l'amour,
exigent plus de force et supposent plus de générosité.

C'est là ce qu'on admire dans l'amour d'Ariane
pour Thésée. Les preuves d'attachement que cette
princesse donne à Thésée, ne tiennent point à son
orgueil; elle ne fait parade ni de son dévouement,
ni même de son amour; elle aime avec simplicité,
avec abandon et avec cette douce indulgence qui ac-
compagne toujours une affection sincère. Thésée
l'exhorte à épouser le roi de Naxos; elle répond :

Périsse tout, s'il faut cesser de t'être chère !
Qu'ai-je affaire du trône et de la main d'un roi?
De l'univers entier je ne voulais que toi.
Pour toi, pour m'attacher à ta seule personne,
J'ai tout abandonné, repos, gloire, couronne;
Et quand ces mêmes biens ici me sont offerts,
Que je puis en jouir, c'est toi seul que je perds !
Pour voir leur impuissance à réparer ta perte,
Je te suis, mène-moi dans quelqu'île déserte,
Où, renonçant à tout, je me laisse charmer,
De l'unique douceur de te voir, de t'aimer.
Là, possédant ton cœur, ma gloire est sans seconde,
Ce cœur me sera plus que l'empire du monde...
Point de ressentiment de ton crime passé,
Tu n'as qu'à dire un mot, ce crime est effacé.
C'en est fait, tu le vois, je n'ai plus de colère.

La plus heureuse des influences que pu`sse subir l'amour, est celle de la religion ; quand l'amour est religieux, il donne aux autres affections du cœur humain un admirable caractère de force et de pureté ; c'est alors que l'innocence, la candeur, la sincérité, la générosité, l'héroïsme s'expriment en grâces ineffables, et révèlent leur puissance par les plus nobles sacrifices.

Quand l'amour est soutenu par la foi, il peut étendre sa pensée jusqu'au-delà du tombeau : ce qu'il a perdu sur la terre, il est assuré de le retrouver dans le ciel.

Une religion, qui a fait une vertu de l'espérance, s'harmonise naturellement avec celle de nos affections, qui est, plus que d'autres, condamnée aux déceptions, aux souffrances et aux larmes.

Enfin, la charité, qui est comme le fond de la religion, est une tendresse de cœur qui nous dispose à toutes les autres. Il y a trop d'amour dans la religion pour qu'une âme religieuse ne soit pas une âme tendre.

D'un autre côté, un amour religieux rougit plus qu'un autre de faillir à ses promesses ; il se lie lui-même par des liens plus sacrés et avec plus de bonne foi personnelle, il croit davantage à la bonne foi d'autrui ; et, par conséquent, il a plus de constance.

Les amours, dont le tableau ou le langage vous

ont laissé les souvenirs les plus touchants, sont des amours religieux, comme ceux de Clarisse et de Clémentine dans Richardson ; de Paméla, dans Fielding ; de Paul et Virginie, dans Bernardin de Saint-Pierre.

Mais quand l'amour, au lieu d'avoir ce caractère de pureté et d'innocence qui s'allie avec le sentiment religieux, est, au contraire, une passion criminelle que la religion condamne, il en résulte un combat terrible entre les deux plus grandes forces qu'il y ait dans l'homme. Opposez à l'amour la distance des rangs, l'amour peut la nier ou la combler; opposez-lui des antipathies, il peut se flatter d'en triompher; opposez-lui l'autorité paternelle, ou celle des lois, il peut en trouver les barrières illégitimes ou impuissantes; mais opposez-lui la religion, quand il est religieux, vous lui opposez un obstacle invincible, un rocher insurmontable, et contre lequel, par conséquent, les orages de son cœur viennent se briser avec des gémissements plus douloureux; plus les deux forces qui se combattent sont égales, plus la lutte entre elles se prolonge, plus l'issue en est douteuse, plus elle a d'intérêt.

Zaïre et *Alzire* ne sont des drames si pathétiques que parce qu'ils offrent ce genre de mérite.

Placez Héloïse ailleurs que dans un monastère, vous serez moins émus de ses soupirs. Racine, dit

Chateaubriand, n'a rendu sa Phèdre si souchante que parce qu'il en fait une épouse chrétienne.

Ce qui donne un caractère si profondément mélancolique à la passion de Virginie, d'Atála et de Velleda, c'est encore la religion!

DE LA JALOUSIE.

A M. le Docteur Hennequin.

Vulnus alit venis et cæco carpitur igne.

L'envieux souffre de voir quelqu'un l'emporter sur lui par le rang, la naissance, la fortune ou le mérite; le jaloux s'irrite des préférences accordées à un rival par la personne qu'il aime; d'où il suit:

Que l'envie dispute une supériorité, et la jalousie une affection.

Il n'est guère de passion dont le caractère soit plus sombre, et qui rende plus malheureux ceux qui en sont atteints; tenue en suspens par le doute, elle passe en un moment de la confiance au désespoir, de la haine à l'amour, du repentir à la vengeance; et, dans ces chocs violents, elle brise et torture le cœur par d'affreuses douleurs; tout ce qu'il y a d'amertume dans le dédain, tout ce qu'il y a de tristesse dans le sentiment de notre infériorité, la jalousie nous le fait éprouver; non seulement elle nous ôte nos illusions les plus chères, mais en nous ôtant notre félicité, elle nous rend témoin de celle d'autrui; elle humilie ce qu'il y a de plus intime dans notre nature, l'orgueil; et au milieu des plus cruelles souffrances, elle nous oblige à sourire.

La haine du moins est libre dans sa violence, la vengeance a le droit d'éclater, le gémissement est permis au désespoir; mais la jalousie, honteuse d'elle-même, se replie sur sa douleur; elle se regarde souffrir, elle n'a pas même la consolation de l'espérance, ne pouvant ni étouffer l'amour pour satisfaire sa haine, ni se défendre de haïr l'objet qu'il a trompé.

La jalousie d'une femme disgraciée de la nature, doit être un sentiment d'une inconcevable tristesse; car il vient de ce qu'il y a de plus affreux au monde, de l'impuissance de plaire à ce qu'on aime.

Plus un amour a été profond, plus il a été confiant, plus surtout il a été généreux, plus il devient, lorsqu'il est trahi, le principe d'une affreuse jalousie : tel est celui d'Orosmane, qui a sacrifié à Zaïre sa fierté, ses soupçons et les lois de l'empire, et qui, même une première fois, a étouffé sa jalousie à la vue des larmes de Zaïre, et qui, se croyant trompé, rugit de désespoir.

Les femmes, plus aimantes que les hommes, attachent plus de prix aux affections, et doivent res-

senfir aussi plus vivement les poignantes douleurs
de la jalousie.

Non seulement elles sont plus tendres que les
hommes; mais elles sont aussi, par leur instinct
de décence, par leur vanité, qui redoute davantage
l'humiliation d'un refus, obligées, plus que ces
derniers, de cacher leurs sentiments, et cette contrainte fortifie et exalte leurs passions jusqu'au
délire.

Aussi, est-ce à peindre les jalousies des femmes,
que les grands écrivains se sont attachés : voyez
jusqu'où va la jalousie de Médée, de Déjanire,
telle que Euripide et Ovide nous l'ont dépeinte.

Quand la Phèdre de Racine, déjà si profondément malheureuse de l'insensibilité que lui montre
Hyppolite, apprend l'amour de ce jeune prince
pour Aricie, l'aiguillon d'une douleur qu'elle croyait
portée au comble, pénètre et s'enfonce plus avant
dans son âme. Les plus grands tourments de la jalousie, c'est la pensée du bonheur d'une autre.

PHÈDRE.

Ils se voyaient avec pleine licence,
Le ciel, de leurs soupirs, approuvait l'innocence.

ÉNONE.

Ils ne se verront plus

PHÈDRE.

Ils s'aimeront toujours.

Ce mot est peut-être celui qui révèle le mieux les tristesses de la jalousie; c'est peut-être celui qui nous fait descendre à une plus grande profondeur dans le cœur d'une femme.

La jalousie varie suivant le caractère des personnes qui l'éprouvent : elle est emportée et violente dans l'Hermione de Racine.

Celle-ci, apercevant sur le visage de Pyrrhus, qu'elle cherche à fléchir, des signes d'ennui, en devine instinctivement la cause...

> Vous ne répondez point... perfide, je le vois,
> Tu comptes les moments que tu perds avec moi ;
> Ton cœur impatient de revoir ta troyenne,
> Ne souffre qu'à regret qu'un autre t'entretienne ;
> Tu la cherches des yeux, tu lui parles du cœur?

Quelle vérité dans ce mot dédaigneux *ta troyenne*, et dans cet autre mot, *tu lui parles du cœur!* le plus touchant peut-être qui soit jamais sorti d'une âme humaine.

Schiller a rendu aussi vive que possible l'expression de la jalousie, quand il a mis aux prises celle de deux reines, Elisabeth et Marie Stuart.

Comme la jalousie est le vice des âmes faibles, les grandes âmes en repoussent longtemps les sombres inspirations; elles n'y cèdent qu'à la longue et en rougissant; mais, par cela même qu'elles s'en sont défendues longtemps, elles s'y abandonnent avec plus de fureur quand elles sont vaincues par elle.

Les âmes en qui la jalousie éclate avec violence, ce sont aussi les âmes que leur loyauté personnelle avait rendues confiantes dans celle des autres, et qui, par conséquent, avaient longtemps repoussé la crainte et les soupçons ; ce sont les âmes qui avaient aimé avec abandon et de toute leur puissance, et qui, ayant placé tout leur bonheur sur une seule affection, laissent deviner qu'elles ne pourront y renoncer sans désespoir ; ce sont, enfin, les âmes de ceux qui avaient dit avec Orosmane :

> Moi, jaloux, qu'à ce point ma fierté s'avilisse,
> Que j'éprouve l'horreur de ce honteux supplice !

ou qui avaient dit avec Othello, quand il voit le regard de Yago épier sur son front la trace de sa peine intérieure :

> Ce n'est rien, *not a yot.*

mais qui, tirées ensuite de leur erreur par une illumination soudaine, tremblent de douleur, sont altérées de vengeance comme un tigre à qui on a arraché sa proie, et s'écrient :

> De cent coups de poignard que l'infidèle meure !

Pour bien comprendre tout ce qu'il y a d'amer‑
tume dans la jalousie, il faut la prêter à une
jeune fille comme Ariane, qui a tout fait pour
Thésée, qui l'a tiré du plus grand péril, qui s'est
sacrifiée pour lui, qui s'est crue aimée, qui mérite
de l'être, et qui est trahie par sa sœur, à qui elle
disait :

> Enfin, ma sœur, enfin, je n'espère qu'en vous ;
> Le ciel m'inspira bien, quand.................
> Je vous fis malgré vous accompagner ma fuite ;
> Il semble que dès lors il me faisait prévoir
> Le funeste besoin que j'en devais avoir.
> Sans vous, à mes malheurs où trouver du remède,
> ....
> Hélas ! et plût au ciel que vous sussiez aimer.

On comprend que cette infortunée s'écrie, quand
elle sait que Phèdre est sa rivale :

> Pour pénétrer l'horreur des tourments de mon âme,
> Il faudrait qu'on sentît même ardeur, même flamme,
> Qu'avec même tendresse on eût donné sa foi,
> Et personne jamais n'a tant aimé que moi.

PENCHANT DE L'HOMME A L'INCONSTANCE.

A M. Marguet.

Varium et mutabile.

Deux choses, principalement, contribuent à l'inconstance de l'homme : sa propre constitution et la nature des objets qui l'environnent.

Il naît faible, devient fort, et retombe, en vieillissant, dans sa première faiblesse ; il a donc, suivant l'âge et les diverses phases de sa vie, des facultés, des besoins et des désirs différents.

Par suite de son orgueil, il n'est jamais content ni de ce qu'il est, ni de ce qu'il a, ni de ce qu'il fait ; il est donc porté à vouloir changer sa position, à augmenter sa fortune, à étendre ses connaissances ; c'est là pour lui une autre cause d'inconstance.

S'il est vrai que l'empire des habitudes tende à immobiliser notre existence, à nous retenir dans le cercle où nous sommes une fois placés, il est vrai aussi que nous sommes excités à sortir de ce cercle par notre instinct de curiosité, par notre penchant à imiter les autres, et enfin par notre disposition à faire ce qui nous est défendu.

Si l'homme, par sa nature même, est voué à l'inconstance; si ses sens, son cœur et son esprit son
tenus dans un perpétuel mouvement, il se trouve
au dehors, soumis également à des influences qui le
modifient; soit qu'il marche de l'aurore au couchant,
du printemps à l'hiver, du berceau à la tombe, i
y a, pour lui, une continuelle succession de sensations, de sentiments et d'idées différentes; à son
entrée dans la vie, au commencement d'une journée,
à l'arrivée du printemps, sa vue ne s'arrête que sur
des objets riants; son cœur ne s'ouvre qu'à des affections douces, son esprit n'a que des connaissances imparfaites.

Mais est-il au milieu d'un jour, dans l'ardeur
d'un été, et au milieu de sa vie, ses sensations deviennent plus vives, ses sentiments plus énergiques,
ses idées plus vastes, et en même temps que son
existence est plus active, elle porte son activité sur
d'autres objets.

Lorsqu'il arrive au soir d'une journée, lorsqu'il approche de l'hiver, lorsqu'il touche aux
portes du tombeau, la présence des ténèbres, les
gazons desséchés et l'épuisement de toute la nature,
l'impressionnent autrement que ne faisait la vue
d'une riante aurore et d'une fraîche rosée; enfin la
vieillesse apporte, à l'homme, des pensées plus graves et plus mélancoliques que celles du premier âge.

Au moral et au physique, nous sommes autrement

affectés par le froid de l'hiver que par la douce
température du printemps.

Du reste, l'inconstance de l'homme est une compensation à son amour du repos ; elle est cause qu'il
s'arrache à la paresse, et qu'il porte, successivement,
son attention sur beaucoup d'objets différents qu'il
apprend ainsi à mieux connaître ; elle explique ses
innovations, ses progrès, ses voyages, dont l'ensemble de la société profite ; c'est par elle que le
mouvement s'établit et se conserve dans la société ;
or, le mouvement, c'est la vie dans le monde moral aussi bien que dans le monde physique.

L'homme, en essayant de tous les plaisirs, de
toutes les idées, de toutes les situations, et ne trouvant de repos nulle part, est amené à chercher le
bonheur dans une sphère plus haute que celle où il
vit, et à dire, avec un roi d'Israël : *Irrequietum est
cor nostrum donec requiescat in te.*

L'âme est un flambeau qu'il faut agiter par inter-
valle pour raviver sa flamme.

Les sensations sont comme les attitudes, nous ne
pouvons pas avoir toujours les mêmes. Ce penchant a été le sujet de plusieurs compositions.

Les grâces, elles-mêmes, semblent avoir dicté les
vers suivants, où l'un des personnages d'Isis se
plaint de l'inconstance d'une jeune fille :

> Depuis qu'une nymphe inconstante
> A trahi mon amour et sa foi,

Les lieux jadis si beaux n'ont plus rien qui m'enchante,
Ce que j'aime a changé, tout est changé pour moi.
L'inconstante n'a plus l'empressement extrême
De cet amour naissant qui répondait au mien.
Son changement paraît en dépit d'elle-même ;
     Je ne le connais que trop bien :
Sa bouche quelquefois dit encore qu'elle m'aime ;
Mais son cœur ni ses yeux ne m'en disent plus rien.
Ce fut dans ces vallons, où par mille détours,
L'Inachus prend plaisir à prolonger son cours.
     Ce fut sur son charmant rivage
       Que la fille volage
     Me promit de m'aimer toujours :
Le zéphyr fut témoin, l'onde fut attentive,
Quand la nymphe jura de ne changer jamais ;
Mais le zéphyr léger et l'onde fugitive
Ont bientôt emporté les serments qu'elle a faits.

Une mère qui pressent de loin l'oubli de sa fille, cherche à conjurer cette infortune ; mais pour que son enfant se souvienne d'elle, elle n'invoque point ses droits de mère ; elle ne rappelle ni ses souffrances, ni ses sacrifices, ni son amour ; comme si elle ne méritait rien par elle-même, elle met sa prétention à être toujours aimée, sous la protection de cette fleur des champs, à qui l'on attribue le mystérieux pouvoir de faire souvenir du passé.

A la fleur nommée NE M'OUBLIEZ PAS.

Emblème de constance,
Aimable fleur ;

Doux parfum d'innocence
    Et de bonheur,
Aux soupirs de l'absence
    Tu t'ouvriras,
Pour dire à l'inconstance :
    N'oubliez pas.

Tu nais frêle et mignonne
    D'un souffle pur,
Et le ciel te couronne
    D'un tendre azur,
Quand Elmire repose,
    Glisse tout bas;
Sur ses lèvres de rose
    N'oubliez pas.

De ta fraîche corolle
    Ses blonds cheveux
Se font une auréole
    Couleur des cieux.
Sur son front enlacée
    Tu t'ouvriras,
Murmure à sa pensée,
    N'oubliez pas.

Enfant de la vallée
    Elle est ta sœur,
Et tu t'es effeuillée
    Près de son cœur.
Dans sa jeune prière
    Mêle tout bas,
Au doux nom de sa mère,
    N'oubliez pas.

> Comme toi gràcieuse,
>> Ma douce enfant,
> Ouvre belle et joyeuse
>> Son cœur aimant ;
> Pare sa main légère
>> Nais sous ses pas,
> Et redis pour sa mère
>> N'oubliez pas.

Collin-d'Harleville a justifié l'inconstance avec une gaîté pleine de finesse :

> Tout homme est inconstant,
> Un peu plus, un peu moins, et j'en sais bien la cause,
> C'est que l'esprit humain tient à bien peu de chose.
> Un rien le fait tourner d'un à l'autre côté ;
> On veut fixer en vain cette mobilité.
> Vains efforts, il s'échappe, il faut qu'il se promène ;
> Ce défaut est celui de la nature humaine ;
> La constance n'est point la vertu d'un mortel,
> Et pour être constant, il faut être éternel ;
> D'ailleurs, quand on y songe, il serait bien étrange,
> Qu'il fût seul immobile ; autour de lui tout change,
> La terre se dépouille et bientôt reverdit,
> La lune tous les mois décroît et s'arrondit.
> Que dis-je, en moins d'un jour tour à tour on essuie,
> Et le froid et le chaud, et le vent et la pluie ;
> Tout passe, tout finit, tout s'efface, en un mot ;
> Tout change, changeons donc, puisque c'est notre lot.

Boileau avait aussi, à sa manière, dépeint l'inconstance de l'homme :

> Il va du blanc au noir,
> Et condamne au matin les sentiments du soir ;
> Importun à tout autre, à soi-même incommode,
> Il change à tout moment d'esprit comme de mode,
> Il tourne au premier vent, il tombe au moindre choc;
> Aujourd'hui dans un casque et demain dans un froc.

Le portrait suivant, que fait Labruyère d'un homme inégal, est, au fond, celui de tous les hommes :

« Un homme inégal n'est pas un seul homme, il est plusieurs; il se multiplie autant de fois qu'il a de nouveaux goûts et des manières différentes; il est, à chaque moment, ce qu'il n'était pas, et il va être bientôt ce qu'il n'a jamais été; il se succède à lui-même. »

Pour montrer ce qui excuse l'inconstance, il suffit de montrer que tout ce qui est monotone, uniforme et immobile, est profondément ennuyeux. Depuis quand cet ennui pour la vie militaire? dit un des personnages de l'Inconstant, à un de ses amis, et cet ami répond :

> Depuis le premier jour
> J'eus d'abord du dégoût pour ce morne séjour,
> Dans une garnison toujours mêmes usages ;
> Mêmes soins, mêmes jeux, toujours mêmes visages ;
> Rien de nouveau jamais à dire, à faire, à voir;
> Mais ce qui m'a surtout dégoûté du service,
> C'est, je vous l'avouerai, ce maudit exercice ;
> Je ne pouvais jamais regarder sans dépit,
> Mille soldats de front, vêtus du même habit,

Qui, semblables de taille, ainsi que de coiffure,
Étaient aussi, je crois, semblables de figures;
Un seul mot à la fois fait hausser mille bras,
Un autre mot les fait retomber tous en bas.
Un même mouvement vers la gauche ou la droite,
Fait tourner ces gens-là comme une girouette.

DE LA MÉLANCOLIE.

A Mademoiselle Louise Richetaux.

Il più bel nasconde.

Qu'on envisage la vie humaine en philosophe, en
poëte, en athée et en chrétien; qu'on y voie, avec
Pythagore, un exil; avec Platon, un souffle de la divinité; avec Pindare, le rêve d'une ombre; avec Lucrèce, un effet du hasard; avec saint Paul, une
suite d'épreuves, elle est toujours, pour nous, un
fonds inépuisable de pensées graves et sérieuses;
sans doute elle est pour l'homme un bienfait immense, mais beaucoup plus, cependant, pour l'u-
sage qu'il en peut faire, et comme moyen de bonheur à venir, que pour le temps même de sa durée,
qui est semé d'inquiétudes, de périls et de tristesses.

« Il n'y a, pour l'homme, dit Labruyère, que trois
événements, naître, vivre et mourir; il ne se sent
pas pas naître, il oublie de vivre et il souffre à
mourir.

La brièveté des joies humaines est caractérisée avec une simplicité naïve, dans le passage suivant d'un poëte saxon :

« Tu te souviens peut-être, ô roi, d'une chose qui arrive parfois dans les jours d'hiver, lorsque tu es assis à table avec tes capitaines et tes hommes d'armes, qu'un bon feu est allumé, que ta salle est bien chaude, mais qu'il pleut, neige et vente au-dehors. Vient un petit oiseau qui traverse la salle à tire d'aile, entrant par une porte, sortant par l'autre : l'instant de ce trajet est pour lui plein de douceur, il ne sent plus ni la pluie ni l'orage ; mais cet instant est rapide ; l'oiseau a fui en un clin d'œil ; et, de l'hiver, il repasse dans l'hiver. Telle me semble la vie des hommes sur cette terre ; et, son cours d'un moment, comparé à la longueur du temps qui la précède et qui la suit. »

Le penchant à la mélancolie tient donc à la nature même de l'homme, que rien ne satisfait ; a-t-il obtenu l'objet de sa convoitise, il demande encore ; sa pensée, toujours inquiète, s'élance vers l'infini ; et, son cœur, toujours altéré, aspire vers un bien inconnu.

« Donnez à l'homme le plus pauvre, dit Chateau-briand, tous les trésors du monde ; suspendez ses travaux, satisfaites ses besoins, avant que quelques mois se soient écoulés, il en sera encore à l'espé-rance ; tous les bonheurs de la terre, loin de combler ses souhaits, ne font que creuser son âme et en augmenter le vide. »

« La vie humaine, disent les Hindous, est comme la montagne noire de Lahore, qui, d'un côté, offre aux yeux une riante verdure, de clairs ruisseaux dont les bords sont couverts de fleurs; en un mot, la réunion de toutes les beautés de la nature, éclairées par un ciel d'azur; et qui, du côté opposé, ne laisse apercevoir que des rochers nus entrecoupés de ravins, des herbes flétries et un horizon presque toujours sombre. »

Il est donc naturel que nos pensées, d'abord riantes, deviennent tristes et mélancoliques à mesure que nous avançons en âge; en perdant la jeunesse, qui est par elle-même un bien précieux, nous perdons tous ceux qui l'accompagnent, la fraîcheur de l'imagination, la pureté de l'âme, la vivacité du sentiment, la confiance en nous-mêmes et dans les autres; enfin, les illusions de l'amour, les rêves de l'ambition, qui sont autant d'éléments de bonheur, mais qui sont attachés à certaines époques de la vie, et que le temps nous enlève avec tout le reste.

Chateaubriand remarque, que c'est dans les derniers chants de *l'Enéïde*, composés pendant la vieillesse de l'auteur, que se trouvent le plus répandues ces grâces rêveuses qui ont tant de charme pour le lecteur.

Lamartine a montré, dans le vers suivant, quels sont, dans le cœur de l'homme, les ravages du temps.

Ami, qu'un même jour vit naître, etc.

Ce qui est l'effet de l'âge est aussi parfois l'effet de la noblesse du caractère; les âmes généreuses s'attristent plus aisément que d'autres, du spectacle des misères et des vices de l'humanité; un égoïste, indifférent au sort de ses semblables, les voit souffrir sans rien perdre de sa gaîté; il ne ressent, à leur vue, ni indignation, ni intérêt, ni pitié; il n'a aucun de ces sentiments qui donnent du sérieux à l'âme.

Le génie aussi est triste, parce qu'il n'est point compris, et parce qu'une vaste intelligence sent mieux qu'une autre la misère de l'homme; l'amour est rêveur, parce qu'il est souvent coupable et toujours déçu; le doute est une souffrance, parce qu'il est sans repos; l'athéisme est isolé, parce qu'il n'a point d'avenir; le crime a ses heures d'épouvante et le remords; enfin, le plaisir même a sa tristesse, l'extrême joie nous arrache des larmes, et le bonheur même a ses soupirs.

« Une langueur secrète, dit une femme à qui tous les bonheurs semblaient accordés, une langueur secrète s'insinue au fond de mon cœur; je le sens vide et gonflé comme aux jours de mes plus grandes

infortunes; l'attachement que j'ai pour tout ce qu
m'est cher ne suffit pas pour l'occuper; il lui rest‹
une force inutile dont il ne sait que faire : cett‹
peine est étrange, et pourtant elle est réelle; je suis
mon ami, trop heureuse, mon bonheur m'ennuie.

» Une cause puissante de mélancolie, c'est cet éta
de l'âme qui précède le développement des grande
passions, lorsque toutes les facultés jeunes, actives
entières, mais renfermées, ne se sont exercées qu‹
sur elles-mêmes, sans but et sans objet; plus le
peuples avancent en civilisation, plus cet état d‹
vague des passions augmente; car il arrive alors un‹
chose fort triste; le grand nombre d'exemples qu'o‹
a sous les yeux, la multitude des livres qui traiten‹
de l'homme et de ses sentiments rendent habile san‹
expérience; on a encore des désirs, et on n'a plu‹
d'illusion. L'imagination est riche, abondante, mer‹
veilleuse; l'existence pauvre, sèche et désenchantée
sans avoir usé de rien, on est désabusé de tout; i‹
est incroyable quelle amertume cet état de l'âme ré‹
pand sur la vie, et en combien de manières le cœu‹
se retourne et se replie pour employer des force‹
qu'il sent lui être inutiles.   CHATEAUBRIAND. »

« Les anciens ont peu connu cette inquiétude se‹
crète, cette aigreur de passions étouffées qui fer‹
mentent toutes ensemble; une grande existence po‹
litique, les jeux du gymnase et du champ-de-mar‹
les affaires du forum et de la place publique rem

plissaient tous leurs moments, et ne laissaient aucune place aux ennuis du cœur.

» D'autre part, ils n'étaient point enclins aux exa-
gérations, aux espérances, aux craintes sans objet,
à la mobilité des sentiments, à leur perpétuelle inconstance, qui n'est qu'un dégoût constant ; toutes
dispositions que nous acquérons dans la société
intime des femmes, que les anciens reléguaient loin
d'eux, et qu'ils traitaient souvent en esclaves. »

Les Grecs et les Romains n'étendaient pas leurs
regards au-delà de la vie, et ne soupçonnant point
des plaisirs plus parfaits que ceux de ce monde,
n'étaient point portés comme nous aux rêveries,
par le caractère de leur religion.

Enfin, les accidents ordinaires de la vie, les fautes
et les regrets qui les suivent, les passions et les malheurs qui les accompagnent, les déceptions de tous
genres que le temps amène à sa suite, sont la cause
habituelle de nos mélancolies.

S'il y a de la mélancolie dans l'état de l'âme qui
précède le développement des grandes passions, il y
en a plus encore dans le calme qui leur succède ;
nous oublions alors les anxiétés, les déceptions et
les souffrances qu'elles nous ont fait éprouver pour
regretter les rêves dont elles nous ont bercés ; nous
sommes comme les nautoniers qui ont fait vœu
mille fois de ne pas quitter le port s'ils pouvaient y
arriver, et qui, au déclin de la vie, assis sur le

rivage de l'Océan, le parcourent encore en espérance, et regrettent jusqu'à ses orages et ses périls;
quelle est l'ambition qui jamais n'est remontée par
la pensée au pouvoir qu'elle n'a plus? quel est l'a-
mour si abjuré qu'il soit, qui ne conserve fidèlement
les douces souvenances de son passé, et qui, par-là,
ne soit disposé à la mélancolie?

Il y a des mélancolies dont Dieu seul a le secret;
c'est là une pensée qui a été rendue d'une manière
admirable par Me Guinard.

> Lorsque l'Océan dort sans murmure et sans ride,
> L'oiseau qui va raser la surface des mers,
> Oublie, en se mirant dans cette onde limpide,
> Que ses flots argentés n'en sont pas moins amers.
>
> Ainsi, lorsque l'on voit un regard qui s'anime,
> Un front qui reste pur, une lèvre qui rit,
> On ne devine pas si quelque peine intime
> Se cache au fond du cœur, et de fiel se nourrit.
>
> Et le monde qui glisse, et qui jamais ne creuse,
> N'en croit que la gaîté qui brille dans les yeux,
> Et ne soupçonne pas la plainte douloureuse
> Dans la voix qui, souvent, éclate en sons joyeux.
>
> Quelques âmes pourtant amères et profondes,
> Ont, comme l'Océan, des abîmes secrets,
> Et savent comme lui, réfléchir dans leur onde
> Les lieux les plus sereins et les bords les plus frais.

Si l'homme qui étudie sa propre nature, y trouve
un sujet de mélancolie, il en trouve beaucoup

d'autres quand il porte ses regards autour de lui.

« Le monde, dit saint Augustin, a des liens pleins d'une fausse douceur, des douleurs certaines, des plaisirs incertains, un travail pénible, un repos inquiet, des choses remplies de misère, et une espérance mensongère. »

Il est des lieux où, plus qu'ailleurs, nous sentons naître en nous des pensées graves et religieuses, comme, par exemple, au bord de la mer, au milieu d'un désert, dans l'épaisseur d'une forêt ou dans la solitude de l'Océan, sous les voûtes d'une cathédrale. Là, en effet, nous avons à un plus haut degré la conscience de notre petitesse; nous nous sentons davantage en présence de Dieu.

Les beaux vers de Fontanes, sur la Chartreuse, sont une inspiration de la solitude.

Vieux cloître, où de Bruno les disciples cachés,
Renferment tous leurs vœux sur le ciel attachés,
Cloître saint, ouvre-moi tes modestes portiques,
Laisse-moi m'égarer dans ces jardins rustiques,
Où venait Catinat méditer quelquefois,
Heureux de fuir la cour et d'oublier les rois,
Seul j'y viens recueillir mes vagues rêveries.
Fuyez, bruyants remparts, pompeuses Tuileries,
Louvre, dont le portique à mes yeux éblouis,
Vante, après cent hivers la grandeur de Louis;
Je préfère ces lieux où l'âme moins distraite,
Même au sein de Paris peut goûter la retraite.
La retraite me plaît, elle eut mes premiers vers.
Déjà de feux moins vifs éclairant l'univers,

Septembre, loin de nous s'enfuit et décolore
Cet éclat dont l'année un moment brille encore;
Il redouble la paix qui m'attache à ces lieux;
Son jour mélancolique et si doux à mes yeux,
Son vert plus rembruni, son grave caractère,,
Semblent se conformer au deuil du monastère.
Dans ces bois jaunissants j'aime à m'ensevelir,
Couché sur un gazon qui commence à pâlir;
Je jouis d'un air pur, de l'ombre et du silence;
Le char tumultueux où s'assied l'opulence,
Tous ces travaux, ce peuple, à grands flots agité,
Ces sons confus qu'élève une vaste cité,
Des enfants de Bruno ne troublent point l'asile;
Le bruit les environne et leur âme est tranquille;
Tous les jours reproduit sous des traits inconstants,
Le fantôme du siècle emporté par le temps,
Passe et roule autour d'eux ses pompes mensongères;
Mais c'est en vain : du siècle ils ont fui les chimères.
Mais quel lugubre son du haut de cette tour
Descend et fait frémir les dortoirs d'alentour?
C'est l'airain, qui, du temps formidable interprète,
Dans chaque heure qui fuit, à l'humble anachorète,
Redit en longs échos : Songe au dernier moment!
Le son, sous cette voûte, expire lentement,
Et quand il a cessé, l'âme en frémit encore.
La méditation qui seule dès l'aurore,
Dans ces sombres parvis marche en baissant son œil,
A ce signal s'arrête et lit sur un cercueil
L'épitaphe à demi par le temps effacée,
Qu'un gothique écrivain dans la pierre a tracée.
O tableaux éloquents! oh! combien à mon cœur
Plaît ce dôme noirci d'une divine horreur,
Et le lierre embrassant ces débris de murailles
Où croasse l'oiseau chantre des funérailles;

Ces approches du soir et ces ifs attristés,
Où glissent du soleil les dernières clartés,
Et ce buste pieux que la mousse environne,
Et la cloche d'airain à l'accent monotone,
Ce temple où chaque aurore entend de saints concerts
Sortir d'un long silence et monter dans les airs,
Un martyr dont l'autel a conservé les restes,
Et le gazon qui croît sur ces tombeaux modestes,
Où l'heureux cénobite a passé sans remord
Du silence du cloître à celui de la mort.

Il en est de même des vers qui suivent :

Qu'il est doux quand du soir l'étoile solitaire
Précédant de la nuit le char silencieux,
S'élève lentement dans la voûte des cieux,
Et que l'ombre et le jour se disputent la terre,
Qu'il est doux de porter ses pas religieux
Dans le fond du vallon, vers ce temple rustique,
Dont la mousse a couvert le modeste portique,
Mais où le ciel encor parle à des cœurs pieux.
Salut, bois consacré, salut champ funéraire,
Des tombeaux du village humble dépositaire,
Je bénis en passant tes simples monuments ;
Malheur à qui des morts profane la poussière !
J'ai fléchi le genou devant leur humble pierre,
Et la nef a reçu mes pas retentissants.
Quelle nuit ! quel silence ! au fond du sanctuaire,
A peine on aperçoit la tremblante lumière
De la lampe qui brûle auprès des saints autels ;
Seule, elle luit encor quand l'univers sommeille,
Emblême consolant de la bonté qui veille
Pour recueillir ici les soupirs des mortels.

L'approche du soir inspire également des pensées
religieuses

Le roi brillant du jour se couchant dans la gloire,
Descend avec lenteur de son char de victoire ;
Le nuage éclatant qui le cache à mes yeux,
Conserve en sillons d'or sa trace dans les cieux,
Et d'un reflet de pourpre inonde l'étendue,
Comme une lampe d'or dans l'azur suspendue.
La lune se balance aux bords de l'horizon,
Ses rayons affaiblis dorment sur le gazon,
Et le voile des nuits sur les monts se déplie,
C'est l'heure où la nature un moment recueillie,
Entre la nuit qui tombe et le jour qui s'enfuit
S'élève au Créateur du jour et de la nuit,
Et semble offrir à Dieu, dans son brillant langage,
De la création le magnifique hommage.

On retrouve les mêmes idées dans les vers du
même poëte :

Mais déjà l'ombre plus épaisse,
Tombe et brunit les vastes mers,
Le bord s'efface, le bruit cesse,
Le silence occupe les airs ;
C'est l'heure où la mélancolie
S'assied pensive et recueillie
Au bord silencieux des mers,
Et méditant sur les ruines,
Contemple au penchant des collines
Les palais, les temples déserts.

Il y a une sorte d'analogie entre les impressions qu'on éprouve aux approches de la mort, et celles qu'on éprouve aux approches de l'hiver; les unes et les autres sont bien peintes dans la pièce de vers qui suit, de Lamartine :

Salut, bois couronnés d'un reste de verdure,
Feuillages jaunissants sur le gazon épars,
Salut, derniers beaux jours, le deuil de la nature
Convient à la douleur et plait à mes regards.

Je suis d'un pas rêveur le sentier solitaire,
J'aime à revoir encore pour la dernière fois
Ce soleil pâlissant, dont la faible lumière
Perce à peine à mes pieds l'obscurité des bois.

Oui, dans ces jours d'automne, où la nature expire,
A ces regards voilés je trouve plus d'attraits,
C'est l'adieu d'un ami, c'est le dernier sourire
Des lèvres que la mort va fermer pour jamais.

Ainsi prêt à quitter l'horizon de la vie,
Pleurant de mes longs jours l'espoir évanoui,
Je me retourne encore, et d'un regard d'envie,
Je contemple ces biens dont je n'ai pas joui.

Terre, soleil, vallon, belle et douce nature,
Je vous dois une larme aux bords de mon tombeau ;
L'air est si parfumé, la lumière est si pure,
Aux regards d'un mourant le soleil est si beau.

Je voudrais maintenant vider jusqu'à la lie
Ce calice mêlé de nectar et de fiel ;

Au fond de cette coupe où je buvais la vie,
Peut-être restait-il une goutte de miel.

Peut-être l'avenir me gardait-il encore
Un retour de bonheur dont l'espoir est perdu,
Peut-être dans la foule une âme que j'ignore,
Aurait compris mon âme et m'aurait répondu.

La fleur tombe en livrant ses parfums au zéphyre,
A la vie, au soleil, ce sont là ses adieux ;
Moi je meurs, et mon âme au moment qu'elle expire,
S'exhale comme un son triste et mélodieux.

Les approches de la mort sont plus tristes encore
que celles du soir ou de l'hiver.

Quelle que soit la fermeté d'un homme, il est
toujours saisi, à l'idée de sa destruction, de cette
invincible mélancolie, que Millevoye a parfaitement
peinte dans la pièce qu'on va lire :

Dans la solitaire bourgade,
Rêvant à ses maux tristement,
Languissait un pauvre malade,
D'un long mal qui va consumant.
Il disait : Gens de la chaumière,
Voici l'heure de la prière,
Et les tintements du beffroi :
Vous qui priez, priez pour moi.

Mais quand vous verrez la cascade
Se couvrir de sombres rameaux,

Vous direz : Le jeune malade
Est délivré de tous ses maux !
Lors, revenez sur cette rive
Chanter la complainte naïve,
Et quand tintera le beffroi,
Vous qui priez, priez pour moi.

Quand à la haine, à l'imposture,
J'opposais nos mœurs et le temps,
D'une vie honorable et pure,
Le terme approche, je l'attends.
Il fut court, mon pélerinage !
Je meurs au printemps de mon âge ;
Mais du sort je subis la loi :
Vous qui priez, priez pour moi.

Ma compagne, ma seule amie,
Digne objet d'un constant amour !
Je t'avais consacré ma vie,
Hélas ! et je ne vis qu'un jour.
Plaignez-la, gens de la chaumière,
Lorsqu'à l'heure de la prière,
Elle viendra sous le beffroi,
Vous dire aussi : Priez pour moi.

La profonde mélancolie, attachée à toute pensée
qui a la mort pour objet, est bien peinte dans le
passage suivant des *Martyrs*.

« Je ne sais, mon ami, si nous nous reverrons jamais ; telle est la vie humaine, elle est pleine de
courtes joies et de longues douleurs, de liaisons com-
mencées et rompues; par une étrange fatalité, ces liai-

8.

sons ne sont jamais faites à l'heure où elles pourraient
devenir durables; on rencontre un ami avec lequel
on voudrait pouvoir passer ses jours, au moment où
le sort va le fixer loin de nous; on découvre le cœur
que l'on cherchait, la veille du jour où ce cœur va
cesser de battre; mille choses, mille accidents séparent les hommes qui s'aiment; puis vient cette grande
séparation de la mort, qui dérange tous nos projets.
Vous souvenez-vous de ce que vous disiez un jour
en regardant le golfe de Naples? Nous comparions
la vie à un port de mer où l'on voit aborder, et
d'où l'on voit partir des hommes de tous les langages et de tous les pays; le rivage retentit des cris
de ceux qui arrivent et de ceux qui partent; les uns
versent des larmes de joie en revoyant des amis,
les autres, en se quittant, se disent un éternel adieu;
car une fois sorti du fleuve de la vie, on n'y rentre
plus. »

Il est des objets dont la vue seule est un aver-
tissement de la fragilité ou plutôt du néant des
choses humaines; comme les ruines de quelques
vieux monuments, une église gothique, un tombeau, des débris de naufrage, une maison déserte,
un village abandonné.

La vue du tombeau de Cécilia Métella et des
ruines de Rome, inspirèrent à Byron les plaintes qui
suivent :

. « Je ne sais pourquoi, mais pendant que je reste

muet et debout devant ce tombeau, le souvenir d'un
temps qui n'est plus se réveille dans mon âme ; il me
semble que je donne un corps aux pensées que me
suggère la vue de ces ruines éparses, qui sont comme
les débris flottants d'un naufrage ; ne pourrai-je,
avec les planches brisées qui couvrent au loin la
plage, me construire une nacelle d'espérance? j'i-
rai lutter encore une fois avec l'Océan, et le choc
bruyant des vagues qui se précipitent, en mugissant,
sur le rivage solitaire où j'ai vu périr tout ce que
j'aimais. Mais de quel côté dirigerai-je ma course?
il n'est plus, pour moi, d'asile, d'espoir et d'existence..... Auprès de ce vaste tombeau d'un empire, que sont nos faibles chagrins? O Rome! mère
abandonnée des empires détruits! Que les hommes,
dont le cœur est orphelin, viennent te contempler,
et qu'ils renferment, dans leur cœur, leurs légères
infortunes. Venez fouler sous vos pas ces troncs
brisés et ces débris des temples abattus, vous,
dont les agonies sont des douleurs d'un jour! un
monde est à nos pieds, aussi fragile que nous-mêmes!
Rome! la Niobé des nations est devant vous, privée
de ses enfants et de ses couronnes, sans voix pour
dire ses infortunes; ses mains flétries portent une urne
vide, dont la poussière sacrée est dispersée depuis
longtemps. Les Vandales, les chrétiens, le temps,
la guerre, l'onde et le feu, ont humilié l'orgueil de
la cité aux sept collines; elle a vu s'éclipser tous

les astres de sa gloire, et les coursiers des rois barbares franchir le mont fameux où le char du triomphateur marchait au Capitole. Ces tombeaux des
villes, qui inspirent tant de surprise, nous en-
seignent le néant des choses humaines, et nous aver-
tissent que, nous aussi, nous sommes cendre et
poussière. »

L'impression que produit l'aspect de ces derniers
monuments est surtout profonde à la campagne; là
où l'âme est plus détachée des intérêts de la terre,
et prend, à la vue du Ciel, des sentiments plus purs;
une tombe isolée, dans un cimetière de village, fait
répandre plus de larmes que les catafalques des
cathédrales.

« Pendant l'espace de deux ans, dit le père Du-
tertre, un pauvre nègre, après la mort de sa femme,
ne manquait pas un seul jour, aux approches du
soir, de prendre les deux petits enfants qu'il en
avait eu, et de les porter sur la tombe de leur mère,
où il pleurait devant eux une bonne demi-heure;
ce que les deux petits enfants faisaient souvent à son
imitation; quelle oraison funèbre pour une épouse
et pour une mère! Ce n'était pourtant qu'une
pauvre esclave! »

C'est surtout par le chant que la tristesse pénètre
au fond du cœur; la voix d'un pâtre, entendue dans
la vallée, le son d'une cloche lointaine, la plainte
d'un oiseau solitaire, le gémissement d'un vieillard,

le refrain de quelque vieille romance, répété par
une jeune fille auprès d'un berceau, voilà de quoi
nous faire rêver, et quelquefois pleurer.

La mélancolie est une disposition de l'âme qui
n'est pas sans charme : ainsi en a jugé le poëte qui
lui a consacré ses chants.

> Quel est en le lisant l'ouvrage qu'on admire?
> C'est l'ouvrage où le cœur s'attendrit et soupire.
> L'Iliade d'Hector peignant le dernier jour,
> Les vers où de Didon gémit le tendre amour,
> Les plaintes de Tancrède et les feux d'Herminie,
> Héloïse, Verther, Paul et sa Virginie,
> Ces tableaux douloureux, ces récits enchanteurs,
> Que l'on croirait tracés par les grâces en pleurs.
> Dans le recueillement notre âme est absorbée,
> Et sur la page humide une larme est tombée ;
> Douce larme du cœur, trouble du sentiment
> Qui naît de l'abandon d'un long enchantement,
> Heureux qui te connais, malheureux qui t'ignore.
> Arrêtons-nous aux champs qu'un riche émail colore ;
> Dans l'ombre de ces bois coule-t-il un ruisseau?
> L'émotion augmente à ce doux bruit de l'eau,
> Qui dans son cours plaintif qu'on écoute avec charmes,
> Semble à la fois rouler des soupirs et des larmes,
> Et qu'un saule pleureur, par un penchant heureux,
> Dans ses flots murmurants trempe ses longs cheveux ;
> Nous ressentons alors dans notre âme amollie,
> Toute la volupté de la mélancolie ;
> Cette onde gémissante et ce bel arbre en pleurs,
> Nous semblent deux amis touchés de nos malheurs;
> Nous leur disons nos maux, nos souvenirs, nos craintes,
> Nous croyons leur tristesse attentive à nos plaintes,

Et remplis des regrets qu'ils expriment tous deux,
Nous trouvons du bonheur à gémir avec eux.
Ecoutons : des oiseaux commence le ramage ;
De ces chantres ailés un seul a notre hommage,
C'est Philomèle au loin lamentant ses regrets.
O que sa voix plaintive enchante nos forêts !
Que j'aime à m'arrêter sous l'ombre harmonieuse
Ou se traîne en soupirs sa chanson douloureuse !
De l'oreille et du cœur je suis ses doux accents,
Rêveur et tout entier à ses sons ravissants,
Je me plais à chercher sur des nuages d'or,
L'astre qu'on ne voit plus et que l'on sent encor.
Le jour a son déclin, la nuit a sa naissance ;
L'ombre de la forêt qui dans les champs s'avance,
La chanson de l'oiseau qui par degrés finit,
La rose qui s'efface et l'onde qui brunit,
Les bois, les prés, dont l'ombre obscurcit la verdure,
L'air qui souffle une douce et légère froidure ;
Phébé qui seule encore et presque sans clarté,
Au milieu des vapeurs lève un front argenté,
Et semble en promenant son aimable indolence,
Un fantôme voilé que guide le silence ;
Le murmure des flots qu'on entend sans les voir,
Et le cri du hibou dans le calme du soir.
Combien de ces objets on goûte la tristesse ?
Que sous son crêpe encor la nature intéresse ?
A l'heure où la journée approche de sa fin,
Le sage, en soupirant, contemple ce déclin,
Et, ramenant sur soi sa pensée attendrie,
Voit dans le jour mourant l'image de la vie.
Ainsi donc le rapport des objets avec nous,
Leur donne à nos regards un intérêt plus doux ;
C'est par-là que l'automne, heureux soir de l'année,
Nous attache au déclin de sa beauté fanée,

Lorsque sur ces coteaux sifflent les aquilons,
Quand la feuille jaunit et tombe en tourbillons,
Quand se flétrit des prés la gràce fugitive,
Le mortel recueilli, d'une vue attentive,
Suit cette décadence, où se couvrant de deuil,
La nature à pas lents marche vers le cercueil.

La mélancolie peut avoir une heureuse influence
sur le moral de l'homme.

« Voici l'heure de la nuit et du silence; tous les
objets se voilent peu à peu jusqu'à ce qu'ils dispa-
raissent dans les ténèbres ; c'est alors qu'on respire
avec plus de bonheur le parfum des fleurs nouvelle-
ment écloses ; c'est alors qu'on entend mieux le
bruit léger des gouttes d'eau qui tombent de la cime
des arbres ; à la vue des étoiles dont la beauté mystérieuse sert d'emblême à la fortune, à la gloire et à
la vie, la pensée de l'homme se recueille et se
replie sur elle-même, ou se repose dans le sentiment de celui qui a créé et qui conserve le monde.
C'est dans de semblables moments que nous sommes
moins seuls que jamais ; c'est alors que nous avons
une conscience plus intime de l'infini, ce sentiment
qui donne à notre âme plus de pureté et de grandeur. Si c'est dans la société que nous apprenons à
vivre, c'est la solitude qui nous apprend à mourir ;
là, on ne trouve point de flatteurs, et la vanité ne
vient pas faire illusion sur nos fautes ; quand il est
seul, l'homme ne peut converser qu'avec Dieu.

» Loin de nous plaindre que le désir de félicité ait été placé dans ce monde, et son but dans l'autre, admirons en cela la bonté de Dieu ; puisqu'il faut tôt ou tard sortir de la vie, la Providence a mis au-delà du terme fatal un charme qui nous attire, afin de diminuer nos terreurs du tombeau ; quand une mère veut faire franchir une barrière à son enfant, elle lui tend, de l'autre côté de la barrière, un objet agréable pour l'engager à passer. CHATEAUBRIAND. »

Un écrivain qui voudra faire naître un sentiment de mélancolie dans l'âme de ses lecteurs, devra les soumettre aux influences que nous venons de retracer.

Ainsi a fait Sterne dans son *Voyage sentimental;* Novalis, dans ses *Hymnes à la nuit ;* Millevoye, dans ses *Elégies,* André Chenier, dans ses *Pastorales;* Chateaubriand, dans son drame de *René ;* Lamartine, dans ses *Méditations.*

Un écrivain qui voudra également prêter avec vraisemblance un sentiment de mélancolie à un personnage, ne devra attribuer à ce personnage que le caractère et les passions qui admettent cette disposition de l'âme.

Tel est le principe qui a été suivi par les auteurs de *Werther,* de *Child Harold,* de *Lara;* la mélancolie dans ces personnages est touchante, parce qu'elle est naturelle ; mais prêter des sentiments mélancoliques à des hommes de plaisirs et à des

femmes frivoles, aux hôtes des cours et à ceux des
tavernes, c'est un contre-sens qui, pour être commun, n'en est pas moins grossier.

Ce n'est pas non plus à toutes les sources qu'on
puise les idées qui portent à la mélancolie; ces
sortes d'idées ne peuvent guère être demandées qu'à
la religion, à la philosophie, qui, seules, envisagent
le côté sérieux de la vie humaine.

Enfin, il est des formes de style qui sont, plus
que d'autres, favorables à l'expression des senti-
timents mélancoliques.

Quand Virgile veut inspirer la tristesse, il se contente d'éveiller ce sentiment par quelques mots,
dont il laisse, aux lecteurs, le soin de compléter le
sens; par-là, il leur rend personnel le sentiment
qu'il exprime.

Le *dis aliter visum; disce puer virtutem ex me,
fortunam ex aliis. Sineret dolor; Lyrnessi domus
alta soli, Laurente sepulchrum. Hi nostri reditus!*
sont des phrases qui, touchantes par elles-mêmes,
le sont encore plus par ce qu'elles ont de sous-
entendu; nous sommes forcés de réfléchir pour
comprendre toute leur portée; et, par conséquent,
elles nous disposent, mieux que d'autres, à la rê-
verie.

AMOUR DES SOUVENIRS.

A M. Armand de Noue.

Quoad mens respicere potest.

L'homme a un tel besoin de bonheur, que quand
le présent le lui refuse, il le demande au passé,
par le souvenir, ou à l'avenir, par l'espérance.

Il est naturel qne nous aimions à reporter nos regards en arrière, puisque nos plus beaux jours sont
ceux qui s'écoulent les premiers, et que cet orgueil
qui ne nous abandonne jamais, nous fait regretter
le temps où nous avons brillé. D'un autre côté, il
est donné à la mémoire, comme à l'imagination,
d'embellir toute chose, et de trier les événements
passés au gré de notre amour-propre, pour nous
en présenter un tableau qui nous enchante.

Quel vieillard ne s'est dit souvent avec OEdipe :

J'étais jeune et superbe

ou avec Évandre :

O mihi præteritos referat si Juppiter annos!

ou avec Chénier :

Beaux jours de mon printemps, jours couronnés de roses.

Rien n'est plus vrai que les sentiments prêtés,
par Voltaire, à un vieillard :

> Si vous voulez que j'aime encore,
> Rendez-moi l'âge des amours,
> Au crépuscule de mes jours,
> Rejoignez, s'il se peut, l'aurore.

Legouvé a tracé un riant tableau du bonheur
que donnent les souvenirs :

> Qui n'aime à remonter le fleuve de la vie,
> Qui n'aime à voir, devant son âme recueillie,
> Comme un mouvant tableau repasser lentement
> Les instants de plaisir et même de tourment?
> Il semble que du temps on arrête la trace,
> On croit joindre à ses jours tous ceux qu'on se retrace,
> Et de leur cours rapide on se sent consolé.
> Regardez ce vieillard sous les ans accablé,
> Si l'on oubliait tout, sa voix faible et tremblante,
> Ses yeux appesantis, sa marche défaillante,
> De la mort à son âme offrirait le tableau ;
> Mais grâce aux souvenirs, au bord de son tombeau,
> Rejetant à son gré ses regards en arrière,
> Il revient sur ses jours et rouvre sa carrière ;
> Il s'entoure des biens qu'il goûta si longtemps,
> Sa vieillesse sourit aux jours de son printemps,
> Et dans l'illusion dont son âme est ravie,
> Il repousse la tombe et s'attache à la vie.
> C'est peu de rajeunir le vieillard étonné,
> Le souvenir aussi charme l'infortuné.
> Un riche, du destin éprouvant l'inconstance,
> Est-il de sa splendeur tombé dans l'indigence ?

Si de nos parvenus il n'eut point la hauteur,
Si du faible toujours il fut le protecteur,
Si le mérite obtint ses secours, ses hommages,
Il reporte les yeux sur ces douces images,
Il se croit riche au moins de ses nombreux bienfaits,
Et reste heureux encor des heureux qu'il a faits.

Un autre poëte a exprimé les mêmes idées, en vers plus beaux encore :

Qui n'eut parmi les jours déjà bien loin, peut-être,
Un jour plus beau qu'eux tous, qui ne doit pas renaître,
Mais qui survit dans l'âme, et dont le souvenir,
Délices du passé, charme aussi l'avenir;
Jour d'innocente joie et pur de tout nuage,
Dont une amitié douce a marqué le passage,
Où quelqu'aveu naïf et longtemps suspendu,
D'une bouche adorée, enfin, fut entendu,
Où d'un premier transport qu'il n'eût point fallu croire,
Tout le cœur tressaillit et devina la gloire.
Ah! quand d'un bras de fer le sort pèse sur nous,
Que de ce jour aimé le souvenir est doux;
Qu'il est doux d'éveiller au fond de sa pensée
Son image assoupie et jamais effacée,
Avec un soin jaloux d'en rassembler les traits,
Lentement, à loisir, non sans quelques regrets,
Comme après un sommeil dont l'erreur se prolonge,
On aime à suivre encor les prestiges d'un songe.

PLAISIR DE LA SOLITUDE.

A M. Eugène Géruzez.

Odi vulgus et arceo.

« Il est, dit Byron, un charme au fond des bois écartés, et un ravissement sur le rivage solitaire; il est, sur le bord des mers, une société qu'aucun importun ne trouble, et le mugissement des vagues a aussi sa mélodie. Je n'aime pas moins l'homme, mais je chéris davantage la nature, en communiquant avec elle. »

Un autre poëte se fait de la retraite et de la solitude une image charmante :

Au seul jour où je vis, au seul bord que j'habite,
J'ai borné désormais ma pensée et mes soins;
Pourvu qu'un Dieu caché fournisse à mes besoins,
Pourvu que sous les yeux d'une épouse chérie
Je goûte obscurément les doux fruits de la vie,
Que le rustique enclos par mes pères planté,
Me donne un toit l'hiver et de l'ombre l'été,
Et que d'heureux enfants ma table couronnée,
D'un convive de plus se peuple chaque année,
Content, je n'irai plus ravir si loin de moi
Dans les secrets de Dieu les comment? les pourquoi?

Ni du risible effort de mon faible génie,
Aider péniblement la sagesse infinie.
Vivre est assez pour nous, un plus sage l'a dit :
Le soin de chaque jour à chaque jour suffit.
Semblable à l'alcyon, que la mer dorme ou gronde,
Qui dans son nid flottant s'endort en paix sur l'onde,
Me reposant sur Dieu du soin de me guider
A ce port invisible où tout doit aborder,
Je laisse mon esprit, libre d'inquiétude,
D'un facile bonheur faisant sa seule étude,
Et prêtant sans orgueil sa voile à tous les vents,
Les yeux tournés vers Dieu, suivre le cours du temps.

Les vers d'Horace :

                                                    O rus

Quando ego te aspiciam.

sont dans la mémoire de tous les hommes de goût.
Virgile s'écrie, de son côté :

                    O coteaux du Taygète,
Par les vierges de Sparte en cadences foulés,
O qui me portera dans vos bois reculés ;
Où sont, ô Sperchius ! tes fortunés rivages ?
Laissez-moi de Tempé parcourir les bocages ;
Et vous, vallons d'Hémus, vallons sombres et frais,
Couvrez-moi tout entier de vos rameaux épais.

Si l'homme recherche la solitude dans l'intérêt de
son bonheur, il peut aussi la rechercher dans l'intérêt de sa moralité, et nous concevons le mot de Senèque : « Je n'ai jamais été parmi les hommes, que

je n'en sois revenu moins homme. » Ou celui de
Virgile, si bien traduit par Delille :

Qui sait aimer les champs sait aimer la vertu.

Lorsque la nuit guidant son cortége d'étoiles,
Sur le monde endormi jette ses sombres voiles,
Seul, au sein du désert et de l'obscurité,
Méditant de la nuit la douce majesté,
Enveloppé de calme, et d'ombre et de silence,
Du Dieu qui m'a créé j'adore la présence ;
D'un jour intérieur je me sens éclairer,
Et j'entends une voix qui me dit d'espérer.

Les causes de notre goût pour la solitude sont
faciles à déduire.

« Tout homme qui a beaucoup à se plaindre des
autres hommes ou du sort, cherche la solitude. Les
peuples malheureux par leurs opinions, leurs mœurs
ou leur gouvernement, ont produit des classes
nombreuses de solitaires ; tels ont été les Egyptiens
dans leur décadence, les Grecs du bas empire ; et,
tels sont, de nos jours, les Hindoux. La solitude ramène, en partie, l'homme au bonheur naturel, en
éloignant de lui le malheur social ; au milieu de nos
sociétés, divisées par tant de préjugés, l'âme est
tenue dans une agitation continuelle ; elle roule
sans cesse en elle-même mille opinions turbulentes ;
mais, dans la solitude, elle dépose ses illusions ; elle
reprend le sentiment d'elle-même, de la nature et

de son auteur; ainsi, l'eau sablonneuse d'un torrent qui a ravagé des campagnes, venant à se répandre dans quelque petit bassin éloigné de son cours, dépose ses vases au fonds de son lit, reprend sa première limpidité, et, redevenue transparente, réfléchit, avec ses propres rivages, la verdure de la terre et la lumière des cieux.

» BERNARDIN DE SAINT-PIERRE. »

Une autre raison qui fait aimer la solitude, c'est qu'elle est favorable aux méditations du génie; le poëte aime à se recueillir dans le secret des forêts et dans celui de son cœur. Homère aimait à errer au bord silencieux des mers; Virgile ne se plaisait qu'au milieu des champs; Démosthènes s'enfermait six mois pour faire un discours; le Dante vécut dans l'exil; Milton était aveugle; Camoëns écrivit sa *Lusiade* au milieu des solitudes de l'Océan; c'est sur la mer des Cyclades, c'est au milieu des déserts du Nouveau-Monde que les Byron et les Chateaubriand promenèrent longtemps leurs sublimes méditations.

La solitude est aussi recherchée par quiconque nourrit au fond du cœur une grande passion; là, notre âme se replie plus librement sur elle-même, là, elle est plus entièrement à l'objet qui l'occupe; mais là aussi une passion acquiert un degré de force qui la rend quelquefois criminelle et toujours malheureuse.

Si la solitude est faite pour le malheur, pour la passion et pour le génie, qui sont des exceptions il est évident qu'elle n'est pas bonne pour le commun des hommes; c'est la sagesse elle-même qui l'a dit: *væ soli*, malheur à celui qui est seul; il n'en peut être autrement, puisque Dieu a créé l'homme pour la société, qu'il y a peu de vertus praticables dans la solitude, et que l'homme doit à l'homme le tribut de ses lumières, le secours de son bras, la pitié de son cœur et l'exemple de ses vertus.

AMOUR DE LA SINCÉRITÉ.

A M. l'abbé Macquart.

Ex abundantia cordis os loquatur.

La sincérité n'est pas le respect, mais l'application d'un principe; elle n'est pas seulement dans l'intelligence, mais dans le caractère et la conduite.

Elle tient à l'un des plus nobles instincts de la nature humaine à laquelle les déguisements, les subterfuges, le mensonge et l'hypocrisie inspirent une invincible répugnance.

Le défaut de sincérité nous déplaît en nous-même, parce qu'il humilie notre orgueil comme aveu d'im-

puissance et de bassesse ; il nous déplaît également
dans les autres comme piége tendu à notre bonne
foi, et comme témoignage du peu de cas que l'on
fait de nos lumières.

Les livres saints nous disent : marchez comme des
enfants de lumière.

C'est là un des plus beaux préceptes de la religion.

« Dis ce que tu fais, et fais ce que tu dis. »

C'est là une des plus belles maximes de la sagesse
humaine.

Si la sincérité est un devoir, elle est aussi un élément de bonheur.

L'âme du fourbe, contrainte et gênée dans ses
mouvements, est condamnée aux souffrances que
fait éprocver au corps une position fausse et une
marche embarrassée par des obstacles. Plus heureux
est celui qui parle haut, marche droit, et se dit avec
le more de Venise :

> Je dois tout à moi-même et rien à l'imposture ;
> Sans crainte, sans remords, avec simplicité,
> Je marche dans ma force et dans ma liberté.

La beauté de ce genre de mérite ressort avec éclat
dans la scène suivante de Tancrède :

Orbassan s'est déclaré prêt à braver la mort pour
soutenir qu'Amenaïde est innocente ; il ne demande
à celle-ci qu'un serment, c'est qu'elle est prête de

son côté à l'accepter pour époux, et à lui sacrifier tout autre attachement.

Amenaïde répond :

Je ne peux vous aimer, je ne peux à ce prix,
Accepter un combat pour ma cause entrepris;
Je sais de votre loi la dureté barbare,
Celle de mes tyrans, la mort qu'on me prépare;
Je ne me vante point du fastueux effort
De voir sans m'alarmer les apprêts de ma mort.
Je regrette la vie, elle dut m'être chère,
Je pleure mon destin, je gémis sur mon père;
Mais malgré ma faiblesse et malgré mon effroi,
Je ne puis vous tromper, n'attendez rien de moi;
Je vous parais coupable, après un tel outrage,
Mais ce cœur, croyez-moi, le serait davantage,
Si jusqu'à vous complaire il pouvait s'oublier;
Je ne veux, pardonnez à ce triste langage,
De vous pour mon époux ni pour mon chevalier.

DE LA FIERTÉ.

A M. Casimir Delavigne.

Vir gregis.

Peut-être la fierté n'est-elle qu'une des formes de l'orgueil, mais elle en est du moins la forme la plus noble; elle suppose des qualités morales, elle se fonde d'ordinaire sur la possession de quelques avantages ; enfin, elle implique moins le mépris des autres que l'estime de soi, qui n'est pas toujours un sentiment condamnable.

La fierté peut tenir à plusieurs causes.

La fierté est permise au talent et au succès intellectuels. Horace, arrivé au terme de sa course poétique, peut s'écrier :

Exegi monumentum ere perennius.

Il n'y a rien qui nous blesse dans le mot du *Corrège : anche io sono pittore.* Et moi aussi je suis peintre : la fierté est légitime quand elle nous vient d'une juste appréciation de nos forces.

Il y a d'autres fiertés que celles de l'intelligence ; celle qu'inspire une haute position et l'attachement à une bonne cause, noblement défendue, est empreinte dans la réponse que fait Sertorius à Pompée, qui lui reprochait d'abandonner Rome.

Je n'appelle plus Rome un enclos de murailles,
Que ses propres enfants peuplent de funérailles,
Et comme autour de moi j'ai tous ses vrais appuis,
Rome n'est plus dans Rome, elle est toute où je suis.

Il y a la fierté morale d'une belle âme dans les paroles d'Orosmane à Chatillon :

Chrétien, je suis content de ton noble courage,
Mais ton orgueil ici se serait-il flatté
D'effacer Orosmane en générosité?
Au lieu de dix chrétiens que je dus t'accorder,
Je t'en veux donner cent, tu peux les demander.

Alexandre est surpris que, malgré sa défaite,
Porus conserve tant de prétentions; et, dans son
étonnement, il lui dit :

ALEXANDRE.

Comment voulez-vous donc que je vous traite?

PORUS.

En roi.

Montesquieu, dans le dialogue de Sylla et d'Eucrate, a donné une admirable idée de la fierté que
donne la naissance :

« Je fus indigné, dit ce dernier à Eucrate, de
voir un homme sans nom, fier de la bassesse de sa
naissance, entreprendre de ramener dans la foule
les premières familles de la république; et dans cette
situation, je portais tout le poids d'une grande âme;
je me résolus de demander compte à Marius de ses
mépris; et, pour cela, je songeai à l'attaquer avec
ses propres armes, c'est-à-dire par des victoires,
j'abaissai Marius, à force de vaincre les ennemis de
Marius; je forçai cet orgueilleux Romain d'aller au
Capitole remercier les dieux des victoires dont je
le désespérais. »

9.

Corneille a été un peintre admirable des passions humaines; mais il a surtout excellé à peindre
la fierté du caractère; ses plus belles créations, Chi-
mène, le Cid, Don Diègue, Nicomède, Émilie, Cor-
nélie, Sertorius, ont évidemment, et au plus haut
point, ce genre de mérite; il faudrait citer leurs
rôles tout entier si l'on voulait faire connaître tout
ce qu'il y a de fier dans le premier de nos poëtes
tragiques.

Les rôles d'Agrippine, dans *Britannicus*; d'A-
comat, dans *Bajazet*; d'Achille, dans *Iphigénie*;
de Gusman, dans *Alzire*, sont également empreints
d'une noble fierté.

Dans les passages suivants d'une tragédie que nous
publierons plus tard, nous avons cherché à donner
à l'infortuné Stuart, le genre de fierté que lui attribue Bossuet.

ACTE PREMIER.

SCÈNE PREMIÈRE.

A l'ouverture de la séance, le président s'exprime ainsi

Le peuple, dont la voix est la voix de Dieu même,
A qui seul appartient l'autorité suprême,
Abaissant tous les fronts sous une égale loi,
Cite à son tribunal celui qui fut son roi.

Aux juges.

L'Angleterre attentive aujourd'hui vous contemple ;
Méritez son estime, et par un grand exemple,
Etonnez l'univers, instruisez à la fois
L'esclave t le tyran, les peuples et les rois.

SCÈNE II.

On introduit le monarque. Le président continue.

L'héritier des Stuarts à vos yeux va paraître ;
Il s'avance, et celui qui vous parlait en maître,
Celui qui nous voyait, tremblants à son aspect,
Lui prodiguer naguère un aveugle respect,
Reconnaissant des lois la suprême puissance,
Vient docile à vos pieds attendre sa sentence.

IRETON, *attorney général.*

Vingt ans déjà passés, quand, ministre des cieux,
Un pontife sacré vous ceignit à nos yeux
De l'auguste bandeau qu'avaient porté vos pères ;
Lorsque par vous promise à des jours plus prospères,
Libre dans son pouvoir, maîtresse de sa foi,
L'Angleterre daigna vous proclamer son roi,
Dans le temple élevant une voix solennelle,
Et du Ciel attestant la justice éternelle,
D'obéir à nos lois vous fîtes le serment.
D'un peuple généreux funeste aveuglement !
Stuart qu'avait choisi la crédule Angleterre,
Stuart de son bonheur rendu dépositaire,
Des serments les plus saints perdant le souvenir,
N'acceptant nos bienfaits que pour nous en punir,
Transforma sous le poids de honteuses entraves,
De libres citoyens en un troupeau d'esclaves.

Un parlement vengeur fit entendre sa voix,
Et du peuple muet revendiqua les droits.
Mais pour réponse alors au vœu de la patrie,
Par les soins du tyran déployant sa furie,
La guerre parcourut nos champs épouvantés,
Et de ruisseaux de sang inonda nos cités.
Apparaissez, ô vous, déplorables victimes,
Vous, de nos libertés défenseurs magnanimes,
Fidèles citoyens, intrépides soldats,
Que naguère a frappés la foudre des combats,
Evoqués tout à coup de la nuit éternelle,
Levez-vous, et venez d'une voix solennelle
Interroger un roi bourreau de ses sujets,
Et dicter à nos cœurs d'inflexibles arrêts.

LE PRÉSIDENT.

De vos crimes, Stuart, un juge inexorable,
Le peuple, vous demande un compte redoutable.
Accusé, levez-vous, répondez à la voix
Du peuple souverain et du juge des rois.

CHARLES.

Mon juge est l'Eternel ; sa volonté suprême
A seule sur mon front placé le diadême.
Et vous, qui prétendez au droit de me juger,
Vous, dont la voix coupable ose m'interroger,
Pour recevoir mes lois le Ciel vous a fait naître,
Vous êtes mes sujets et je suis votre maître ;
Quel serment solennel, quel devoir, quelle loi
A paraître à vos pieds condamnent votre roi ?
Parlez, et si vos droits ne sont pas ceux du crime,
Par quel titre à mes yeux rendrez-vous légitime
Le suprême pouvoir que vous vous arrogez ?
Vous-mêmes répondez, vous qui m'interrogez.

LE PRÉSIDENT.

Le peuple vous accuse et demande vengeance.

CHARLES.

Qu'il cesse de vous craindre, il prendra ma défense,
Il tremble pour mes jours, vous ne l'ignorez pas,
Vous l'auriez consulté s'il voulait mon trépas.

LE PRÉSIDENT.

Le parlement, du peuple interprète suprême,
Et de ses droits sacrés investi par lui-même,
A remis son pouvoir aujourd'hui dans nos mains,
Et nous rend de vos jours arbitres souverains.

CHARLES.

Du parlement cessez d'invoquer la puissance,
Le parlement n'est plus; en vain dans mon absence
Il ose réclamer des droits qu'il a perdus,
Et transmettre un pouvoir que lui-même il n'a plus.
Je suis de ce grand corps un membre nécessaire;
Et je reste fidèle aux lois de l'Angleterre,
A ce pacte par vous tant de fois invoqué,
A ce pacte aujourd'hui par vous seuls attaqué,
Je prête mon secours à la liberté même,
Je respecte vos droits et ceux du diadème,
A des serments sacrés je conserve ma foi,
A Dieu je me soumets; en un mot, je suis roi,
Lorsqu'accusé par vous et sûr de vous confondre,
Je me livre à mon sort sans daigner vous répondre.

IRETON.

Lui-même a prononcé l'arrêt de son trépas:
Ce silence est l'aveu de tous ses attentats.

Et mieux que nos discours sur le front du coupable
Il appelle des lois le glaive redoutable.
Stuart d'un souverain revendique les droits,
Mais trop tard à vos pieds il invoque nos lois.
Lorsqu'il osa porter une main téméraire
Sur le pacte sacré qui régit l'Angleterre,
Il cessa d'être roi ; lui-même pour toujours
De ces lois qu'il bravait s'interdit le secours ;
Au respect de son peuple il cessa de prétendre,
Et du trône dès lors consentit à descendre.
C'est en vain qu'aujourd'hui sa coupable fierté
Du peuple méconnaît l'auguste autorité :
D'un despote orgueilleux qu'importent les paroles;
Est-ce à vous d'écouter ces scrupules frivoles?
Plus haut que tous les rois parle la liberté,
Le public intérêt, vos serments, l'équité;
Ecoutez, écoutez la voix de la patrie
Et cette voix du sang qui s'élève et qui crie :
Stuart pour les Anglais fut un roi sans pitié,
Il faut que par le sang le sang soit expié.
Quoi ! de l'impunité l'insolent privilége
Au glaive ravirait sa tête sacrilége?
Quoi ! pour eux vous pourriez, brisant le joug des lois,
A des forfaits nouveaux encourager les rois!
En frappant sans pitié les crimes du vulgaire,
Vous pourriez épargner ceux des grands de la terre,
Sauver dans un tyran le dernier des mortels,
Et garder le pardon pour les plus criminels!
Non ; le ciel en courroux sur tous punit le crime :
Imitez sa justice et frappez la victime.

RICHEMOND.

Me voici. Prononcez ; je me livre à vos coups:
Que sur moi, sur moi seul tombe votre courroux!

IRETON (*à part.*)

Ah! fallait-il permettre...

RICHEMOND.

Epargnez l'innocence!
J'ai moi seul égaré sa crédule imprudence;
Ministre de Stuart, mes avis l'ont perdu.
Coupable, je réclame un péril qui m'est dû.
La loi devant le trône avec respect s'arrête,
Et, loin du souverain écartant la tempête,
Sur son ministre seul transporte son courroux.
Homme il a pu faillir, monarque il est absous.
Il garde criminel les droits de l'innocence;
Et quand il serait vrai qu'indigne de clémence
Stuart par ses forfaits eût vaincu tous les rois,
A ses pieds doit mourir la vengeance des lois.

IRETON.

Tu n'oses de son règne embrasser la défense?

RICHEMOND.

Ma bouche de Stuart proclame l'innocence.
Oh! s'il eût médité les sinistres projets
Dont l'accuse aujourd'hui l'erreur de ses sujets;
Si barbare, en effet, et de vengeance avide,
Il eût armé son bras d'un glaive moins timide,
Ceux dont l'arrêt injuste est prêt à l'accabler,
Dans ce même palais il les verrait trembler.
Quoi! lorsque la révolte en sa libre carrière
Levait de jour en jour une tête plus fière,
Et n'invoquait nos lois que pour les renverser,
Indigne de son rang, Stuart dut-il penser
Que le glaive des rois est un glaive inutile?
Des périls de l'Etat spectateur immobile

Dut-il, enseveli dans un lâche repos,
Prévoir, sans l'arrêter, le plus noir des complots,
Et, du peuple alarmé trahissant l'espérance,
Au rebelle torrent céder sans résistance?
Hélas! ils ont pris soin de le justifier!
A leur promesse vaine osant se confier
L'Anglais, déshérité du bonheur de ses pères,
Aujourd'hui dans les fers impute ses misères
A ceux qui promettaient d'en arrêter le cours,
Et reporte les yeux vers de plus heureux jours.
Lorsque la liberté, peut-être moins vantée,
Sans faste, sans éclat, était plus respectée!
A-t-il vu, dans ces jours tant de fois accusés!
Tous ses droits suspendus, ses trésors épuisés,
La justice muette en présence des armes,
Des tyrans soupçonneux, régnant par les alarmes,
Livrer avec audace au glaive d'un soldat
Le pouvoir insolent de choisir le sénat,
Et, comme un attentat proscrivant la clémence,
Au juge épouvanté dicter sa conscience?
Non, tu n'es point souillé de tous ces attentats,
Monarque infortuné qu'appelle le trépas;
D'autres les ont commis...; ton cœur pur et sublime,
S'il a pu s'égarer, a détesté le crime.
Oui, Stuart, oui, ce roi, devant vous criminel,
Sans effroi va paraître aux yeux de l'Eternel.
Opprimé sur la terre, il attend un refuge
Au pied d'un tribunal où Dieu sera son juge.

CROMWELL.

Daigne ce Dieu, sur nous, répandant ses clartés,
Révéler à nos cœurs ses saintes volontés!

ACTE DEUXIÈME. — SCÈNE II.

CROMWELL ET CHARLES, *qui est condamné à mort.*

CROMWELL.

. . . .

Un peuple généreux, un peuple magnanime,
Pardonne ; mais alors qu'il consent à bannir
De ses récents malheurs l'importun souvenir,
Il attend de Stuart un noble sacrifice.

CHARLES.

Je suis prêt ; quel est-il ?

CROMWELL.

              Pour fléchir sa justice,
Il demande à Stuart que l'héritier des rois
D'un trône qui n'est plus abandonne les droits ;
Qu'il cède avec grandeur au vœu de la patrie ;
Pour le salut de tous, que lui-même s'oublie ;
Et qu'à ces titres vains, désormais odieux,
Il préfère l'honneur d'un nom plus glorieux.
Oui, soyez citoyen.

CHARLES.

              Je suis roi d'Angleterre ;
J'en garde dans les fers le sacré caractère ;
Je l'ai reçu du Ciel : c'est Dieu qui m'a fait roi.
J'ignore ses desseins sur ma race et sur moi ;
Mais je sais quel devoir il m'imposa lui-même,
Le jour où sur mon front il mit le diadème ;
Et ce devoir sacré je saurai le remplir.
Roi chrétien, c'est à Dieu que je dois obéir.

On ne me verra point, méritant ma ruine,
Trahir la dignité de ma noble origine;
Trembler au pied du crime, et recevoir sa loi.
Ma puissance n'est plus, mais je suis toujours roi...
Je règne encore : en vain sous les coups de la foudre
Le sceptre de mes mains est tombé dans la poudre;
J'ai conservé mon rang, mes droits et ma fierté.

CROMWELL.

Je vous aurais, Stuart, sans surprise écouté,
Dans ce jour où, levant l'étendard de la guerre,
Et pensant à vos lois asservir l'Angleterre,
Sans prévoir les revers, vous marchiez aux combats,
Parmi les flots pressés de vos nombreux soldats;
Mais du sort, aujourd'hui, tel est l'arrêt suprême :
Tout est changé pour vous.

CHARLES.

Mon devoir est le même.

CROMWELL.

Les soldats étrangers, invoqués tant de fois,
N'ont point jusqu'à ce jour entendu votre voix.
Paisible et sans horreur l'Europe nous contemple,
Et peut-être a dessein de suivre notre exemple ;
Votre épouse en tous lieux promenant sa douleur,
A vu la France même insensible à ses pleurs,
La France, votre espoir.

CHARLES.

Que Dieu, dans sa clémence,
Ne la punisse pas de son indifférence,
Et du sort des Stuarts qu'il préserve ses rois!

CROMWELL.

Quel secours, désormais, peut appuyer vos droits?
Condamné, dans les fers, sans amis, sans défense,
Quel fruit attendez-vous d'une vaine constance?
Que vous sert de nourrir un espoir insensé?
Le règne des Stuarts sans retour est passé.
A rester sur le trône on ne doit plus prétendre,
Quand l'intérêt du peuple ordonne d'en descendre.
Ainsi que vous, Stuart, la patrie a ses droits,
Et des droits plus sacrés que l'intérêt des rois.

CHARLES.

Des peuples et des rois un même nœud rassemble
Les intérêts divers, pour les confondre ensemble;
Et du peuple déjà les droits sont exposés,
Lorsque ceux du monarque ont été méprisés.
Depuis que la couronne à Stuart est ravie,
Quel est, répondez-moi, le sort de la patrie?
Où sont ces biens promis à sa crédulité,
Ce calme, ce repos, et cette liberté
Dont la vaine promesse a séduit l'Angleterre?
Montrez-moi ces vertus, cette sagesse austère
Qui devaient de l'état assurer la grandeur,
Et des rois accuser le pouvoir oppresseur.
Voilà par quels bienfaits d'un peuple magnanime
Il fallait conquérir et l'amour et l'estime,
Et du pouvoir royal à jamais le sauver.
Voilà par quel moyen il fallait me prouver
Qu'au trône désormais je ne dois plus prétendre
Et que le peuple anglais m'ordonne d'en descendre.

CROMWELL.

Les peuples et les rois, seigneur, ont rarement
Sur les biens de l'état un même sentiment.

CHARLES.

Et rarement, aussi, ceux dont l'orgueil aspire
A s'emparer un jour des rênes de l'empire,
Ont manqué, pour couvrir leurs complots ténébreux,
D'affecter pour le peuple un zèle fastueux.
Du peuple, en apparence, ils embrassent la cause;
Mais c'est un autre but que leur cœur se propose.
Et vous, en ce moment, dont l'arrogante voix
Du peuple qui se tait revendique les droits,
Et du trône aux Stuarts prescrit le sacrifice,
A ces mêmes Anglais pour qui votre artifice
Etale en ma présence un amour si jaloux,
Vous destinez un maitre; et ce maitre, c'est vous.

CROMWELL.

Moi!

CHARLES.

Leur nom est en vain sans cesse en votre bouche;
Le soin de leur bonheur n'est pas ce qui vous touche:
D'un plus cher intérêt Cromwell est occupé;
Au moment de saisir un pouvoir usurpé,
Il recule à l'aspect du redoutable abime
Qui toujours environne un trône illégitime,
Et veut que de mes droits le propice abandon]
Applanisse la route à son ambition.

CROMWELL.

Sur mes secrets desseins vous pourriez vous méprendre;
Mais à l'empire, enfin, ne pourrai-je prétendre?
Sous le poids de ses maux, si le peuple aujourd'hui
Succombe, et d'un vengeur me demande l'appui;
Si, ravissant le sceptre aux mains de l'anarchie,
Et d'un puissant effort enchainant sa furie,

Ce bras, que les combats ont pris soin d'éprouver,
Par le peuple invoqué, pouvait seul le sauver;
A son bonheur, enfin, si j'étais nécessaire,
J'aurais des droits, peut-être, au trône d'Angleterre,
A réclamer, pour prix de mes nobles exploits,
Ce que le hasard donne au vulgaire des rois.
Sauveur de mes sujets, je régnerais sans crime.
Le roi d'un peuple heureux est un roi légitime.

CHARLES.

Le peuple ne doit point attendre son bonheur
D'un roi qui, sur le crime, a fondé sa grandeur.

CROMWELL.

Je devrai ma grandeur au peuple qui m'appelle;
Le peuple souverain ne peut être rebelle.
Il prononce:

CHARLES.

            Avant vous j'ai reçu ses serments;
Et vous qui m'annoncez ici ses sentiments,
Qui voulez à sa voix que Stuart se soumette,
Êtes-vous de ses vœux le fidèle interprète?

En même temps que la force de raisonnement,
la fierté est remarquable dans ce morceau de Démosthènes:

« Malheureux! si c'est le désastre public qui te
donne tant d'audace, quand tu devrais en gémir
avec nous, essaie donc de faire voir, dans ce qui
a dépendu de moi, quelque chose qui ait contribué
à notre malheur, et qui n'ai pas dû le prévenir!

Partout où j'ai été en ambassade, les envoyés de Philippe ont-ils eu quelque avantage sur moi? Non, jamais! non, nulle part! Ni dans la Thessalie, ni dans la Thrace, ni dans Byzance, ni dans Thèbes, ni dans l'Illyrie. Mais ce que j'avais fait par la parole, Philippe le détruisait par la force; et tu t'en prends à moi, et tu ne rougis pas de m'en demander compte? Ce même Démosthènes, dont tu fais un homme si faible! tu veux qu'il l'ait emporté sur les armes de Philippe! Et avec quoi? Avec la parole, car il n'y avait que la parole qui fût à moi. Je ne disposais ni des bras, ni de la fortune de personne; je n'avais aucun commandement militaire, et il n'y a que toi d'assez insensé pour m'en demander raison. Mais que pouvait, que devait faire l'orateur d'Athènes? voir le mal dans sa naissance, le faire voir aux autres, et c'est ce que j'ai fait; prévenir, autant qu'il était possible, les retards, les faux prétextes, les oppositions d'intérêt, les méprises, les fautes, les obstacles de toute espèce, trop ordinaire entre les républiques alliées et jalouses, et c'est ce que j'ai fait; opposer à toutes ces difficultés, le zèle, l'empressement, l'amour du devoir, l'amitié, la concorde, et c'est ce que j'ai fait; sur aucun de ces points, je défie qui que ce soit de me trouver en défaut; et si l'on me demande comment Philippe l'a emporté, tout le monde répondra pour moi : Par ses armes, qui ont tout envahi; par son or, qui a

tout corrompu ! Il n'était pas en moi de combattre
ni l'un, ni l'autre; je n'avais ni trésor, ni soldats;
mais, pour ce qui est de moi, j'ose le dire, j'ai
vaincu Philippe! et comment? en refusant ses lar-
gesses, en résistant à la corruption. Quand un homme
s'est laissé acheter, l'acheteur peut dire qu'il a
triomphé de lui ; mais celui qui demeure incorruptible, peut dire qu'il a triomphé du corrupteur.
Ainsi donc, autant qu'il a dépendu de Démosthènes,
Athènes a été victorieuse, Athènes a été invincible.»

Il y a une sotte fierté qui se complaît à humilier
ce qui l'entoure, et dont Montesquieu s'est raillé
dans le passage suivant :

« Il y a quelques jours qu'un homme de ma connaissance me dit : « Je vous ai promis de vous produire dans les bonnes maisons de Paris, je vous
mène, à présent, chez un grand seigneur, qui est
celui des hommes du royaume qui représente le
mieux.

»—Que veut dire cela, Monsieur? Est-ce qu'il est
plus poli, plus affable que les autres? — Non , me
dit-il.—Oh ! j'entends : il fait sentir, à tous les instants, sa supériorité à tous ceux qui l'approchent;
si cela est, je n'ai que faire d'y aller, je la lui passe
toute entière, et je prends condamnation.

» Il fallut pourtant marcher, et je vis un petit
homme si fier; il prit une prise de tabac avec tant
de hauteur, et se moucha si impitoyablement; il

cracha avec tant de flegme; il caressa ses chiens
d'une manière si offensante pour les hommes, que
je ne pouvais me lasser de l'admirer. Oh! bon Dieu!
dis-je en moi-même, si, lorsque j'étais à la cour de
Perse, je représentais ainsi, je représentais un grand
sot. Il aurait fallu, Rica, que nous eussions un bien
mauvais naturel pour aller faire cent petites in-
sultes à des gens qui venaient tous les jours chez
nous, nous témoigner leur bienveillance; ils savaient bien que nous étions au-dessus d'eux, et s'ils
l'avaient ignoré, nos bienfaits le leur auraient appris chaque jour; n'ayant rien à faire, pour nous
faire respecter, nous faisions tout pour nous rendre
aimables; nous nous communiquions aux plus petits;
au milieu des grandeurs qui endurcissent toujours le
cœur, ils nous trouvaient sensibles, et ne voyaient
que notre cœur au-dessus d'eux. Nous descendions
jusqu'à leurs besoins. Mais lorsqu'il fallait soutenir
la majesté du prince, dans les cérémonies publiques;
lorsqu'il fallait faire respecter la nation aux étrangers; lorsqu'enfin, dans les occasions périlleuses, il
fallait animer les soldats, nous remontions cent fois
plus haut que nous n'étions descendus; nous ra-
menions la fierté sur notre visage, et l'on trouvait,
quelquefois, que nous représentions assez bien. »

AMOUR DU PÉRIL.

A M. l'abbé Caron.

Nitimur in vetitum.

Il y a un courage qui brave les périls, et un courage qui les cherche ; par une étrange contradiction, l'homme tient passionnément à la vie, et de
gaîté de cœur, il se lance au milieu de circonstances
où sa vie est compromise ; il éprouve, alors, une
sorte d'exaltation qui l'enivre ; il jouit, avec plus
de bonheur, d'une existence avec laquelle il semble
jouer.

Un enfant abandonné à lui-même, et soustrait
aux influences de l'amour-propre, s'aventurera sur
l'eau, avec une barque qu'il ne sait pas conduire ;
il franchira un précipice, où il y a toute chance
qu'il doit tomber ; il escaladera un arbre de cent
pieds de hauteur, uniquement par cet instinct d'audace qui le tourmente.

On verra des hommes, regardés comme raison-
nables, courir sur le bord d'un abîme, ou lancer des
étincelles sur un baril de poudre.

Le moral de l'homme donne lieu aux mêmes re-
marques.

Ève, instruite du péril qui menace son innocence auprès de l'arbre de la science, est poussée, par un aveugle instinct, vers l'objet qui la tente; et combien de ses enfants ont aussi succombé par dédain de l'ennemi qui les attaquait.

Nous avons tant d'orgueil, que nous ne voulons point paraître timides, même à nos propres yeux; nous avons tant d'amour-propre, qu'à défaut des applaudissements d'autrui, nous voulons conquérir les nôtres; il y a, en nous, deux hommes; l'un qui agit, et l'autre qui voit agir.

Il ne faut pas croire que des soldats se battent uniquement pour la gloire, cela n'est pas; le péril a, par lui-même, des attraits pour eux; ils le cherchent avec une joie frénétique, sauvage, et comme source d'émotions auxquelles il n'en est point de comparables.

C'est par la même raison que des corsaires aiment leur vie aventureuse, et qu'ils ne peuvent supporter ni le calme sur l'Océan, ni le séjour à terre.

Le seul espoir du succès ne suffit point pour expliquer le courage que déploient les chasseurs du désert, les contrebandiers, les brigands, les joueurs; il y a, dans les chances qu'ils affrontent, une joie mystérieuse qu'ils recherchent peut-être à leur insu, mais qui est pour eux le plus impérieux des besoins, et qui tient à l'amour du péril.

Il y a une belle peinture de cet instinct brutal, dans le *Début du Corsaire* :

« Quand nous voguons sur les flots bondissants
de la mer azurée, nos âmes et nos pensées sont
libres comme elle ; aussi loin que les vents peuvent
nous porter, partout où les vagues écument, nous
trouvons notre empire ; cet empire est sans bornes ;
notre pavillon est l'emblême d'une puissance à laquelle toutes les nations obéissent ; dans notre vie
turbulente, nous passons, avec la même gaîté, de
la fatigue au repos, et du repos à la fatigue. Qui
pourrait peindre le bonheur de ces vicissitudes ! Ce
n'est pas toi, esclave énervé, qui te sentirais défaillir sur les flots en courroux ! Ce n'est pas toi,
riche orgueilleux, plongé dans la mollesse ! C'est
seulement au mortel audacieux qui confie sa fortune
et ses jours aux hasards de la mer ; c'est à lui seul
qu'il appartient de peindre les battements du cœur
et les transports de ces hommes qui passent leur vie
à parcourir l'immense Océan ; qu'il dise combien
nous aimons l'approche du combat ; avec quelle ardeur nous recherchons le danger, et de quelle joie
frémissent nos cœurs à l'idée d'une entreprise audacieuse ! Que nous importe la mort, si nous mourons
avec nos ennemis ! quelle vienne quand elle voudra ;
elle est triste au sein du repos, au milieu des souffrances de la maladie, ou des infirmités de la vieillesse ; elle est belle au milieu des armes. »

L'homme étant un composé de contradictions,
il ne faut point s'étonner si nous trouvons en lui,

tout à la fois, l'instinct de la lâcheté et une audace naturelle.

INSTINCT DE LACHETÉ.

Ruere omnes in servitium.

Nous n'en faisons pas toujours la remarque, parce que nous craignons l'ennui des répétitions; mais il n'est pas d'affection humaine où l'on ne retrouve la preuve de ce que nous avons dit sur la trinité de l'homme.

C'est ainsi qu'en examinant l'instinct de lâcheté qui est dans chacun de nous, nous reconnaissons que cette lâcheté est tantôt celle de l'esprit, qui se refuse aux efforts de l'étude, tantôt celle du cœur, qui s'effraie d'un péril ou d'un devoir, et tantôt celle du corps, qui frémit sous l'impression ou dans l'attente de la douleur.

Toutefois, c'est surtout par le cœur que nous sommes lâches.

Sans doute, le laboureur qui s'assied sur son sillon, le bûcheron qui, au milieu de son travail, jette là sa cognée, le moissonneur qui s'endort à l'ombre, encourent, avec raison, le reproche de lâcheté;

mais, pourtant, dans la défaillance de leur courage, il y a l'excuse de l'épuisement de leurs forces.

La même excuse est acquise au savant qui s'arrête devant les obstacles qu'il rencontre dans la route des sciences, au philosophe qui redoute les périls attachés à la manifestation de la vérité; car s'il est beau de la chercher et de la montrer aux hommes, ce n'est point un devoir de morale.

Mais l'homme faible qui cède à la voix d'une passion coupable, et qui, avec la connaissance et l'amour du bien, fait le mal qu'il condamne; mais l'homme qui sacrifie, au respect humain, un bon sentiment et une bonne action; mais l'homme qui fait des qualités d'autrui, les auxiliaires de ses vices; mais l'homme qui prend le masque d'une vertu, d'une affection ou d'une qualité, pour insulter ou trahir impunément, voilà le véritable lâche.

Encenser un pouvoir coupable, rougir d'un ami malheureux, renier des parents indigents, ou d'une origine obscure, refuser son hommage au mérite d'un ennemi, ce sont d'autres lâchetés.

Il y a lâcheté, encore, à médire d'un absent, à frapper un enfant, à insulter à la faiblesse d'une femme ou d'un vieillard.

Enfin, n'est-ce point aussi un lâche, que le magistrat qui abandonne son poste, que le citoyen qui applaudit au malheur de son pays, que le père qui délaisse ses enfants, que l'époux qui trahit son épouse? de cette longue énumération des diverses lâchetés, il faut conclure qu'il n'y a point de défaut plus commun que celui dont tout le monde se croit exempt.

DU COURAGE.

A M. Sylvestre de Sacy.

Victoria quæ vincit mundum, fides nostra.

Le courage consiste à braver un péril, à combattre un penchant et à supporter une douleur.

C'est par lui qu'un héros se dévoue à la gloire, un citoyen à la patrie, un philosophe à la vérité, un magistrat à la justice, un homme de bien à la vertu et un martyr à la religion.

Léonidas, mourant aux Thermopyles; Aristide, se résignant sans murmure à un exil injuste; Socrate, buvant la ciguë; Potier, offrant sa tête à la hache des ligueurs; de Mesmes, refusant une place qu'il croit due à un autre; saint Pierre, expirant sur la croix, furent des hommes courageux; mais ils n'eurent pas tous le même genre de courage.

Il y a dans l'homme un courage naturel qui tient à son orgueil; il s'indigne d'un obstacle ou d'un

péril comme d'un défi qu'on lui porte, comme d'un
refus de croire à sa puissance.

Quand il a plus de force physique, il a plus
d'orgueil encore, et par conséquent plus de bravoure;
de là vient que les sauvages qui sont plus près de la
nature que les laboureurs que le travail a rendus
robustes ; que les hommes du nord, endurcis par le
froid, sont, en général, des hommes courageux.

Chez les peuples modernes et policés, le courage
tient surtout aux idées d'honneur, à l'amour-propre
national, à l'entraînement de l'exemple.

Aussi voit-on qu'il y a quelque chose de brutal
dans la valeur des héros d'Homère, quelque chose
de brillant dans celle des paladins du moyen âge,
quelque chose de plus réfléchi dans celle des soldats
de notre époque.

Dans le camp des Grecs, la bravoure, c'est la
force; dans le camp des Croisés, c'est l'enthousiasme; aujourd'hui, en Europe, c'est l'honneur.

« J'ai remarqué, dit Vauvenargues, beaucoup de
sortes de courage : un courage contre la fortune,
qui est philosophie ; un courage contre les misères,
qui est patience ; un courage à la guerre, qui est calcul ; un courage dans les entreprises, qui est har-
diesse ; un courage fier et téméraire, qui est audace ; un courage contre l'injustice, qui est fermeté';
un courage contre le vice, qui est sévérité ; un courage contre les passions, qui est vertu. »

L'homme le plus courageux est celui qui, tenant à la vie par de plus fortes attaches, affronte le plus de périls, et pour de plus nobles motifs.

Là où le danger est ignoré, il n'y a pas de courage ; là où l'on est armé contre lui, il n'y en a pas davantage : Achille, invulnérable, nous paraît moins brave que son rival Hector.

On ne peut non plus appeler courage l'énergie momentanée que nous donne la passion ; les forces qui naissent de la fièvre ne sont point de véritables forces.

Le courage qui tient à l'aveuglement dont nous sommes frappés, n'a aucun mérite ; un homme ivre brave tout, parce qu'il ne voit rien.

Examinons ces diverses sortes de courage, en commençant par la bravoure militaire.

Il faut bien que ce courage soit aux yeux des hommes une admirable qualité, car il n'en est point qu'ils aient plus exaltée et à laquelle ils aient plus accordé ; c'est la louange des héros, et non celle des gens de bien qu'ils ont demandée à l'éloquence, aux chants des poëtes grecs comme à ceux des trouvères ; c'est aux exploits des conquérants qu'ils ont accordé leur respect et leur obéissance.

Voyez sous combien de formes se produit le courage dans Homère et dans le Tasse ; comment le récit des exploits de Renaud nous enchante après celui des hauts faits de Tancrède, d'Argant et de

Bohémond, tant il y a en nous un fonds inépuisable de sympathies pour la bravoure, tant la bravoure elle-même est une qualité riche et féconde
dont on peut nuancer l'expression de mille manières.

Et, en effet, Homère, sans quitter ce sujet,
évite les répétitions; il nous peint dans Ulysse le
courage soutenu par l'artifice; dans Nestor, le
courage dirigé par la prudence; dans Ajax, le courage emporté par la colère; dans Agamemnon, le
courage qu'inspire l'orgueil; et, au-dessus de tous
ces courages, il fait briller celui d'Achille; qui ne
combat que pour la gloire et qui est sûr de mourir
en combattant.

> Je puis choisir, dit-il, ou beaucoup d'ans sans gloire,
> Ou peu de jours suivis d'une longue mémoire;
> Mais puisqu'il faut enfin que j'arrive au tombeau,
> Voudrais-je de la terre inutile fardeau,
> Trop avare du sang reçu d'une déesse,
> Attendre chez mon père une obscure vieillesse,
> Et toujours de la gloire évitant le sentier,
> Ne laisser aucun nom et mourir tout entier?
> Non, ne nous formons point ces indignes obstacles,
> L'honneur parle, il suffit, ce sont là nos oracles.

Ajax s'indigne de voir le combat interrompu par
la nuit; il appelle de ses vœux la lumière absente,
dût, cette lumière, lui donner les dieux mêmes pour
adversaires : grand Dieu! s'écrie-t-il,

10.

Grand Dieu! rends—nous le jour et combats contre nous.

Après avoir défini le courage militaire, et montré quelles causes le développent, il nous resterait à chercher quels écrivains ont su le peindre avec plus de perfection, si cette tâche n'était déjà remplie.

Le courage du soldat est sans doute une chose admirable, mais enfin les natures les plus vulgaires le comportent; il n'est dans tous qu'un élan rapide de l'âme, qui s'exalte au-dessus d'elle-même, qui recueille et ramasse ses forces pour un effort momentané; il ne suppose nécessairement ni la constance, ni l'abnégation de soi-même.

La vraie force est celle qui nous fait vaincre nos passions.

« Vous avez vaincu, disait un grand orateur à un grand capitaine, vous avez vaincu des nations barbares, et soumis à votre empire une immense .étendue de pays; vous avez franchi des montagnes, des fleuves et des mers; vous avez triomphé de tous les obstacles que vous opposaient la nature et la fortune; mais enfin, vous n'avez vaincu que ce qui pouvait l'être; et nos soldats, nos alliés, la fortune partagent l'honneur de votre victoire; mais enchaîner la colère, renoncer, non seulement à frapper l'ennemi abattu, mais le relever et le replacer dans sa dignité première, voilà, pour vous, la plus belle des victoires; voilà le triomphe dont l'honneur vous reviendra tout entier, quelque grand qu'il soit, et certes, il est le plus grand qu'on puisse ambitionner.

» La victoire la plus glorieuse est celle qu'on remporte sur soi-même : toute la gloire humaine ne saurait jamais effacer l'opprobre que laisse aux hommes le désordre des mœurs et l'emportement des passions : la victoire la plus éclatante ne couvre pas la honte de leurs vices ; on loue les actions, et l'on méprise la personne : c'est en tout temps qu'on a vu la réputation la plus brillante échouer contre les mœurs du héros, et ses lauriers flétris par ses faiblesses. Le monde, qui semble mépriser la vertu, n'estime et ne respecte pourtant qu'elle. Il élève des monuments superbes aux grandes actions des conquérants ; il fait retentir la terre du bruit de leurs louanges ; une poésie pompeuse les chante et les immortalise ; chaque Achille a son Homère, l'éloquence s'épuise pour leur donner du lustre ; mais si les éloges sont donnés à l'usage et à la vanité, l'admiration secrète, les louanges réelles et sincères, on ne les donne qu'à la vertu et à la vérité. »

Et, en effet, le bonheur et la témérité ont pu faire des héros, mais la vertu seule peut former de grands hommes ; il en coûte bien moins de remporter des victoires que de se vaincre soi-même ; il est bien plus aisé de conquérir des provinces, et de dompter des peuples, que de dompter une passion ;

la morale même des païens en est convenue; du
moins, les combats où président la fermeté, la grandeur du courage, la science militaire sont de ces
actions rares que l'on peut compter aisément dans
le cours d'une longue vie; et, quand il ne faut être
grand que dans certains moments, la nature ramasse
toutes ses forces; et l'orgueil, pour un peu de temps,
peut suppléer à la vertu; mais les combats de la vertu
sont des combats de tous les jours; on a affaire à
des ennemis qui renaissent de leur propre défaite;
si vous vous lassez un instant, vous périssez; la victoire même a ses dangers; l'orgueil, loin de vous
aider, devient le plus dangereux ennemi que vous
ayez à combattre; votre cœur lui-même vous dresse
des embûches, il faut sans cesse recommencer le
combat; en un mot, on peut être quelquefois plus
fort ou plus heureux que ses ennemis, mais qu'il
est grand d'être toujours plus fort que soi-même!

Clarisse lutte contre le penchant le plus doux
qui puisse attendrir le cœur d'une femme, et cela,
sans autre appui que celui de sa conscience; ses parents l'ont indignement abandonnée, son amie est
loin d'elle, et son séducteur est tout à la fois le
plus aimable et le plus rusé des hommes; sa réputation est flétrie, et une faute n'ajouterait rien au
mépris qu'elle croit inspirer, et cependant elle
résiste; son honnêteté lui est une arme qui repousse
toutes les atteintes du vice; elle triomphe de tous

les assauts, de toutes les ruses, et même de son amour. Nous n'oserions pas le dire, mais l'action dont l'*Iliade* est le tableau, nous paraît avoir moins d'intérêt que celle du roman de Richardson : la lutte que soutient Clarisse est celle de la vertu contre le vice; et, à juger sainement des choses, il n'y en a point qui demande plus d'efforts, qui impose plus de sacrifices, qui exige plus de courage. L'œuvre de Richardson nous paraît une épopée véritablement divine; nulle part le sentiment sacré de l'honnêteté dans une femme n'est représenté avec plus de charme et avec plus d'élévation; nulle part on n'a prêté à l'innocence un caractère plus sublime.

L'espèce de courage que peut montrer l'intelligence est admirablement caractérisé et enseigné dans le passage suivant du *Père Guenard* :

« Il est aisé de compter les hommes qui n'ont pensé d'après personne et qui ont fait penser le genre humain; seuls et la tête levée, on les voit marcher sur les hauteurs; tout le reste des philosophes suit comme un troupeau; n'est-ce pas la lâcheté de l'esprit qu'il faut accuser d'avoir prolongé l'enfance du monde et des sciences? adorateurs stupides de l'antiquité, les philosophes ont rampé durant vingt siècles sur les traces des premiers maîtres; la raison, condamnée au silence, laissait parler l'autorité.

» Enfin, parut en France un génie puissant et

hardi, qui entreprit de secouer le joug du prince de
l'Ecole. Cet homme nouveau vint dire aux autres
hommes, que, pour être philosophe, il ne suffisait
pas de croire, mais qu'il fallait penser. A cette
parole, toutes les écoles se troublèrent ; une vieille
maxime régnait encore : *Ipse dixit :* Le maître l'a
dit. Cette maxime d'esclave irrita tous les philosophes contre le père de la philosophie pensante ;
elle le persécuta comme novateur et impie, le chassa
de royaume en royaume ; et l'on vit Descartes s'en-
fuir, emportant avec lui la vérité qui, par malheur,
ne pouvait être ancienne en naissant ; cependant,
malgré les cris et la fureur de l'ignorance, il refusa
toujours de jurer que les anciens fussent la raison
souveraine ; il prouva même que ses persécuteurs
ne savaient rien, et qu'ils devaient désapprendre ce
qu'ils croyaient savoir ; disciple de la lumière, au
lieu d'interroger les morts et les dieux de l'Ecole,
il ne consulta que les idées claires et distinctes, la
nature et l'évidence ; par ses méditations profondes,
il tira toutes les sciences du cahos ; et par un coup
de génie plus grand encore, il montra le secours
mutuel qu'elles devaient se prêter ; il les enchaîna
toutes ensemble, les éleva les unes sur les autres ;
et, se plaçant ensuite sur cette hauteur avec toutes
les forces de l'esprit humain ainsi rassemblées, il
marcha à la découverte de ces grandes vérités, que
d'autres, plus heureux, sont venus enlever après

lui, mais en suivant les sentiers de lumière que Descartes avait tracés.

» Ce furent donc le courage et la fierté d'un seul
esprit qui causèrent dans les sciences cette heureuse
et mémorable révolution dont nous goûtons aujour-
d'hui les avantages avec une superbe ingratitude;
il fallait aux sciences un homme qui osât conjurer
tout seul, avec son génie, contre les anciens tyrans,
de la raison, qui sût fouler aux pieds des idoles que
des siècles d'ignorance avaient adorées; Descartes
se trouvait enfermé dans le labyrinthe avec tous les
autres philosophes; mais il se fit lui-même des ailes,
et il s'envola, frayant ainsi une route nouvelle à la
vérité captive.

» Il est un courage qui est encore supérieur à celui-
là, c'est celui qui engage une faible femme à souffrir
avec joie l'aspect hideux de toutes les misères humaines, à purger les plaies des malades, à laver leur
linge dans les eaux glacées de l'hiver, à vivre au milieu de la puanteur et de l'infection, à sacrifier à des
inconnus, qui souvent les maudissent, leur jeunesse,
leur beauté, leurs affections, tous les plaisirs du
monde, toutes les joies de la famille, tout le bonheur
de la vie : eh bien ! nous avons vu, ajoute Chateaubriand, les malades, les mourants prêts à passer,
se soulever sur leurs couches, et, faisant un dernier
effort, accabler d'injures les anges qui les servaient. »

Enfin, il y a un courage qui nous paraît le plus

beau de tous, parce qu'il triomphe de ce qu'il y a
de plus indomptable dans la nature humaine, c'est-
à-dire de l'orgueil; c'est celui qui nous fait avouer
coupables. « Une femme pécheresse entrant dans
une église, quelques personnes se dérangèrent pour
lui faire place. — Voilà, dit un homme du peuple,
voilà bien du bruit pour une malheureuse. — Puisque vous la connaissez, dit - elle avec douceur,
priez Dieu pour elle. » Ce mot-là est sublime de
courage, et l'un des plus beaux que la religion ait
inspirés.

Plusieurs causes peuvent développer en nous
cette qualité.

L'intelligence accroît le courage, en nous empê-
chant de craindre les périls imaginaires; la musique,
en nous arrachant à la réflexion; la colère, en nous
ôtant toute autre idée que celle de la vengeance;
l'habitude du péril, en nous familiarisant avec lui;
l'enthousiasme, en nous élevant au-dessus de nous-
mêmes.

L'âme s'affermit également par l'habitude des
choses pénibles.

« A force de bien faire, dit Kératry, on se rend le
mal impossible; le czar Pierre se fit brave; Socrate
se fit vertueux; l'un était enclin à la lâcheté,
l'autre au libertinage; ils se créèrent de bonnes habitudes; leur volonté fit le reste. »

Le courage, dans les hommes vulgaires, peut tenir

aussi au sentiment qu'ils prennent de leur supériorité; persuader à des soldats qu'ils peuvent vaincre,
c'est leur en donner la force.

Mais le courage tient surtout à la pureté du cœur.

Une âme saine, toutes choses égales d'ailleurs,
doit avoir plus de force qu'une autre, par cela seul,
qu'elle est ce qu'elle doit être.

Un homme de bien étant un homme qui a constamment lutté contre ses passions, son âme est
plus exercée et doit avoir plus de vigueur.

Il doit avoir moins peur de la mort, parce que les
suites en sont, pour lui, moins à craindre.

Enfin, la vertu relevant l'homme à ses propres
yeux, l'homme vertueux doit, avec plus de dignité,
avoir plus de caractère.

Il est faible par sa nature; pour soutenir toute
espèce de lutte, il lui faut un appui; l'amour du
bien, le respect de soi-même, le témoignage d'une
bonne conscience, la confiance en Dieu, soutiennent
l'homme de bien quand il chancelle; au contraire,
le méchant, dans ses tentations, n'est soutenu que
par la crainte de l'opinion publique; quand il est
loin des hommes, ou qu'il croit pouvoir les tromper,
il rentre dans son naturel, il est lâche.

Il y a, dans le méchant, une fermeté qui tient à
son insensibilité; il en est de notre âme comme de
l'eau qui se glace et s'endurcit par le froid; un
homme qui n'a qu'un intérêt, le sien, qui ne s'en dé-

tourne ni par pitié, ni par générosité, aura une sorte
de constance, qui tiendra à son égoïsme.

Il y a, enfin, un genre de courage qu'un homme
pervers peut avoir comme un autre homme, c'est le
courage que donne la nécessité, l'instinct de sa conservation.

Un soldat, retenu sur le champ de bataille par
la peur d'un conseil de guerre, un voyageur, attaqué
par des brigands, peuvent avoir du courage, mais ils
n'ont pas le véritable.

Si le courage peut s'enflammer, il peut aussi s'é-
teindre.

Ainsi, la culture exclusive de l'esprit, par cela
même qu'elle lui donne plus de finesse, lui ôte une
partie de sa consistance.

Ainsi, quand les forces du cœur demeurent inac-
tives, elles perdent leur ressort.

Ainsi, quand l'âme est gâtée par le vice, elle est
aussi incapable d'efforts, que le corps quand il est
malade.

Quand chancèle et succombe le courage du méchant, quels sont ses appuis? Est-ce l'honneur
qu'il peut traiter de préjugé? est-ce la raison, qu'il
s'est habitué à ne pas suivre? est-ce la pensée de la
mort, qui console le juste, mais qui n'est pour lui
qu'un sujet d'effroi?

Rousseau a donné, en quelque sorte, la théorie
du courage physique.

« Puisque le seul choix des objets qu'on lui présente est propre à rendre un enfant timide ou courageux, je veux qu'on l'habitue à voir des objets nouveaux, des animaux laids, dégoûtants, bizarres; mais peu à peu, de loin, jusqu'à ce qu'il y soit accoutumé, il n'y a point d'objets affreux pour qui en voit tous les jours.

» Tous les enfants ont peur des masques; je commence par montrer, à Émile, un masque d'une figure agréable; ensuite, quelqu'un s'applique devant lui, ce masque sur le visage. Je me mets à rire, tout le monde rit, et l'enfant rit comme les autres; peu à peu, je l'accoutume à des masques moins agréables, et enfin à des figures hideuses.

» Quand, dans les adieux d'Andromaque et d'Hector, le petit Astianax, effrayé du panache qui flotte sur le casque de son père, le méconnaît, se jette, en criant, sur le sein de sa nourrice, et arrache, à sa mère, un sourire mêlé de larmes, que faut-il faire, pour guérir cet effroi? précisément ce que fait Hector, poser le casque à terre, puis, caresser l'enfant; dans un moment plus tranquille, on ne s'en tiendrait pas là; on s'approcherait du casque et on jouerait avec les plumes, on les ferait manier à l'enfant; enfin, la nourrice prendrait le casque et le poserait, en riant, sur sa propre tête.

» S'agit-il d'exercer Emile au bruit d'une arme à feu, je brûle d'abord une amorce dans un pistolet,

cette flamme, brusque et passagère, celte espèce
d'éclair le réjouit; je répète la même chose avec
plus de poudre; peu à peu j'ajoute, au pistolet,
une petite charge sans bourre, puis une grande;
enfin, je l'accoutume aux coups de fusil, aux boîtes,
aux canons, aux détonations les plus terribles.

« Quel avantage, un homme ainsi élevé, n'aura-
t-il pas, la nuit, sur les autres hommes. S'agit-il
d'une expédition militaire, il sera prêt à toute heure,
aussi bien seul qu'avec sa troupe ; il entrera dans
le camp, et seul, il le parcourra sans s'égarer; il
ira jusqu'à la tente du roi sans éveiller personne, il
s'en retournera sans être aperçu. Faut-il enlever les
chevaux de Rhésus! adressez-vous à lui sans crainte.
Mais parmi les gens autrement élevés, vous trouverez difficilement un Ulysse. »

Rousseau nous a prémunis contre les frayeurs ordinaires.

Buffon cherche à nous prémunir contre celle de
la mort, par les réflexions suivantes :

« La nuit effraie naturellement les hommes, et
quelquefois les animaux; la raison, les connaissances, l'esprit, le courage délivrent peu de gens
de ce tribut. J'ai vu des raisonneurs, des esprits
forts, des philosophes, des militaires intrépides en
plein jour, trembler la nuit comme des femmes au
bruit d'une feuille d'arbre : on attribue cet effroi
aux contes des nourrices : on se trompe, il y a une

cause naturelle. Quelle est cette cause? la même qui
rend les sourds défiants et le peuple superstitieux,
l'ignorance des choses qui nous environnent et de
ce qui se passe autour de nous; au moindre bruit
dont je ne puis discerner la cause, l'intérêt de ma
conservation me fait d'abord supposer tout ce qui
doit le plus m'engager à me tenir sur mes gardes,
et par conséquent tout ce qu'il y a de plus propre à
m'effrayer. N'entends-je absolument rien, je n'en
suis pas pour cela plus tranquille; car enfin, sans
bruit, on peut encore me surprendre. Ainsi forcé
de mettre en jeu mon imagination, bientôt je n'en
suis plus maître; et ce que j'ai fait pour me rassurer,
ne sert plus qu'à m'effrayer. Si j'entends du bruit,
j'entends des voleurs : si je n'entends rien, je vois
des fantômes. La cause du mal trouvée indique le
remède : en toute chose l'habitude tue l'imagination ; il n'y a que les objets nouveaux qui la réveil-
lent; dans ceux que l'on voit tous les jours, ce
n'est pas l'imagination qui agit, c'est la mémoire;
et voilà la raison de l'axiome *ab assuetis non fit
passio,* ce n'est que par le feu de l'imagination
que les passions s'allument. Ne raisonnez donc pas
avec celui que vous voulez guérir de l'horreur des
ténèbres, menez l'y souvent : la tête ne tourne point
aux couvreurs sur les toits.

« Pourquoi craindre la mort, si l'on a assez bien
vécu pour n'en pas craindre les suites? pourquoi

redouter cet instant, puisqu'il est préparé par une
infinité d'autres instants du même ordre, puisque la
mort est aussi naturelle que la vie, et que l'une et
l'autre nous arrivent de la même façon, sans que
nous le sentions, sans que nous puissions nous en
apercevoir? Qu'on interroge les hommes accoutumés
à observer les actions des mourants et à recueillir
leurs derniers sentiments, ils conviendront, qu'à
l'exception d'un très-petit nombre de maladies
aiguës, où l'agitation causée par des mouvements
convulsifs, semble indiquer les souffrances du malade; dans tous les autres, on meurt tranquillement, doucement et sans douleurs; combien n'a-
t-on pas vu de malades qui, après avoir été à cette
dernière extrémité, n'avaient aucun souvenir de ce
qui s'était passé non plus que de ce qu'ils avaient
senti? »

Le courage guerrier s'exalte dans les vers suivants de Racine :

> Les dieux sont de nos jours les maîtres souverains ;
> Mais, seigneur, notre gloire est dans nos propres mains.
> Pourquoi nous tourmenter de leurs ordres suprêmes,
> Ne songeons qu'à nous rendre immortels comme eux-mêmes;
> Et laissant faire au sort, courons où la valeur
> Nous promet un destin aussi grand que le leur.
> C'est à Troie, et j'y cours, et quoi qu'on me prédise,
> Je ne demande aux dieux qu'un vent qui m'y conduise,

Et quand moi seul enfin il faudrait l'assiéger,
Patrocle et moi, seigneur, nous irons vous venger.

Et dans ceux-ci de Millevoye :

Pour la première fois du sort abandonnée,
Aux parvis de Minerve Athènes prosternée,
Accusait de ses maux Périclès et les Dieux.
Par les dieux inspiré, le jeune Sthésichore
S'avance ; et sous sa main le bouclier sonore
Remplace les accents du luth mélodieux.

Prétant des sons plus fiers à l'Elégie en larmes,
Nobles Athéniens, il vous appelle aux armes ;
Il chante les lauriers cueillis à Marathon
Il chante, et de Tyrtée on crut voir le génie
Guidant Lacédémone aux champs de Messénie,
Ou le dieu de Claros armé contre Python.

« Vainqueurs de Marathon ! quel trouble vous égare !
» Levez-vous, triomphez de Sparte et de Mégare ;
» Échappez à l'affront de leur joug odieux.
» Sparte et Mégare en vain jurent votre ruine ;
» Vainqueurs de Marathon ! vainqueurs de Salamine !
» Répondez-moi de vous, je vous réponds des Dieux !

» Les cruels ! si jamais ils touchent nos rivages,
» Malheur à nous ! suivis du deuil et des ravages,
» Ils briseront des morts les pieux monuments ;
» Et de nos fiers aïeux les cendres désolées,
» Sur nos fronts avilis retomberont mêlées
» Aux cendres des palais et des temples fumants.

» Ah ! de ces noirs destins que le fer nous préserve !
» Notre ville est encor la ville de Minerve :
» Athènes défendra les dieux de ses foyers ;
» Athènes aux vainqueurs ne sera point soumise !
» Doux flots de l'Illyssus ! fraîches eaux du Céphise !
» Vous n'abreuverez point leurs sauvages coursiers. »

Aux rapides accords du renaissant Tyrtée,
On dit que tout à coup de Minerve agitée
Tressaillirent la lance et le bouclier d'or.
Un aigle s'élança dans la plaine azurée,
Dispersa des vautours la troupe conjurée,
Et sur l'olive en fleurs reposa son essor.

A ce présage heureux, en agitant le glaive,
Dans sa force première Athènes se relève ;
Les braves sont armés de leurs longs javelots,
Ils partent, plus joyeux que ces brillants Théores,
Dont les groupes, mêlés aux chœurs des Canéphores.
Volaient, parés de fleurs, aux fêtes de Délos.

Des hymnes d'espérance et des chants de victoire,
Frappant de Sunium le vaste promontoire,
Retentirent au loin dans l'espace des airs ;
Et les échos sacrés de l'enceinte divine,
Entretinrent longtemps du nom de Salamine
Les échos des vallons, des rochers et des mers.

On peut aussi exalter le courage moral.

Il y a deux moyens d'encourager les hommes au bien : le premier, c'est de leur exposer les malheurs qu'ils s'attireront par leurs fautes ; le second, c'est de leur faire croire à la possibilité de faire

encore le bien par le souvenir de celui qu'ils ont
fait : c'est ainsi que procède Burrhus quand il
conjure Néron d'épargner Britannicus : il commence par l'effrayer sur les suites de son crime.

C'est à vous de choisir, vous êtes encor maître ;
Vertueux jusqu'ici, vous pouvez toujours l'être ;
Le chemin est tracé, rien ne vous retient plus ;
Vous n'avez qu'à marcher de vertus en vertus ;
Mais si de vos flatteurs vous suivez la maxime,
Il vous faudra, Seigneur, courir de crime en crime,
Soutenir vos rigueurs par d'autres cruautés,
Et laver dans le sang vos bras ensanglantés ;
Vous allumez un feu qui ne pourra s'éteindre ;
Craint de tout l'univers, il vous faudra tout craindre ;
Toujours punir, toujours trembler dans vos projets,
Et pour vos ennemis compter tous vos sujets

Puis il s'efforce de l'émouvoir par le tableau qu'il
lui retrace de ses belles années :

Oh ! de vos premiers ans l'heureuse expérience,
Vous fait-elle, Seigneur, haïr votre innocence ?
Songez-vous au bonheur qui les a signalés,
Dans quel repos, ô Ciel! vous les avez coulés!
Quel plaisir de penser et de dire en vous-même :
Partout en ce moment on me bénit, on m'aime ;
On ne voit point le peuple à mon nom s'alarmer
Le Ciel dans tous leurs pleurs ne m'entend point nommer,
Leur sombre inimitié ne fuit point mon visage,
Je vois voler partout les cœurs sur mon passage.
Tels étaient vos plaisirs ; quel changement, ô dieux !
Le sang le plus abject vous était précieux ;

II. 11

Un jour, il m'en souvient, le sénat équitable
Vous pressait de souscrire à la mort d'un coupable,
Vous résistiez, seigneur, à leur sévérité,
Votre cœur s'accusait de trop de cruauté,
Et plaignant les malheurs attachés à l'empire,
Je voudrais, disiez-vous, ne savoir point écrire.

S'il est une exhortation à la vertu qui soit plus
touchante, on la trouve dans les paroles suivantes,
que le grand-prêtre, revêtu du double sacerdoce
de la religion et de la vieillesse, adresse au royal
enfant qu'il vient de couronner.

O mon fils, de ce nom j'ose encor vous nommer,
Souffrez cette tendresse, et pardonnez aux larmes
Que m'arrachent pour vous de trop justes alarmes !
Loin du trône nourri, de ce fatal bonheur,
Hélas ! vous ignorez le charme empoisonneur,
De l'absolu pouvoir vous ignorez l'ivresse,
Et des lâches flatteurs la voix enchanteresse.
Bientôt ils vous diront que les plus saintes lois
Maitresses du vil peuple, obéissent aux rois ;
Qu'un roi n'a d'autre frein que sa volonté même ;
Qu'il doit tout immoler à sa grandeur suprême ;
Qu'aux larmes, au travail le peuple est condamné,
Et d'un sceptre de fer doit être gouverné,
Que s'il n'est opprimé, tôt ou tard il opprime,
Ainsi de piége en piége, et d'abime en abime,
Corrompant de nos mœurs l'aimable pureté
Ils vous feront enfin haïr la vérité.
Vous peindront la vertu sous une affreuse image.
Hélas ! ils ont des rois égaré le plus sage.

Promettez sur ce livre et devant ces témoins
Que Dieu sera toujours le premier de vos soins;
Que sévère aux méchants et des bons le refuge,
Entre le pauvre et vous, vous prendrez Dieu pour juge;
Vous souvenant, mon fils, que caché sous ce lin,
Comme eux vous fûtes pauvre, et comme eux orphelin.

Aux yeux du chrétien, la perte de la fortune
n'est que la perte d'un bien périssable; la douleur
est une épreuve utile à notre sanctification; le mépris des hommes, un gage de la bienveillance divine;
la mort, un passage à une vie meilleure. Un chrétien est-il trahi dans ses affections, il peut faire
remonter vers le Ciel une flamme qui n'a plus d'aliment sur la terre; est-il dans la pauvreté, la religion lui rappelle que le Fils de l'homme n'eut
point où reposer sa tête; est-il accablé de quelques-
unes de ces tristesses qui ne veulent point être con-
solées, elle lui dit : heureux ceux qui pleurent;
est-il ulcéré par le souvenir d'une injure, elle lui
dit : imitez votre Père céleste qui fait luire son
soleil sur les méchants comme sur les justes; est-il
gisant, abandonné, sur un lit de douleurs, couvert
de plaies hideuses et pour tous un objet de dégoût,
elle lui montre Lazare dans le sein d'Abraham; elle
sait de douces paroles qui sauvent du désespoir les
Magdelaines pénitentes, qui ramènent les enfants
prodigues au foyer paternel, et qui font entrevoir la
gloire éternelle à celui qu'a flétri une erreur de la

justice humaine; dans toutes les infortunes, dans toutes les situations de la vie et dans tous les périls, il y a pour le courage d'un chrétien un inébranlable appui, celui de la foi; la foi lui donne la force de combattre, et l'espérance le paie à l'avance de ses victoires.

DE L'ORGUEIL.

A M. de Sheldon.

> Il n'y a rien qu'on nous rende avec
> plus d'exactitude que le mépris.

« Dieu a créé l'homme avec deux amours, l'un pour Dieu, l'autre pour soi-même; quand le péché est venu, l'homme a perdu le premier de ces deux amours, et l'amour pour soi-même étant resté seul dans cette grande âme capable d'un amour infini, s'est étendu et a débordé dans le vide que l'amour de Dieu y avait laissé; voilà, suivant Pascal, l'origine de l'amour-propre. »

La nature de l'amour-propre est de n'aimer que soi et de ne considérer que soi; mais que fera-t-il? Il ne saurait empêcher que cet objet qu'il aime ne soit plein de défauts et de misères; il veut être grand, et il se voit petit; il veut être heureux, et il se voit misérable; il veut être parfait, et il se voit plein d'imperfections; il veut être l'objet de l'amour et de l'estime des hommes, et il voit que

ses défauts ne méritent que leur aversion et leur
mépris; il en résulte qu'il conçoit une haine mortelle contre la vérité qui l'accuse, qu'il désire l'a-
néantir, et que ne pouvant la détruire en elle-
même, il la détruit autant qu'il peut dans sa connaissance et dans celle des autres, c'est-à-dire qu'il
met toute son application à couvrir ses défauts et
aux autres et à soi-même, et qu'il ne peut souffrir
qu'on les lui fasse voir ni qu'on les voie.

La vanité, dit-il encore, est si ancrée dans le
cœur de l'homme, qu'un goujat, un marmiton, un
crocheteur se vante et veut avoir des admirateurs,
et les philosophes même en veulent : ceux qui
écrivent contre la gloire veulent avoir la gloire de
l'avoir bien écrit; et ceux qui le lisent, veulent
avoir la gloire de l'avoir lu : et moi, qui écris ceci,
j'ai peut-être cette envie, et peut-être que ceux
qui le liront l'auront aussi.

Nous sommes si présomptueux, que nous vou-
lrions être connus de toute la terre et même des
gens qui viendront quand nous ne serons plus; et
nous sommes si vains, que l'estime de cinq ou six
personnes qui nous environnent nous amuse et
nous contente.

L'orgueil nous tient d'une possession si naturelle
au milieu de nos misères et de nos erreurs, que
nous perdons même la vie avec joie, pourvu qu'on
en parle. »

Enfin, l'orgueil est tellement dans notre nature, que nous sympathisons involontairement avec tous ceux qu'il anime : Prométhée osant ravir le feu du ciel; Salmonée défiant la foudre; Ajax naufragé et s'écriant, j'échapperai malgré les dieux; Achille refusant de céder au vœu de toute une armée : voilà les hommes qui nous plaisent comme types de la grandeur humaine, comme interprètes de nos sentiments les plus intimes.

A chaque degré de bonne fortune qui nous élève dans ce monde, nous devenons plus orgueilleux, non seulement par le fait de notre élévation qui nous donne une raison nouvelle de croire à notre mérite, mais aussi à cause du redoublement de flatterie dont alors nous sommes l'objet; car on appréhende plus de blesser par la vérité ceux dont l'affection est plus utile et l'aversion plus dangereuse.

Sous un certain point de vue, l'orgueil est utile à l'homme, car il lui donne de ses forces un sentiment qui les augmente; il lui fait faire, dans des vues d'ambition, des efforts et des sacrifices dont autrement il n'eût point été capable; il le force à s'abstenir par fierté des bassesses auxquelles le portait sa nature.

D'un autre côté, l'orgueil de chacun a aussi son utilité pour tous. Quel que soit le mobile secret des travaux, des dévouements de l'ambition, ces tra-

vaux et ces dévouements profitent à l'humanité ; ni
les arts, ni les sciences, ni l'industrie n'iraient si
loin sans l'orgueil de ceux qui les cultivent. Le
savant, pour montrer sa science, est porté à la
répandre ; l'homme puissant, pour montrer son
crédit, est porté à rendre des services ; le poëte, le
moraliste, le philosophe, pour obtenir le suffrage
de leurs lecteurs, remplissent leurs ouvrages de
nobles sentiments qui se propagent dans les cœurs.
Les aumônes faites par orgueil diminuent les souffrances du pauvre. Pope a dit avec raison :

All peculiar evil is a général good.

Mais, d'un autre côté aussi, l'orgueil est la
grande misère de l'homme, l'orgueil est le père de
tous les vices. Qu'est-ce que l'*envie*, sinon une
souffrance de la médiocrité impuissante? qu'est-ce
que l'*avarice*, sinon un penchant à garder pour
nous seuls ce que nous possédons? qu'est-ce que la
luxure et la *gourmandise*, sinon des passions dont
l'égoïsme rapporte tout à leur propre satisfaction?
d'où nous vient la *colère*, si ce n'est des résistances
que rencontrent nos prétentions? qu'est-ce qui nous
rend *paresseux*, si ce n'est l'opinion que nous
vivons pour nous seuls et que nous n'avons à tra-
vailler pour personne? Les pensées de vengeance et
de meurtre sont-elles autre chose que des pensées
d'orgueil? N'est-ce pas encore l'orgueil qui étouffe la

pitié du riche et le remords du coupable? n'est-ce
pas l'orgueil qui nous rend ingrats, inhumains et
hypocrites? Que dis-je! dans l'amour même, n'y
a-t-il pas la joie d'une préférence obtenue ou d'un
triomphe remporté, c'est-à-dire un sentiment d'a-
mour-propre?

L'orgueil est peut-être de toutes les passions
humaines celle qui réagit avec le plus de violence
contre ce qui l'accable; aussi les types de l'orgueil,
qui offrent le plus de vérité et de grandeur, sont-ils
dans Eschyle, le Prométhée enchaîné sur le Cau-
case; dans Sophocle; le Philoctète, blessé et abandonné dans l'île de Lemnos; et dans Milton, l'ar-
change tombé du Ciel.

Où trouver un tableau plus admirable des luttes
de l'orgueil contre le pouvoir qui le domine que
dans le passage suivant :

« Le front encore sillonné par les cicatrices de la
foudre, le prince des ténèbres s'écrie du haut de la
montagne de feu d'où il contemple pour la première fois son empire :

» Adieu champs fortunés qu'habitent les gloires
éternelles, horreurs, je vous salue; je vous salue,
monde infernal, abîme, reçois ton nouveau monarque; il t'apporte un esprit que, ni temps, ni lieux
ne changeront jamais; ici, du moins, ici nous
serons libres, ici nous régnerons; régner même aux
enfers est digne de mon ambition. »

Ailleurs, Satan, échappé de l'Enfer, et parvenu sur la terre, est saisi de désespoir en contemplant les merveilles de l'univers; il apostrophe ainsi le soleil :

« O toi qui, couronné d'une gloire immense, laissas, du haut de ta domination solitaire, tomber tes regards comme le Dieu de ce nouvel univers : toi devant qui les étoiles cachent leurs têtes humi- liées, j'élève ma voix vers toi, mais non pas une voix amie : je ne prononce ton nom, ô soleil! que pour te dire combien je hais tes rayons qui me rap- pellent de quelle hauteur je suis tombé, et combien jadis je brillais orgueilleux au-dessus de ta sphère. L'orgueil et l'ambition m'en ont précipité; j'osai, dans le Ciel même, déclarer la guerre au roi du Ciel; il ne méritait pas un pareil retour, lui qui m'avait créé ce que j'étais dans un rang éminent... Elevé si haut, je dédaignai d'obéir, je crus qu'un pas de plus me porterait au rang suprême et me décharge- rait en un moment de la dette immense d'une recon- naissance éternelle... Oh! pourquoi sa volonté toute puissante ne me fit-elle pas naître au rang de que'- qu'ange inférieur, je serais encore heureux aujour- d'hui, mon ambition n'eût point été nourrie par une espérance illimitée... misérable, où fuir une colère infinie, un désespoir infini? l'Enfer est partout où je suis, moi-même, je suis l'Enfer... O Dieu! ralen- tis tes coups. N'est-il aucune voie laissée au repen-

11.

tir, aucune à la miséricorde? aucune, hors l'obéissance, l'orgueil me le défend. Quelle honte pour
moi devant les esprits de l'abîme : ce n'était point
par des promesses de soumission que je les séduisis
lorsque j'osai me vanter de subjuguer le Tout-Puis-
sant ; ah! tandis qu'ils m'adorent sur le trône des
enfers, qu'ils savent peu combien je paie cher ses
paroles superbes, combien je gémis intérieurement
sous le fardeau de mes douleurs... Mais si je me
repentais ; si, par un acte de la grâce divine, je
remontais à ma première place, un rang élevé rap-
pellerait bientôt de hautes pensées, les serments
d'une feinte soumission seraient bientôt démentis...
le tyran le sait, et il est aussi loin de m'accorder la
paix que je suis loin de la demander... Adieu donc,
espérance ; et, avec toi, adieu crainte, adieu remords, tout est perdu pour moi ; que le mal soit
mon unique bien! Par lui, du moins, avec le roi du
ciel, je partagerai l'empire, peut-être même règne-
rai-je sur plus d'une moitié de l'univers, comme
l'homme et le monde nouveau l'apprendront en peu
de temps.

» Satan, se repentant à la vue de la lumière qu'il
hait, parce qu'elle lui rappelle combien il fut élevé
au-dessus d'elle, souhaitant ensuite d'avoir été
créé dans un rang inférieur, puis s'endurcissant
dans le crime par orgueil, par honte, par méfiance
même de son caractère ambitieux ; enfin pour tout

fruit de ses réflexions, et comme pour expier un
moment de remords, se chargeant de l'empire du
mal pendant toute une éternité; voilà, certes, si
nous ne nous trompons, une des conceptions les
plus fortes et les plus pathétiques qui soient jamais
sorties du cerveau d'un poëte. »

Comme il y a un nombre infini d'avantages, de
qualités dont on peut être fier, il s'ensuit que
l'orgueil n'a pas partout ni toujours le même caractère et le même langage.

Une princesse et une bergère peuvent être vaines
toutes deux de leur beauté; mais elles ne le sont
pas de la même manière; la jeune grecque dira :

> Accours, jeune Chromis, je t'aime et je suis belle,
> Blanche comme Diane, et les bergers le soir,
> Lorsque les yeux baissés je passe sans les voir,
> Doutent si je ne suis qu'une simple mortelle,
> Et me suivant des yeux, disent : Comme elle est belle !

La princesse Hélène mettra plus de réserve encore dans la manifestation de son orgueil; elle pas-
sera demi-voilée, silencieuse et à distance devant les
vieillards d'Ilion, elle voudra n'attirer leurs regards
que par la grâce de sa démarche.

Enfin, la déesse Vénus comprend que l'art n'est
point fait pour elle; elle est sûre de l'effet de sa
beauté, *conscia formæ*; elle en est trop orgueil-
leuse pour en être vaine.

L'orgueil de l'amour maternel ne peut être le même dans Cybèle, dans Niobé et dans Latone; il est calme et majestueux dans Cybèle.

Centum complexa nepotes,
Omnes Celicolas, omnes supera alta tenentes.

Il a quelque chose de hautain dans la reine Niobé, qui s'écrie, à la vue de sa belle famille:

Major sum quàm cui possit fortuna nocere.

Il est touchant dans Latone, qui est douce et qui n'a été aimée que pour sa beauté.

Latonæ tacitum pertentant aut gaudia pectus.

Lorsque l'orgueil de la puissance éclate dans Junon, il a une sorte de défiance de lui-même; Junon, tout en se croyant la première des déesses, énumère pourtant les raisons qu'elle a de le penser; elle expose ses titres au respect des hommes et des dieux, elle appuie ses prétentions sur un autre qu'elle-même.

Ast ego quæ divûm in cedo regina jovis que
Et soror et conjux.

Mais Jupiter se croit puissant par lui-même; un

signe de ses yeux lui suffit, dit-il, pour ébranler
l'Olympe; que sa main attache la terre à une chaîne
d'or, et sa main soulevera le monde.

Montesquieu, dans le dialogue de Sylla à d'Eucrate, prête à l'orgueil du dictateur un mot admirable pour sa portée.

Eucrate, dit Sylla, si je ne suis plus en spectacle
au monde, c'est la faute des choses humaines qui
ont des bornes, et non la mienne.

On voit quelle immense idée se fait de son génie
un homme qui croit ce génie plus vaste que le monde
lui-même.

Toutefois l'orgueil de Médée a une expression
plus haute encore et plus audacieuse.

Sa nourrice lui dit :

Dans un si grand danger que vous reste-t-il?

Médée répond :

Moi.

C'est là le sublime de l'orgueil.

Parmenion, ébloui des offres magnifiques que fait
Darius à son maître, dit à celui-ci : J'accepterais
si j'étais Alexandre.—Et moi aussi, dit Alexandre,
j'accepterais si j'étais Parmenion. C'est bien là l'orgueil d'un homme qui se croit d'une autre nature
que les autres!

Le duc de Medina Sidonia, qui avait commandé
l'invincible Armada, se jette aux pieds de Philippe II,
et lui dit : vous voyez en moi tout ce qui reste de
la flotte et de l'armée que vous m'aviez confiées.

L'orgueil de Philippe II est tel, qu'il ne lui permet pas de supposer qu'il ait fait un mauvais choix
ni d'avouer que des hommes l'aient vaincu; Dieu
est au-dessus de moi, dit-il au duc, je vous avais
envoyé contre des hommes, et non contre les tempêtes.

Tout l'orgueil que peut donner une haute naissance respire dans ces vers de Mérope à Polyphonte:

MÉROPE.

Le destin jusque-là pourrait nous avilir !
Mon fils dans ses états reviendrait pour servir ?
Il verrait son sujet au rang de ses ancêtres ?
Le sang de Jupiter aurait ici des maîtres ?
Le Ciel qui m'accabla du poids de sa disgràce,
Ne m'a point préparée à cet excès d'audace.
Sujet de mon époux, vous m'osez proposer
De trahir sa mémoire et de vous épouser ?
Je mettrais en vos mains sa mère et son état,
Et le bandeau des rois sur le front d'un soldat !
Si vous osez marcher sur les traces d'Alcide,
Rendez son héritage au fils d'un Héraclide ;
Découvrez, rendez-moi ce fils que j'ai perdu,
Et méritez sa mère à force de vertu ;
Alors, jusques à vous je descendrai peut-être.

Il y a de l'orgueil qu'inspire la victoire dans les

vers suivants, où le roi d'Arménie, menacé par
Rhadamiste de la colère des Romains, lui répond :

Et depuis quand croit-il, qu'au mépris de ma gloire,
A ne plus craindre Rome, instruit par la victoire,
Oubliant désormais le soin de ma grandeur,
J'aurai plus de respect pour son ambassadeur?
Moi qui formant au joug des peuples invincibles,
Ai tant de fois bravé ces Romains si terribles,
Qui fais trembler encor sous mes pas souverains,
Ces Parthes aujourd'hui la terreur des Romains;
Ce peuple triomphant n'a point vu mes images
A la suite d'un char, en butte à ses outrages?
La honte que sur lui répandent mes exploits,
D'un airain orgueilleux a bien vengé les rois;
Mais quel soin vous conduit dans ce pays barbare?
Est-ce la guerre, enfin, que Rome me déclare?

Marius, dans la harangue que lui prête Salluste,
manifeste un orgueil du même genre.

Il peut être curieux de comparer ce Romain à
Othello.

PÉZARE.

Tu n'es pour tous ces grands qu'un soldat parvenu.

OTHELLO.

Un soldat parvenu... Ce mot de l'insolence,
Ce mot m'oblige au moins à la reconnaissance.
Oui, grâce à leur dédain, de moi seul soutenu,
J'ai mérité le nom de soldat parvenu.
Ils n'ont pas, tous ces grands, manqué d'intelligence,
En consacrant entre eux les droits de la naissance;

Comme ils sont tout par elle, elle est tout à leurs yeux,
Que leur resterait-il, s'ils n'avaient point d'aïeux?
Mais moi, fils du désert, moi, fils de la nature,
Qui dois tout à moi-même et rien à l'imposture,
Sans crainte, sans remords, avec simplicité,
Je marche dans ma force et dans ma liberté.

L'orgueil n'a jamais une expression plus vive et plus franche que dans sa résistance à un autre orgueil; c'est là ce qui rend si belles les scènes entre Achille et Agamemnon; entre Rhadamiste et Pharasmane; entre Zamore et Gusman; entre Warvick et Edouard; entre Le Cid et Gomez; entre Charles Ier et Cromwell; entre Elisabeth et Marie Stuart; entre Mérope et Polyphonte.

Sylla a, pour ainsi dire, atteint à toute la hauteur de l'orgueil, lorsqu'entouré d'*ennemis qui lui devaient tant de vengeances,* il fut tranquille, lorsqu'il osa croire que son nom seul suffisait à sa sûreté, et qu'il abdiqua insolemment le pouvoir souverain que tout le monde regardait comme son seul asile. Par la manière dont j'ai traité, dit-il, le seul grand peuple de la terre, on peut juger de l'excès de mon mépris pour les autres.

DE LA VANITÉ.

A un Élève resté irréprochable pendant toute une année.

A M. *Neveu.*

L'amour-propre est le plus sot des amours.

« La vanité, dit Théophraste, est une passion
inquiète de se faire valoir par les petites choses :
on se demande si la vanité est une passion ? En con-
sidérant l'insuffisance de son objet, on serait tenté
d'en douter ; mais, en observant la violence des
mouvements qu'elle inspire, on y reconnaît tous
les caractères d'une passion.

» Les peines de cette passion sont assez peu connues, parce que ceux qui les éprouvent en gardent
le secret. »

La vanité est l'orgueil des petites âmes.

Un homme vain est celui à qui des avantages
frivoles, et très-souvent imaginaires, donnent une
haute opinion de lui-même.

Un homme vain qui affecte la modestie ressemble
à un nain qui se baisse aux portes de peur de se
heurter.

L'homme tire vanité de tout, de sa naissance,
de son pays, de son vêtement, de son char, de son
maître, de l'ami qu'il fréquente, de l'homme qui

le salue; il est vain jusque dans sa pitié, dans ses joies, dans ses larmes, et jusque dans la pierre de son tombeau.

« Un homme vain, dit Labruyère, trouve son compte à dire du bien ou du mal de soi : un homme modeste ne parle point de soi.

» On veut quelquefois cacher ses faibles ou en diminuer l'opinion par l'aveu qu'on en fait; tel dit: je suis ignorant qui ne sait rien; tel autre : je suis vieux, et il passe soixante ans; tel autre encore : je ne suis pas riche, et il est pauvre! »

Parmi les vanités, il n'en est guère de plus exagérées que celles des auteurs médiocres : « Arsène, du plus haut de son esprit, contemple les hommes; et, dans l'éloignement où il les voit, il est comme effrayé de leur petitesse; exalté et porté jusqu'aux cieux par de certaines gens, il croit avec quelque mérite qu'il a, posséder tout celui qu'on peut avoir et qu'il n'aura jamais : occupé et rempli de ses idées sublimes, il se donne à peine le loisir de prononcer quelques oracles. »

Ce qui distingue la vanité des gens du monde, c'est la futilité des succès ou des avantages dont elle se targue.

« D'où vient qu'Alcippe me salue aujourd'hui, me sourit et se jette hors d'une portière de peur de me manquer? Je ne suis pas riche, et je suis à pied; il doit dans les règles ne pas me voir; n'est-ce point pour être vu lui-même dans un même fonds avec un grand ? »

« Argyre tire son gant pour montrer une belle main, et elle ne néglige pas de découvrir un petit soulier qui suppose qu'elle a le pied petit, elle rit des choses sérieuses ou plaisante pour faire voir de belles dents; si elle montre son oreille, c'est qu'elle l'a bien faite; et si elle ne danse jamais, c'est qu'elle est peu contente de sa taille, qu'elle a épaisse; elle entend tous ses intérêts, à l'exception d'un seul : elle parle toujours, et elle n'a point d'esprit. »

Les hommes comptent presque pour rien toutes les vertus du cœur et idolâtrent les talents du corps et de l'esprit; celui qui dit froidement de soi et sans croire blesser la modestie, qu'il est bon, qu'il est constant, fidèle, sincère, équitable, reconnaissant, n'ose dire qu'il a de belles dents, la taille fine et la peau douce : cela est trop beau.

Parfois la vanité s'attache à des objets plus minimes encore. On juge en voyant Iphis qu'il n'est occupé que de sa personne, qu'il sait que tout lui sied bien et que sa parure est assortie, qu'il croit que tous les yeux sont ouverts sur lui, et que les hommes se relayent pour le contempler.

« Iphis voit à l'église un soulier d'une nouvelle mode, il regarde le sien et il en rougit; il était venu à la messe pour se montrer, le voilà retenu par le pied dans la chambre pour tout le reste du

jour; il a la main douce, et il l'entretient avec une
pâte de senteur; il a soin de rire pour montrer ses
dents; il fait la petite bouche, et il n'y a guère
d'instants où il ne veuille sourire; il regarde ses
jambes, il se voit au miroir, et on ne peut être plus
content de sa personne qu'il ne l'est de lui-même;
il s'est acquis une voix claire et délicate, et heureusement il parle gras; il a un mouvement de tête
et je ne sais quel adoucissement dans les yeux dont
il n'oublie pas de s'embellir; il a une démarche
noble et le plus joli maintien qu'il soit possible de
se procurer; il met du rouge, mais rarement, il
n'en fait pas habitude; il est vrai aussi qu'il porte
des chausses et un chapeau, et qu'il n'a ni boucles
d'oreilles ni collier de perles; aussi ne l'ai-je pas
mis au chapitre des femmes! »

Nous ne sommes pas vains seulement de nos
avantages personnels, nous le sommes encore de
ceux que nous devons au hasard de la fortune, et
qui ne servent parfois qu'à mettre en relief nos
défauts et nos vices.

« Tu te trompes, Philémon, si avec ce carrosse
brillant, ce grand nombre de coquins qui te suivent
et ces six bêtes qui te traînent, tu penses que l'on
t'en estime davantage; on écarte tout cet attirail,
qui t'est étranger, pour pénétrer jusqu'à toi, qui
n'est qu'un fat...

» Qui le croirait? nous allons jusqu'à chercher à

nous distinguer de la foule par les noms que la religion ajoute à celui de notre famille. C'est déjà trop
d'avoir avec le peuple une même religion et un
même Dieu; quel moyen de s'appeler Pierre, Jean,
Jacques comme le marchand et le laboureur? évi-
tons d'avoir rien de commun avec la multitude,
affectons, au contraire, toutes les distinctions qui
nous en séparent, qu'elle s'approprie les douze
apôtres, leurs disciples, les premiers martyrs, tels
gens, tels patrons; qu'elle voie avec plaisir revenir
toutes les années ce jour particulier que chacun
célèbre comme sa fête, pour nous autres, grands,
ayons recours aux noms profanes, faisons-nous bap-
tiser sous ceux d'Annibal, de César et de Pompée,
c'était des grands hommes; sous celui de Lucrèce,
c'était une illustre romaine, sous ceux de Renaud,
de Roger, d'Olivier, de Tancrède; c'était des paladins, et le roman n'a point de héros plus merveilleux; sous ceux d'Hector, d'Achille et d'Hercule,
tous demi-dieux; sous ceux même de Phébus et de
Diane, et qui nous empêchera de nous faire nommer
Jupiter ou Mercure, ou Vénus ou Adonis? »

Si la modestie est une vertu nécessaire à ceux à
qui le Ciel a donné de grands talents, que peut-on
dire de ces insectes qui osent faire paraître un
orgueil qui déshonorerait les plus grands hommes?

« Je vois de tous côtés, dit Montesquieu, des gens
qui parlent sans cesse d'eux-mêmes; leurs conver-

sations sont un miroir qui présente toujours leur
impertinente figure ; ils vous parleront des moindres choses qui leur sont arrivées, et ils veulent
que l'intérêt qu'ils y prennent les grossisse à vos
yeux; ils ont tout fait, tout vu, tout dit, tout pensé ;
ils sont un modèle universel, un sujet inépuisable
de comparaison, une source d'exemples qui ne tarit
jamais.

» Il y a quelques jours qu'un homme de ce caractère nous accabla pendant deux heures de lui, de
son mérite et de ses talents; mais comme il n'y a
point de mouvement perpétuel dans le monde, il
cessa de parler; la conversation nous revint donc,
et nous la prîmes.

» Un homme qui paraissait assez chagrin com-
mença par se plaindre de l'ennui répandu dans les
conversations : quoi! toujours des sots qui se pei-
gnent eux-mêmes et qui ramènent tout à eux, il n'y
a qu'à faire comme moi, je ne me loue jamais; j'ai
du bien, de la naissance ; je fais de la dépense; mes
amis disent que j'ai quelqu'esprit; mais je ne parle
jamais de tout cela : si j'ai quelques bonnes qualités,
celle dont je fais le plus de cas, c'est ma modestie.

» J'admirais cet impertinent, et, pendant qu'il
parlait tout haut, je disais tout bas : heureux celui
qui a assez de vanité pour ne jamais dire du bien de
lui, qui craint ceux qui l'écoutent, et qui ne compromet jamais son mérite avec l'orgueil des autres. »

AMOUR DE LA FLATTERIE.

A M. Chenou, Professeur de Faculté.

Sermonum candide judex.

Nous n'aimons point la flatterie pour elle-même ; un flatteur est pour nous un homme qui voit juste.

La femme est plus heureuse que l'homme, de fixer l'admiration ; elle y comptait moins, et son bonheur s'accroît par la surprise.

Pour donner une idée de l'empire que la flatterie exerce sur une âme féminine, nous ne pouvons mieux faire que de citer Shakeaspear.

Lady Anna conduit le deuil de son beau-père, assassiné par Richard ; elle a mené un autre deuil, naguère, celui de son jeune époux, également assassiné par Richard ; elle verse des larmes ; elle laisse échapper de son âme des imprécations contre l'affreux duc de Glocester. Qui donc se présente tout à coup à sa vue ? C'est lui, le meurtrier. Retire-toi ! misérable, s'écrie-t-elle, que viens-tu faire ici ! laisse les morts en paix, ne trouble pas la douleur de celle que tu as privée d'un père et d'un époux. Mais Richard arrête le convoi, Richard force lady Anna à l'écouter. Lui, la créature la plus hideuse du royaume, c'était, dit-il, pour se rapprocher d'elle, qu'il s'est élevé par de si sanglants degrés; la beauté enivrante de lady a subjugué sa raison et déchaîné ses passions. Le croirez-vous? ce serpent au visage humain, à force de flatteries, fait oublier ses meurtres et même sa laideur; il verse, dans l'oreille de lady Anna, le poison de ses louanges; la bru de Henri VI abandonne la conduite du deuil à Richard, sans craindre qu'une voix sorte du cercueil et l'accuse de profaner ses sépultures. La veuve d'Edouard accepte, de l'assassin de son époux, un anneau, promesse d'un nouveau mariage. Peut-on aller plus loin?... Quelle lumière jetée sur les fragilités d'un cœur de femme. *Woman! Woman! thy name is frailty.*

INSTINCT DE MALICE.

A Mademoiselle Désirée Lefebvre.

L'esprit est comme la noblesse, il oblige.

La malice est un instinct de notre nature.

Il n'y a nuls vices extérieurs et nuls défauts du corps qui ne soient aperçus par les enfants; ils les saisissent d'une première vue, et ils savent les exprimer par des mots convenables; on ne nomme point plus heureusement.

La vanité, naturelle à l'homme, lui fait trouver du plaisir à tout ce qui rabaisse les autres; de là,

son goût pour la satyre, la raillerie, la critique,
la comédie ; et, en général, pour tout ce qui représente les autres hommes dans un état d'inferio-
rité par rapport à lui.

Là est la cause du plaisir que nous trouvons à
lire des auteurs qui ont frondé les vices, comme
Horace, Juvénal et Boileau; les auteurs qui ont
peint les travers et les ridicules, comme Lafontaine
et Molière; les livres où nous trouvons de pi-
quantes épigrammes, de mordantes saillies, comme
les *Caractères de Labruyère.*

Si le penchant que nous signalons est moralement
condamnable dans chaque individu, envisagé au
point de vue social, il est d'une incontestable utilité,
car il met chaque homme sous la surveillance de
tous les autres; il arrête une foule de fautes par la
crainte du blâme ou du ridicule. Il est, dans beaucoup de circonstances, un utile supplément à la religion, aux lois et à l'autorité.

La malice instinctive de l'homme se développe
par ses rapports avec les autres hommes; c'est dans
leur société, seulement, qu'elle trouve le sujet de ses
railleries, une concurrence qui l'anime, une approbation qui la récompense. Elle est, sous ce rapport, une passion sociale.

Il y a, sous une apparence de bonhomie, une
véritable malice dans les vers suivants de Lafontaine :

La perte d'un époux ne va point sans soupirs,
On fait beaucoup de bruit, et puis on se console,
Sur les ailes du temps la tristesse s'envole,
    Le temps ramène les plaisirs;
    Entre la veuve d'une année
    Et la veuve d'une journée
La différence est grande; on ne croirait jamais
    Que ce fût la même personne :
L'une fait fuir les gens, et l'autre a mille attraits;
Aux soupirs vrais ou faux celle-ci s'abandonne ;
C'est toujours même note et pareil entretien.
    On dit qu'on est inconsolable ;
    On le dit, mais il n'en est rien,
    Comme on verra par cette fable
    Ou plutôt par la vérité.
    L'époux d'une jeune beauté
Partait pour l'autre monde; à ses côtés, sa femme
Lui disait : Attends-moi, je te suis, et mon âme
Aussi bien que la tienne est prête à s'envoler.
    Le mari fait seul le voyage.

Ce dernier trait, que le fabuliste présente avec
un air de négligence, et comme pour l'acquit de sa
conscience d'historien, est un trait de malice excel-
lent, précisément parce qu'il n'est point donné comme
tel; il n'accuse que d'une manière indirecte l'inconstance des affections féminines, dont on vient
de parler; par lui-même, il ne renferme aucun
blâme, il est inoffensif; il n'est qu'un fait, et, néanmoins, il est un trait de malice, parce qu'il pro-
voque inévitablement une réflexion satyrique dans
l'esprit du lecteur.

Il y a une gaîté caustique dans le passage suivant de Labruyère :

« Quand je vois de certaines gens qui me prévenaient autrefois par leur civilité, attendre au contraire que je les salue, et en être avec moi sur le plus et sur le moins, je me dis en moi-même : Fort bien ! j'en suis ravi, tant mieux pour eux. Vous verrez que cet homme-ci est mieux logé, mieux meublé, mieux nourri qu'à l'ordinaire. Dieu veuille qu'il en vienne en peu de temps jusqu'à me mépriser. »

DE LA TERREUR.

A M. Jules Simon, Professeur de Philosophie.

Initium sapientiæ timor.

Si l'homme est courageux par orgueil, il est timide par faiblesse.

Il y a, pour lui, trois sortes de faiblesse, celle de l'intelligence, celle de la volonté et celle du corps.

La première l'empêche ou d'apercevoir le péril, ou de trouver les moyens de le conjurer.

La seconde le rend incapable de vouloir le braver.

La troisième lui ôte la possibilité physique de la résistance.

De là vient qu'il y a, pour lui, trois causes de timidité.

La crainte, dans l'homme est un commencement de sagesse; car l'homme qui craint, cherche du secours, et ce besoin de secours le fait penser à Dieu, qui seul peut en donner.

Quand l'homme a peur, il s'arrête; or, il ne peut s'arrêter sans réfléchir et donner à la raison, plus de temps pour se faire entendre.

La peur, qui nous donne le sentiment de notre faiblesse, nous prémunit contre l'orgueil, et nous sauve toujours un peu des vices que ce sentiment entraîne.

Au point de vue humanitaire, la timidité de l'homme est encore un bien, car elle le porte à se rapprocher des autres hommes; elle le rend sociable et le sauve de l'égoïsme; le maintien des sociétés, des lois et des gouvernements, tient en partie à l'effroi qu'ils inspirent.

La terreur n'est jamais plus profonde que quand l'objet en est vague et la cause mystérieuse, parce que l'homme juge ce qu'il connaît avec sa raison, et ce qu'il ne connaît pas avec son imagination.

Les autres hommes étant nos semblables, nous jugeons assez bien les périls qui nous viennent de leur part, et la crainte qu'ils nous inspirent, est rarement exagérée.

Il n'en est pas de même de la crainte que nous

inspire le pouvoir de la nature, parce que la nature est, pour nous, remplie de mystères.

Si nous connaissons peu la nature, nous connaissons encore moins le monde des esprits où nous transportent si souvent des croyances superstitieuses. Aussi voit-on, quelquefois, tel homme qui a bravé la mort sur un champ de bataille, trembler en traversant un cimetière, en écoutant les prédictions d'une sybille, en voyant un objet de mauvais augure.

Toutefois, au milieu de toutes les terreurs qui peuvent l'assiéger, il en est une qui domine toutes les autres, c'est la terreur dont le frappe la pensée de Dieu. Si, dans la solitude des mers; si, au milieu des ténèbres de la nuit, dans le silence des forêts, il tremble, c'est que là, où il est seul, il est en présence de Dieu; c'est qu'au milieu des ténèbres, il n'y a rien pour le distraire de la vue de son péril; c'est que, dans le silence de la nature, la voix de la conscience en est plus forte.

Chez les anciens, l'idée d'une fatalité aveugle et invincible, remplissait d'effroi les cœurs les plus fermes; le *Prométhée*, d'Eschyle; l'*Oreste*, d'Euripide; l'*OEdipe*, de Sophocle, ne redoutèrent ni les hommes, leurs semblables, ni les dieux, créés par les poëtes, à l'image des hommes, ils eurent peur de ce je ne sais quoi inconnu, qu'ils appelaient le destin.

C'est parce qu'il a soumis ses personnages aux influences des maléfices, aux croyances de la magie, que Shakespear a été nommé le roi des épouvantements ; on peut voir dans son *Hamlet,* dans son *Macbeth,* quel parti il a su tirer de ces moyens de terreur.

Les hommes, toutefois, qui ont possédé au point le plus remarquable la science de la terreur, ce sont ceux qui l'ont fait descendre des hauteurs du Ciel, et qui penchés, comme Bossuet, sur les abîmes de la terre, y ont laissé tomber, par intervalles, ces mots de mort, de néant et d'éternité qui en ont troublé les vastes profondeurs ; ce sont ceux qui ont annoncé un Dieu dont une parole crée le monde ; qui lance la foudre sur les anges rebelles, et la retient de peur de les anéantir, un Dieu qui creuse, pour punir les crimes de la terre, un abîme de feu, et qui écrit, sur les portes de cet abîme : *Eternité.*

A la peur de perdre la vie, se lie la peur de manquer des choses dont on a besoin pour la soutenir.

DE L'AVARICE.

Vivit uti locuples nummos qui spernit.

« N'envions point, dit Labruyère, à une sorte de gens, leurs grandes richesses ; ils les ont à titre

onéreux, et out mis leur repos, leur santé, leur
honneur et leur conscience pour les avoir; cela est
trop cher.

« Rien ne fait mieux comprendre le peu de chose
que Dieu croit donner aux hommes, en leur abandonnant les richesses, l'argent, les grands établis-
sements et les autres biens, que la dispensation qu'il
a faite, et le genre d'hommes qui en sont le mieux
pourvus. »

Le même écrivain a peint admirablement la passion de l'avarice.

« Ce n'est pas le besoin d'argent, où les vieillards
peuvent appréhender de tomber un jour, qui les
rend avares, car il y en a de tels qui ont de si
grands fonds qu'ils ne peuvent guère avoir cette
inquiétude; et d'ailleurs comment pourraient-ils
craindre de manquer dans leur caducité des commo-
dités de la vie, puisqu'ils s'en privent eux-mêmes
volontairement, pour satisfaire à leur avarice? Ce
n'est point aussi l'envie de laisser de plus grandes
richesses à leurs enfants, car il n'est pas naturel
d'aimer quelqu'autre chose plus que soi-même,
outre qu'il se trouve des avares qui n'ont point
d'héritiers. Ce vice est plutôt l'effet de l'âge et de
la complexion des vieillards qui s'y abandonnent
aussi naturellement qu'ils suivaient leurs plaisirs
dans leur jeunesse, ou leur ambition dans l'âge
viril; il ne faut ni vigueur, ni jeunesse, ni santé

pour être avare : l'on n'a aussi nul besoin de s'em-
presser ou de se donner le moindre mouvement
pour épargner ses revenus ; il faut laisser seulement
son bien dans ses coffres et se priver de tout. Cela
est commode aux vieillards, à qui il faut une passion , parce qu'ils sont hommes.

» Il y a des gens qui sont mal logés, mal couchés,
mal habillés, plus mal nourris ; qui essuient les rigueurs des saisons ; qui se privent eux-mêmes de
la société des hommes, et passent leurs jours dans
la solitude ; qui souffrent du présent, du passé et
de l'avenir ; dont la vie est comme une pénitence
continuelle, et qui ont ainsi trouvé le secret d'aller
à leur perte, par le chemin le plus pénible ; ce sont
les avares. »

L'avare n'amasse que pour amasser ; ce n'est pas
pour fournir à ses besoins, il se les refuse ; son
argent lui est plus précieux que sa santé, que sa
vie, que lui-même ; toutes ses actions, toutes ses
vues, toutes ses affections ne se rapportent qu'à
cet indigne objet. Personne ne s'y trompe, et il ne
prend aucun soin de dérober aux yeux du public
le misérable penchant dont il est possédé ; car tel
est le caractère de cette honteuse passion de se manifester de tous les côtés , de ne faire au dehors aucune démarche qui ne soit marquée de ce maudit
caractère, et de n'être un mystère que pour celui
seul qui en est possédé. Toutes les autres passions

sauvent du moins les apparences : on les cachent
aux yeux du public ; une imprudence peut quelquefois les dévoiler ; mais le coupable cherche, autant
qu'il est en soi, les ténèbres. Pour la passion de
l'avarice, l'avare ne se la cache qu'à lui-même :
loin de prendre des précautions pour la dérober
aux yeux du public, tout l'annonce en lui, tout la
montre à découvert ; il la porte écrite dans son langage, dans ses actions, dans toute sa conduite, et,
pour ainsi dire, sur son front.

L'âge et les réflexions guérissent d'ordinaire les
autres passions, au lieu que l'avarice semble se ranimer et reprendre de nouvelles forces dans la
vieillesse. Plus on avance vers ce moment fatal où
tout cet amas sordide doit disparaître et nous être
enlevé, plus on s'y attache ; plus la mort approche,
plus on couve des yeux son misérable trésor, plus
on le regarde comme une précaution nécessaire
pour un avenir chimérique. Ainsi l'âge rajeunit,
pour ainsi dire, cette indigne passion ; les années,
les maladies, les réflexions, tout l'enfonce plus
profondément dans l'âme ; elle se nourrit et s'enflamme par les remèdes mêmes qui guérissent et étei-
gnent toutes les autres. On a vu des hommes, dans
une décrépitude où à peine leur restait-il assez de
force pour soutenir un cadavre tout prêt à retomber en poussière, ne conserver dans la défaillance
totale des facultés de leur âme, un reste de sensi-

bilité, et pour ainsi dire, de signe de vie, que pour cette indigne passion; elle seule se soutenir, se ranimer sur les débris de tout le reste; le dernier soupir être encore pour elle; les inquiétudes des derniers moments la regarder encore; et l'infortuné qui meurt, jeter encore des regards qui vont s'éteindre sur un argent que la mort lui arrache, mais dont elle n'a pu arracher l'amour de son cœur.

Le même égoïsme qui nous rend avares nous porte à la paresse.

DE LA PARESSE.

Somno et inertibus horis.

Notre penchant à la paresse tient d'une part à cet invincible amour que nous avons pour nous-mêmes, et qui nous porte à fuir toute fatigue de l'esprit ou du corps, et de l'autre il tient à un sentiment d'orgueil qui nous fait regarder le travail comme inutile aux natures supérieures comme la nôtre. Notre indolence, enfin, est un effet de notre constitution morale.

Dieu qui a fait du travail une épreuve pour l'homme, a dû le lui rendre pénible.

Mais d'un autre côté, si Dieu a donné à l'homme

du penchant à la paresse, il a voulu aussi que le
travail fût le père de la richesse, pour nous le
faire aimer.

On a dit, et nous allons le prouver, que la paresse est la mère de tous les vices.

La paresse qui naît de l'orgueil contribue à le
nourrir, car le désœuvré ne s'occupe guère que de
lui-même, et dans les rêves de son oisiveté, qui sont
sa seule occupation, les seules images qui lui plaisent et qu'il rappelle sans cesse, ce sont des images
de grandeur, de félicité, de gloire et de mérite.

Comme il n'y a ni progrès ni succès possible sans
travail, la paresse qui ne peut acquérir de mérite,
porte envie à celui des autres.

Il est impossible qu'un homme, à qui son indolence interdit de rien acquérir, ne soit pas jaloux
et avare de ce qu'il possède.

Si notre âme est comme l'eau qui a besoin d'être
agitée pour rester pure, l'oisiveté est une cause
prochaine de la corruption des mœurs.

Enfin, un paresseux, forcé de renoncer aux sa-
tisfactions de l'esprit et à celles du cœur, n'en est
que plus porté à satisfaire ses appétits corporels;
les joies honteuses de la débauche sont les seules
qui soient à son niveau et à sa portée, et il s'y livre
donc avec excès parce que rien ne l'en détourne.

Un paresseux, c'est-à-dire un homme incapable
d'efforts, est toujours un homme faible, qui a non

seulement ses défauts personnels, mais ceux des
autres.

Il y a mille chances pour qu'un paresseux soit un
sot, un égoïste et un méchant; incapable d'étude,
il n'apprend rien; incapable de dévouement, il
n'aime personne; incapable de résistance, il cède à
toutes les mauvaises pensées.

Chose étrange! les hommes tiennent à la vie et
ils perdent le temps dont la vie est faite.

L'indolence oublie que l'avenir n'est pas, que le
passé n'est plus, et qu'il n'a à lui que le présent,
dont il ne sait que faire.

La paresse est dans l'ordre des idées sociales
un si grand désordre, qu'elle amènerait inévitablement, si elle était générale, la misère d'abord, et
ensuite la ruine du genre humain, qui ne subsiste
que par le travail.

DE LA GOURMANDISE.

Quæ virtus et quanta, boni, sit vivere parvo,
Discite.

Notre besoin de boire et de manger, est un aver-
tissement que nous donne la nature, de pourvoir
à la conservation de notre corps; si la faim n'eût
été une souffrance, si le manger n'eût été un plaisir,
nous eussions perdu de vue, au milieu des autres

préoccupations de la vie, l'obligation de nous nourrir; il a fallu que cette obligation nous fût rappelée
par un moyen indépendant de notre volonté, par un
instinct naturel, et non pas seulement par notre
raison, qui n'eût pas suffi.

Mais s'il nous est permis de satisfaire nos appétits, il y a de la honte à vouloir rendre cette satisfaction trop vive, et à lui sacrifier les nobles jouissances de l'esprit et du cœur.

Manger est d'un homme, manger avec excès est
d'une brute.

Homère et Virgile ont jugé l'intempérance comme
nous la jugeons ici, la métamorphose des compagnons d'Ulysse en pourceaux est une allégorie dont
le voile est facile à percer, et qui nous montre à
quel excès d'abrutissement nous fait descendre l'a-
bus des plaisirs sensuels. L'épisode des harpies dans
l'*Énéide* a le même sens, avec une expression plus
prononcée encore.

Si nous sortons de la sphère des idées morales
pour entrer dans celles des idées du monde, nous
jugerons cette passion avec plus d'indulgence.

« Le plaisir de la table, dit Brillat Savarin, ne
comporte ni ravissements, ni extases, ni transports;
mais il gagne, en durée, ce qu'il perd en intensité,
et se distingue surtout par le privilége particulier
dont il jouit de nous consoler de la perte des
autres.

Effectivement, à la suite d'un repas bien entendu, le corps et l'âme jouissent d'un bien être particulier.

Au physique, en même temps que le cerveau se rafraîchit, la physionomie s'épanouit, le coloris s'élève, les yeux brillent, une douce chaleur se répand dans tous les membres.

Au moral, l'esprit s'aiguise, l'imagination s'échauffe, les bons mots naissent et circulent, et si Lafare et Saint-Aulaire vont à la postérité avec la réputation d'auteurs spirituels, ils le doivent surtout à ce qu'ils furent convives aimables; d'ailleurs, on trouve souvent rassemblées, au tour de la même table, toutes les modifications que l'extrême sociabilité a introduites parmi nous; l'amitié, les alliances, les spéculations, la puissance, les sollicitations, le protectorat, l'ambition; voilà pourquoi le plaisir de la table touche à tout.

Ce qu'il y a de honteux dans l'intempérance, dans la paresse, a quelquefois disparu sous le prestige dont le talent a su les recouvrir; et, d'ailleurs, dans l'état actuel de la civilisation, les vices mêmes ont une élégance qui les sauve trop souvent du mépris. La fainéantise, au fond d'un grenier; l'ivresse, au milieu des saletés d'un cabaret, sont des objets repoussants et hideux.

Mais quand la mollesse se montre à nous dans un riant et frais boudoir, au milieu des fleurs, et couchée, avec grâce, sur une pile de carreaux de soie, le charme de tout ce qui l'entoure nous fait illusion sur ce qu'elle a de condamnable; quand un heureux du siècle nous apparaît au milieu des splendeurs de son palais, entouré, à table, d'esclaves attentifs, de mets exquis et de convives joyeux, trompés que nous sommes, par de si riantes apparences, nous jugeons, avec indulgence, un plaisir en lui-même coupable, et qui l'est même plus dans un riche que dans un pauvre.

On dit aussi : la gourmandise accroît les délices de la conversation et la confiance de l'amitié; elle désarme les haines, facilite les affaires, rapproche les hommes qui ont à traiter des intérêts communs.

On sait que chez les hommes encore voisins de l'état de nature, aucune affaire de quelqu'importance ne se traite qu'à table; c'est au milieu des festins que les sauvages décident la guerre ou font la paix.

Qu'on ouvre tous les historiens, depuis Hérodote jusqu'à nos jours, et on verra que même, sans en excepter les conspirations, il ne s'est jamais passé un grand événement qui n'ait été conçu, préparé et ordonné dans un festin.

La gourmandise a son utilité sociale.

Elle est un lien qui unit les peuples par l'échange réciproque des objets de consommation.

C'est elle qui soutient l'espoir et l'émulation de cette foule de pêcheurs, chasseurs, horticulteurs, qui alimentent nos offices et nos tables.

C'est elle qui fait vivre la multitude industrieuse de ceux qui achètent, préparent et conservent les divers aliments.

Elle paie, à l'état, sous mille formes diverses, un tribut immense, qui profite à la société, en générale, et aux indigents, en particulier.

Un poëte aimable a célébré la liqueur du café :

> Vous obtiendrez par elle, en désertant la table,
> Un esprit plus ouvert, un sang-froid plus aimable;
> Bientôt mieux disposé, par ses puissants effets,
> Vous pourrez vous asseoir à de nouveaux banquets.
> Elle est du dieu des vers honorée et chérie;
> On dit que du poëte elle sert le génie,
> Que plus d'un froid rimeur quelquefois réchauffé,
> A dû de meilleurs vers au parfum du café;
> Il peut du philosophe égayer les systèmes,
> Rendre aimables, badins les géomètres mêmes;
> Par lui, l'homme d'état, dispos après dîner,
> Forme l'heureux projet de nous mieux gouverner,
> Il déride le front de ce savant austère,
> Amoureux de la langue et du pays d'Homère
> Qui, fondant sur le grec sa gloire et ses succès,
> Se dédommage ainsi d'être un sot en français.
> Il peut de l'astronome éclaircissant la vue,
> L'aider à retrouver son étoile perdue;
> Au nouvelliste, enfin, il révèle parfois
> Les intrigues des cours et les secrets des rois,
> L'aide à rêver la paix, l'armistice, la guerre,
> Et lui fait pour six sous bouleverser la terre.

DE L'ENVIE.

Men' moveat cimex pantilius?

L'envie est fille de l'orgueil; nous ne souffrons de la domination d'autrui que parce que nous voulons dominer nous-mêmes.

Il y a cette différence, entre l'envie et l'émulation, que celle-ci cherche à monter au niveau de ce qui est élevé, tandis que l'autre cherche à rabaisser ce qui lui est supérieur.

L'envie est une souffrance d'autant plus affreuse, que l'âme où elle s'attache et qu'elle déchire, est honteuse de son supplice même, et qu'elle sait n'avoir droit à la pitié de personne; l'envie est une plaie hideuse comme un ulcère; on sent qu'elle vous ronge, mais il faut la cacher et sourire.

Il y a, dans l'envie, deux choses : les prétentions de l'orgueil et le sentiment de l'impuissance; de là, pour l'envieux, un mortel désespoir.

On peut, à toute force, sortir d'un état de faiblesse et d'impuissance; mais, il faut, pour cela, des efforts et des sacrifices auxquels répugne notre indolence. Qu'arrive-t-il? on garde ses prétentions par orgueil, et son infériorité par paresse.

L'envie est le vice de la bassesse; une âme géné-

reuse ne reconnaît point de supériorité invincible;
dans son désir de s'élever, elle compense le génie
par la patience; l'obscurité de la naissance par la
gloire personnelle, et le vice de sa position par l'é-
tendue de son courage; elle combat l'indifférence
par le dévouement, la haine par les bienfaits, et il
est rare qu'elle ne finisse point par triompher; il
n'y a guère de force qui ne cède à celle de la volonté.

L'envie s'attache à toute espèce de mérite, de supériorité et d'avantages.

On ne tourmente pas, dit le persan Aben Ha-
met, les arbres stériles et desséchés; ceux-là seulement sont battus de pierres, dont le front est
couronné de fruits d'or; c'est là un très-grand bien,
car l'envie, en s'attachant au mérite, le préserve de
l'indolence.

L'homme regardé, en vaut mieux, dit le poëte
Saadi; l'envie, qui a des yeux de lynx, est un élément de moralité générale.

Tel homme qui évite d'abord des fautes, de peur
que l'envie n'en triomphe, s'habitue bientôt à n'en
plus commettre par un plus noble motif; et, dans
tous les cas, il donne de moins le scandale.

DE LA COLÈRE.

A M. Félix Carteret.

> Former un projet dans un moment
> de colère, c'est mettre à la voile du-
> rant la tempête.
>
> CHATAM.

Quand notre orgueil est trop comprimé, il fait explosion par la colère.

Avec une opinion moins haute de notre mérite et de nos droits, nous serions moins tentés de nous croire insultés ou lésés; le feu de la colère est donc plus ou moins vif, suivant que nous avons plus ou moins de vanité; la colère s'accroît également en raison de notre faiblesse; la puissance de nous venger nous en ôte souvent la volonté; et, au contraire, la colère est plus emportée chez les hommes qui ne peuvent la satisfaire; ils ressentent tout à la fois leur injure et leur impuissance.

Il y a aussi de saintes colères qui s'allument en nous par le sentiment ou la vue de l'injustice, et qui tiennent à la dignité même de notre nature.

Quoi de plus beau que la colère du vieil Horace en apprenant que son fils a pris la fuite dans le combat? quoi de plus légitime que l'indignation de

Thésée à la vue de son fils Hyppolite, qu'il croit coupable? quoi de plus sacré que le ressentiment du vieux Chatam contre un ministère qui déshonorait l'Angleterre.

La colère est un élément de force, au moral comme au physique.

Juvénal a très-bien dit, et encore mieux prouvé, que l'indignation d'un poëte ajoute à son talent.

Facit indignation versum.

Ses écrits, composés sous l'influence de cette passion étincellent de sublimes beautés. Il en est de même de ceux de Boileau, de Gilbert, de Chénier, de Barthélemy et de Junius; mais c'est surtout pour l'orateur que la colère est une puissance : c'est elle qui enflammait les paroles que Démosthènes lançait à Philippe et à Eschine. Ce fut l'indignation causée à Cicéron par la présence inattendue de Catilina qui anima l'éloquence de ses *Catilinaires*.

Valpole avait répondu aux accusations de Pitt par ces phrases dédaigneuses :

« Les déclamations violentes, les belles périodes peuvent agir sur des hommes jeunes et sans expérience; probablement l'honorable gentleman a contracté cette habitude d'éloquence en communiquant avec des jeunes gens de son âge plutôt qu'avec des hommes graves et instruits; mais pour réussir au parlement, il ne suffit pas d'y apporter des gestes et des émotions de théâtre. »

Pitt se leva, et l'inspiration de sa colère fut admirable :

« Quant au reproche d'être jeune, que l'honorable gentleman m'a fait avec tant de chaleur et de bon goût, je n'essaierai pas de l'affaiblir et de le nier, je me borne à souhaiter d'être au nombre de ceux dont les folies cessent avec la jeunesse, et non de ceux qui sont ignorants malgré l'expérience ; je ne me charge pas de décider si la jeunesse peut être objectée à quelqu'un comme un tort ; mais la vieillesse, j'en suis sûr, peut devenir justement méprisable si elle n'apporte avec elle aucune amélioration dans les mœurs, et si le vice paraît encore là où les passions ont disparu ; le malheureux qui, après avoir vu les suites de ses fautes nombreuses, continue de s'aveugler et joint l'obstination à la sottise, est certainement l'objet de la haine et du mépris ; il ne mérite pas que ses cheveux blancs le mettent à couvert de l'insulte ; plus haïssable est encore celui qui, à mesure qu'il s'est avancé dans la vie, s'est éloigné de la vertu, qui devient plus méchant avec moins de passions, qui se prostitue lui-même pour des trésors dont il ne peut jouir, et use les restes de sa vie à la ruine de son pays. Mais ma jeunesse n'est pas mon seul crime, on m'accuse de faire un personnage théâtral : ce reproche suppose

ou quelque singularité de gestes ou quelque dissi-
mulation de mes propres sentiments, ou une facilité à prendre les opinions et le langage d'autrui :
sur le premier point, le reproche est trop futile
pour être réfuté ; sur le second, je le renvoie tout
entier à celui qui me l'a fait. »

Ce qui arrête communément l'essor de l'éloquence dans une assemblée politique, c'est moins
le travail de la pensée ou le manque de mémoire
que la préoccupation de la vanité qui redoute un
échec ; la vue d'un auditoire inattentif, indifférent
ou hostile, voilà ce qui suffit ordinairement pour
déconcerter les plus habiles ; l'idée qu'un ministère
ou une opposition malveillante vous écoute, l'idée
que vos paroles vont être recueillies et livrées peut-
être à la risée de l'Europe entière, tout cela vous ôte
une partie de votre courage : glacée par la crainte,
votre pensée perd sa liberté, votre expression perd
sa franchise ; mais qu'un mot insolent ou un geste
de dédain vous donne un mouvement de colère,
alors vous vous élevez au-dessus de toutes les con-
sidérations vulgaires qui enchaînaient votre génie,
alors vous recouvrez la plénitude de votre talent et
vous devenez éloquent, si vous pouvez l'être.

« Mirabeau, dit Villemain, au début de ses discours, était souvent lourd, traînant et embarrassé ;
mais impatienté bientôt de ses propres lenteurs ou
excité par quelqu'apostrophe blessante, tel qu'un

lion qui se sent blessé, il s'animait soudain ; il faisait passer dans son éloquence tout le feu de sa colère ; il n'a jamais été plus admirable que quand il
a parlé sous l'influence de cette passion ; et on peut
en dire autant de Chatam, de Pitt, de Burke, et
en général, de tous les grands orateurs. »

Consultez les annales de nos débats parlemen-
taires, et vous aurez la preuve de ce que nous avançons.

« Un des discours de Mirabeau avait trouvé dans
Barnave un adversaire aussi redoutable par le talent
que par la popularité : cette palme démocratique
qui faisait la gloire du tribun, elle est brisée sur
sa tête par son jeune rival ; Mirabeau peut en un
moment être précipité de ce trône chancelant de
l'opinion publique ; il arrive à l'assemblée, et sur
son passage, des clameurs injurieuses le désignent
et le menacent ; on crie devant lui : *La grande trahison du comte de Mirabeau* ; il entre dans la salle
sous l'impression de cette injustice, et, grâce à sa
colère, il triomphe et de l'effet du discours de Barnave et des passions de la foule et de l'action irré-
sistible du préjugé qu'il attaque. »

« On répand depuis huit jours que la partie de
cette assemblée qui veut le concours du roi dans
l'exercice du droit de paix ou de guerre est parricide de la liberté publique ; on répand des bruits de
perfidie, de corruption ; on invoque les vengeances

populaires pour soutenir la tyrannie des opinions ;
on dirait qu'on ne peut sans crime avoir deux avis
dans une des questions les plus délicates et les plus
difficiles de l'organisation sociale : c'est une étrange
manie, c'est un déplorable aveuglement que celui
qui anime ainsi les uns contre les autres des hommes
qu'un même but, au milieu des débats les plus
acharnés, devrait toujours rapprocher.

» Et moi aussi, on voulait, il y a peu de jours, me
porter en triomphe, et maintenant on crie dans les
rues : *La grande trahison du comte de Mirabeau; je
n'avais pas besoin de cette leçon pour savoir qu'il y
a peu de distance du Capitole à la roche Tarpéienne.*

» Mais l'homme qui combat pour la raison, pour
la patrie, ne se tient pas si aisément pour vaincu :
celui qui a la conscience d'avoir bien mérité de son
pays, et surtout de lui être encore utile ; celui que
ne rassasie pas une vaine célébrité, et qui dédaigne les succès d'un jour pour la véritable gloire ;
celui qui veut dire la vérité, qui veut faire le
bien public indépendamment des mobiles mouvements de l'opinion populaire, cet homme porte
avec lui la récompense de ses services, le charme
de ses peines et le prix de ses dangers ; il ne doit
attendre sa mission, sa destinée, la seule qui l'intéresse, la destinée de son nom que du temps, ce juge
incorruptible qui fait justice à tous ; que ceux qui
prophétisaient depuis une opinion sans la connaître,

qui calomnient mon dernier discours sans l'avoir compris, m'accusent d'encenser des idoles impuissantes au moment où elles sont renversées, ou d'être le vil stipendié d'hommes que je n'ai pas cessé de combattre; qu'ils dénoncent comme ennemi de la révolution, celui qui, peut-être, ne lui a pas été inutile; et qui, cette révolution fût-elle inutile à sa gloire pourrait là seulement trouver sa sûreté; qu'ils livrent aux fureurs du peuple trompé, celui qui, depuis vingt ans, combat toutes les oppressions, celui qui parlait aux Français de liberté, de constitution et de résistance, quand ses calomniateurs suçaient le lait des cours et vivaient de tous les préjugés dominants; que m'importe! ces coups portés de bas en haut ne m'arrêteront pas dans ma carrière; je dirai à leurs auteurs : répondez, si vous pouvez, calomniez ensuite tant que vous voudrez? »

Après un discours de Robespierre, où il avait été indignement calomnié, Vergniaud était monté à la tribune, et avait pris la parole d'un ton calme.

« J'oserai répondre à M. Robespierre. » A ces mots les tribunes éclatent en murmures; Vergniaud recommence sa phrase, et les murmures continuent et s'accroissent.

L'orateur, inspiré par la colère, s'écrie :

« J'oserai répondre à M. Robespierre, qui, par des calomnies méditées avec artifice, par de froides ironies, vient provoquer de nouvelles discordes dans

le sein de l'assemblée ; j'oserai lui répondre sans
méditation, car je n'ai pas, comme lui, besoin d'art,
il suffit de mon âme.

» Je parlerai, non pour moi, car c'est le cœur na-
vré de la plus profonde douleur, qu'au moment où la
patrie réclame tous les moments de notre existence
politique, je vois la Convention réduite, par des accusations où l'absurdité le dispute à la scélératesse,
à s'occuper misérablement d'intérêts individuels; je
parlerai, non pour moi, je sais que dans les révolutions, la lie des nations s'agite, et s'élevant, à la
surface du monde politique, paraît, quelque moment, dominer les hommes de bien ; dans mon intérêt personnel, j'aurais attendu patiemment que
ce règne passager s'évanouît ; mais puisqu'on brise
le ressort qui comprimait mon âme indignée, je
parlerai pour éclairer la France qu'on égare; ma
voix qui, de cette tribune, a porté plus d'une fois
la terreur dans le palais d'où elle a concouru à pré-
cipiter le tyran, la portera aussi dans l'âme des
scélérats qui voudraient substituer leur tyrannie à
celle des rois. »

Peu de jours après, il ajoutait :

« O vous qui m'écoutez, je vous adjure de me répondre ! Que pouvait, que devait faire un citoyen
dévoué, comme je crois l'être, à sa patrie, et qu'on
puisse, avec raison, me reprocher d'avoir négligé?
embrasser, dès son origine et avec une pleine

franchise, la cause sainte de la révolution, c'est ce que j'ai fait; aller au-devant de tous les travaux, de tous les sacrifices, de tous les périls que nous imposait la défense de la liberté? c'est ce que j'ai fait; à l'indifférence des lâches, à l'injustice, aux calomnies, aux outrages des méchants, répondre par de nouveaux services? c'est ce que j'ai fait; et quand, après avoir dévoré en silence toutes les amertumes dont on m'abreuve depuis six mois, je me vois accusé de trahison envers une patrie que j'ai voulu sauver; quand je vois notre sanglante révolution frapper aveuglément ses amis les plus sincères, ressembler à ce Dieu de la fable qui dévorait ses enfants, passer de la liberté à l'anarchie, et gouverner avec des bourreaux, que puis-je, que dois-je faire encore? mourir pour la liberté, au nom de laquelle on me proscrit, c'est ce que je ferai. »

L'expression d'une colère légitime n'a jamais eu, peut-être, plus d'énergie que dans le discours suivant du roi OEdipe à son fils :

> Va contre Thèbes, va porter tes étendards;
> Mais ne te flatte pas d'abattre ses remparts.
> Vous tomberez tous deux au pied de ses murailles,
> Et le champ des combats verra vos funérailles.
> J'ai prononcé sur vous en présence du Ciel
> Les imprécations du courroux paternel;
> Je les prononce encor; ma voix, ma voix funeste
> Appelle encor sur vous la vengeance céleste;
> Mes filles, mes enfants qui m'ont su respecter,
> Hériteront du trône où vous deviez monter;

Récompense trop juste et que leur a promise
La justice éternelle au haut des cieux assise,
Et tenant la balance auprès de Jupiter.
Pour toi, fuis de mes yeux, va, monstre! que l'enfer
Accumule à ma voix sur ta tête perfide
Tous les maux qu'il prépare à l'enfant parricide!
Fuis, remporte avec toi, remporte avec horreur
Mes malédictions qu'entend le Ciel vengeur!
Puisses-tu ne rentrer jamais dans ta patrie,
Exhaler sous ses murs ton exécrable vie!
Verser le sang d'un frère et mourir sous ses coups,
Et vous, dieux infernaux, vous que j'invoque tous,
Toi plus terrible qu'eux, ministre de colère,
Ombre triste et sanglante, ô Laïus! ô mon père!
Et toi, Dieu des combats, Mars exterminateur!
O Mars! qui dans leur sein as versé ta fureur!
Noires divinités, de ce couple barbare,
Hâtez-vous, l'heure approche, entraînez-le au Tartare.
Reporte maintenant ma réponse aux Thébains;
Dis quels vœux j'ai formés pour deux fils inhumains;
Dis que je vais mourir, que pour votre partage,
Je vous laisse à tous deux cet horrible héritage.

DE LA VENGEANCE.

A M. Albertini, à Lima.

Tolle periclum
Jàm vaga prosiliet frenis natura remotis.

La vengeance est la réaction instinctive de l'orgueil, contre une offense, de la justice contre un dommage, ou de la passion contre un obstacle. La disposition naturelle de l'homme à rendre le mal pour le mal, est une disposition éminemment sociale.

La crainte des représailles fait qu'il respecte les autres, et que lui-même en est respecté.

Ce sentiment a d'autant plus de force, que celui qui l'éprouve a moins de moyens de le satisfaire; un homme faible, quelle que soit la cause de sa faiblesse, un homme lâche, un esclave, un vieillard sont, toutes choses égales d'ailleurs, plus vaindicatifs que d'autres.

La vengeance contenue chez eux par le sentiment de l'impuissance, et forcée de se replier sur elle-même, fermente au fond du cœur où elle est captive; et quand, enfin, elle en sort par une explosion, c'est avec une violence qui la rend plus terrible.

Il est d'expérience que chez les peuples où la loi ne vient point en aide à la faiblesse naturelle de l'homme isolé, comme chez les sauvages et chez les sujets d'un despote, il y a plus d'actes de vengeance que partout ailleurs; et que là, surtout, on regarde la justice individuelle comme le supplément nécessaire de la justice sociale.

L'ardeur de la vengeance est plus vive chez les femmes, pour une autre raison; leur sexe, leur condition dans la famille et dans la société, le caractère de leurs passions, tout les empêche de tirer, sur-le-champ satisfaction d'une injustice ou d'une offense.

Aussi est-il vrai que les cris les plus affreux de vengeance ont été poussés par elles. Écoutons celui de Cléopâtre qui sacrifie, à cette passion, ses deux fils et la princesse dont ils sont épris.

> Dût le peuple en fureur, pour ses maîtres nouveaux,
> De mon sang odieux arroser leurs tombeaux ;
> Dût le Parthe vengeur me trouver sans défense,
> Dût le Ciel égaler le supplice à l'offense ;
> Trône, à t'abandonner je ne puis consentir,
> Par un coup de tonnerre il vaut mieux en sortir,
> Il vaut mieux mériter le sort le plus étrange :
> Tombe sur moi, le Ciel, pourvu que je me venge !

Les imprécations de Camille contre son frère et les Romains, n'ont pas une moindre véhémence.

Écoutons Hermione, qui vient de charger Oreste de la venger de Pyrrhus, et qui dit à sa confidente Cléone :

> Pyrrhus n'est pas coupable à ses yeux comme aux miens,
> Et je tiendrais mes coups bien plus sûrs que les siens ;
> Quel plaisir de venger moi-même mon injure !
> De retirer mon bras teint du sang du parjure !
> Et pour rendre sa peine et mes plaisirs plus grands,
> De cacher ma rivale à ses regards mourants.
> Ah ! si du moins Oreste, en punissant son crime,
> Lui laissait le regret de mourir ma victime !

Va le trouver, dis—lui qu'il apprenne à l'ingrat
Qu'on l'immo'e à ma haine et non pas à l'état.
Chère Cléone, cours; ma vengeance est perdue,
S'il ignore en mourant que c'est moi qui le tue!

Ajoutez à cela que la plupart des dommages que l'on cause aux femmes, ne sont pas de nature à pouvoir être réparés par la justice ordinaire, et que même la réparation publique d'une offense, serait souvent plus affreuse pour elle que l'offense elle-même.

La femme est-elle une jeune fille, la timidité arrête ses plaintes; est-elle épouse, sa réclamation a besoin de l'approbation d'un autre; est-elle veuve ou âgée, elle est sans appui.

Pourquoi, encore, chez les nègres révoltés contre les blancs, la vengeance a-t-elle eu le caractère le plus atroce? c'est que ces malheureux avaient souffert des maux inimaginables; c'est qu'ils les avaient soufferts longtemps, c'est que la longue impuissance où ils avaient été de se venger, leur en avait donné un désir immense; leur vengeance fut un incendie dont des siècles avaient préparés les aliments.

La nature de l'injure reçue, influe également sur le ressentiment qu'elle inspire.

Aussi nulle part la vengeance n'a-t-elle un caractère plus tragique que dans l'*Atrée* de Crébillon, parce que nulle part la haine n'est expliquée par des raisons plus fortes, et prêtée à un cœur plus fait pour la sentir. Atrée est, par lui-même, d'une humeur sombre et mélancolique ; comme roi, il doit, plus qu'un autre, s'indigner d'un outrage ; comme époux, il a été blessé dans ce qu'il avait de plus cher, dans son affection ; et enfin, comme frère, il doit éprouver plus de douleur d'une perfidie dont l'auteur est son frère ; car les haines sont d'autant plus vives qu'elles s'allument dans des cœurs où, naturellement, elles ne devraient point se trouver.

Médée n'est pas seulement une amante abandonnée, elle est une épouse trahie, et trahie par celui auquel elle a sacrifié son honneur, sa patrie, son frère et son père ; elle est une femme qui aime Jason de toutes les affections auxquelles elle a renoncé pour lui ; elle n'est, d'ailleurs, arrêtée, dans sa fureur vengeresse, par aucun scrupule religieux ou moral ; il est donc visible que la vengeance, dans une telle âme, doit être un sentiment d'une épouvantable énergie.

On peut en juger par l'extrait suivant d'*Euripide*, que nous avons un peu abrégé :

MÉDÉE *seule*.

Pourquoi tarder ? il faut qu'ils meurent... C'est moi qui les ferai mourir, moi qui leur ai donné le jour ! Courage, mon cœur ; arme-toi de cruauté, frappons ce coup affreux mais nécessaire. Mes mains, saisissez le poignard ! Médée, franchis la triste carrière que tu dois parcourir ? repousse une indigne faiblesse, perds le souvenir de tes enfants, oublie que tu es mère ?

Et surtout par la scène suivante :

JASON, MÉDÉE.

JASON, *à qui on a appris la mort de ses enfants.*

Odieuse furie !

MÉDÉE.

Donne-moi les noms les plus affreux, j'ai rendu à ton cœur la blessure qu'il m'a faite.

JASON.

Tu ressens la douleur que tu me causes?

MÉDÉE.

Je me suis vengée !

JASON.

O mes enfants !

MÉDÉE.

C'est toi qui les as tués, c'est ton crime qui m'a rendue homicide.

JASON.

Je n'ai été coupable que d'inconstance.

MÉDÉE.

Tu m'as trahie; est-il pour une femme un outrage plus sanglant?

JASON.

Les dieux vengeurs de l'innocence te poursuivront.

MÉDÉE.

Les dieux savent que ton crime seul a causé le mien.

JASON.

Les dieux savent que ton cœur est pervers.

MÉDÉE.

Je me suis vengée ! ah ! je respire, je me suis vengée !

13.

JASON.

Fuyons cet horrible entretien!

MÉDÉE.

Oui, retourne au palais, tu y trouveras un devoir à remplir,
va ensevelir ta jeune épouse.

JASON.

O mes chers enfants!

MÉDÉE.

Si tu les avais aimés, tu n'aurais point trahi leur mère.

JASON.

Tu as pu les faire mourir?

MÉDÉE.

Oui, pour te percer le cœur! Ah! je me suis vengée!

Dans Shakeaspear, la passion de la vengeance
donne la mesure de sa fureur par l'impuissance
même où elle est de se satisfaire; elle veut faire
éprouver une si épouvantable douleur, que les
moyens de torture lui manquent; elle reste inactive
pour vouloir l'impossible; on annonce à Macduff
une longue série d'infortunes, on lui apprend successivement la ruine de sa patrie, la défaite de
ses compagnons d'armes, la mort de ses amis, l'incendie de son château, le massacre de sa femme et
de ses enfants; à chaque partie de ce terrible récit,
un nouvel aliment est comme jeté au feu vengeur
qui le consume; on s'attend de sa part aux plus
cruelles représailles; un ami lui présente même la

vengeance comme un adoucissement à son malheur, mais l'infortuné comprend que le tyran qu'il veut punir est à l'abri du genre de supplice qu'il veut lui faire éprouver; il ne voit point en lui un père auquel il puisse rendre autant de douleur qu'il en a reçu; le désespoir l'accable à cette pensée, il s'écrie : le punir! il n'a point d'enfants.

INSTINCT DU MAL.

A M. Gaudin la Grange, à Pondichéry.

Vitiis sine nemo nascitur.

« L'âme, ainsi que le corps, a ses besoins honteux, dit Chateaubriand; notre bonté naturelle est combattue par un instinct tout contraire.

» La raison nous montre, la religion nous enseigne et notre conscience nous atteste qu'il en doit être ainsi pour que nos bonnes œuvres soient un mérite; la vertu ne peut être une victoire si elle n'a des résistances à surmonter.

» Nous avons en nous-même le principe de tous les vices que plusieurs causes concourent à développer, comme l'éducation, l'exemple et les mauvais conseils.

» Parmi les causes les plus actives de corruption,

il faut compter le malheur; nous croyons avoir droit
à la félicité commune, et quand nous sommes déçus
dans cette attente, nous devenons méchants par
ressentiment et par vengeance; si nous ne pouvons
atteindre directement les auteurs de nos souffrances,
nous punissons la société, le gouvernement, notre
patrie, d'un malheur imputable à leur ignorance ou
à leur faiblesse.

Les torts de la nature envers nous sont surtout
ceux qui nous irritent à un plus haut point, parce
qu'ils sont sans remède : aussi Homère a-t-il été
profondément vrai quand il a pris pour type de la
méchanceté, le bossu Thersite : aussi Shakeaspear
a-t-il eu le même mérite quand il a peint de si noires couleurs le difforme Richard III, dont la laideur faisait aboyer après lui tous les chiens de
Londres; les nains de l'Arioste, Hassan dans *Fies-
que,* Yago dans *Othello,* sont des personnages créés
d'après le même principe.

Quand l'instinct du mal est chez nous encouragé
par l'exemple, fortifié par l'habitude, justifié par
des sophismes, il domine les penchants opposés; il
étouffe la voix de la conscience : or, une fois qu'il
n'entend plus les contradictions et qu'il ne rencontre plus d'obstacle, il prend un caractère d'énergie et de puissance qui est vraiment effroyable, il
asservit toutes nos facultés à ses exigences, il devient nous-mêmes.

« Il faut le dire, quoiqu'il en coûte, l'amour du mal est en lui-même une passion; il y a des natures perverses qui en viennent à faire le mal pour le seul plaisir de le faire. Un des caractères de l'extrême méchanceté est dans la satisfaction qu'elle a d'elle-même, satisfaction qui éclate au dehors par l'ironie et le sarcasme qu'elle jette sur le mérite et la vertu. STAEL. »

Tant que la perversité n'est point complète, elle a quelque chose de sombre; la tristesse du remords qui la déchire est empreinte sur son visage; mais quand elle a fait taire la conscience elle-même, quand elle a remplacé la foi par le doute, et le doute lui-même par une incrédulité absolue, alors elle arrive comme la vertu même (car les extrêmes se touchent) au alme et à la tranquillité, à cette gaîté qui surprend un sourire d'un instant et qui ne fait pleurer que par réflexion : ainsi ont pensé les écrivains qui ont le mieux connu la nature.

Le Narcisse, de *Britannicus*; le *Lara*, de Byron, qui ne sont que des candidats du vice, sont tristes; mais Mephistophèles, dans *Faust*; Don Juan, dans le *Festin de Pierre*, sont libres de tout souci moral; ils ont une gaîté infernale; ils sont par-là les véritables et seuls types de la méchanceté.

L'homme est d'abord vicieux par faiblesse, ensuite par habitude, et enfin par système; ainsi a marché la dépravation de Tyrrel, qui n'ayant plus, au mo-

ment où il parle, ni honte du passé, ni crainte de
l'avenir, jouit du présent avec cette sorte d'insouciance raisonnée qui a un faux air de philosophie
par le dédain des opinions communes et le mépris
des dangers de l'avenir; accusé d'avoir dissipé son
héritage, il renchérit sur l'accusation, et dit qu'il
en a dissipé *quatre!* Accusé d'avoir vu avec joie la
mort de parents qui devait l'enrichir, il reprend
qu'il est malheureux pour lui de n'avoir plus *de parents à pleurer;* accusé d'être un joueur *déraison-
nable;* si j'avais ma raison, dit-il, je serais plus coupable; enfin, accusé d'avoir commis des meurtres
étant dans l'ivresse, il répond d'un air goguenard :

> Le vin eut tous les torts, et moi tout le malheur.

La perspective même du gibet ne l'effraie pas; et
quand on le lui montre, au terme de sa carrière :

> Je me serai du moins amusé sur la route.

Voilà la seule réflexion que lui suggère l'idée de son
supplice; on lui parle de repentir; moi, dit-il,

> Moi, comme un apostat renier mes beaux jours,
> Jamais!

Comme on devait s'y attendre, de crime en

crime, et d'excès en excès, Tyrrel en est arrivé au scepticisme.

> Que le néant ou l'enfer me réclame,
> Mon corps est arrivé, bon voyage à mon âme.

Comme on le voit aussi, il tire des reproches même qu'on lui fait et des malheurs dont on le menace, des sujets de plaisanterie.

Il abonde, en riant, dans le sens de celui qui le sermone :

> Voilà pourtant, mylord, où mène l'inconduite.

Il est comme satisfait du nombre et de la gravité de ses fautes ; il s'en est fait un titre de supériorité. De là, chez lui, un mouvement de joie et d'orgueil.

Ce qui, mieux que tout le reste, caractérise la perversité, c'est l'hypocrisie ; il reste encore quelque chose de sa noble nature à l'homme qui est vicieux ou criminel avec audace ; mais celui qui couvre ses vices ou ses crimes du voile de la vertu, a atteint le dernier degré de la corruption. Quand Corneille veut donner le dernier coup de pinceau au portrait de Don Juan, il lui prête l'intention de hanter les églises; dans les brigands de Schiller, les hommes les plus odieux ne sont pas ceux qui pillent, incendient et tuent, c'est l'hypocrite Moor.

« Le vice et le crime, disent l'un et l'autre : *c'est plus fort* que moi, *et ils ont* raison. »

L'habitude rend, en effet, presqu'invincible le penchant qui les entraîne; elle change, pour ainsi dire, en nécessité pour eux, ce qui est pour d'autres une tentation; en vain ils veulent s'arrêter : Marche! marche! leur crie la passion qui les commande; ils ne vont point à leur but, parce qu'ils voient l'espérance leur sourire et les appeler, mais parce que, derrière eux, il y a une force qui les pousse ou un abîme qui se creuse; ils ressemblent à ce voyageur des Contes persans, qui gravit une montagne, et qui est contraint de s'élever sans relâche, parce que les degrés tombent à mesure qu'il monte. Quand nous sommes arrivés à une grande dépravation, si quelque chose peut ajouter à la puissance qui nous pousse au mal, c'est le souvenir d'un passé qui fut honnête; plus le méchant a été bon, plus il éprouve le besoin de se dépraver; séparé de la vertu sans retour, il s'en éloigne comme d'un ennemi; il s'élance avec fureur vers des situations qui doivent le moins lui rappeler ce qu'il a perdu.

Le plus grand supplice d'un criminel, c'est de penser qu'il pouvait ne pas l'être.

Virtutem videant intabescant que relictâ.

Au souvenir de la vertu, ils disent ce que dit le satan, de Milton, à la vue du soleil.

REMORDS.

A M. le Docteur Brocheton.

You sleep no more.

Le remords est la souffrance du crime ; il tient tout ensemble au regret de l'innocence perdue, et au vague effroi d'un châtiment à venir ; d'où il suit qu'après une faute récente et sous l'empire d'une vive croyance, il doit causer plus de douleur. Le remords devait avoir moins de prise sur les anciens, qui avaient une morale moins sévère, et qui ne pouvaient croire, d'une foi bien ferme, aux dogmes d'une religion absurde ; aussi, ne trouverez-vous chez eux ni la passion contenue d'Héloïse, ni la douleur vertueuse de la Phèdre de Racine, ni la sombre mélancolie de Réné ; ces divers personnages sont évidemment des créations chrétiennes.

Par la même raison, le remords s'affaiblit même chez un chrétien, à mesure que celui-ci se déprave ; au milieu des orages du cœur, la voix de la conscience n'est plus entendue.

Mais, si le temps, si des croyances erronées, si le manque de foi ; et si, plus que tout le reste, le progrès de la dépravation diminuent l'empire du remords, rien cependant ne peut l'anéantir entièrement ; le monde oublie le crime, la loi ne l'atteint pas toujours, la passion lui trouve des excuses, mais le remords est inexorable ; il descend dans notre âme à une si grande profondeur ; il le pénètre d'une manière si intime ; il s'attache à lui avec tant de force, qu'il ne peut plus en être séparé. Le supplice d'un coupable est celui de Prométhée, qui ne peut arracher de son sein le vautour qui le déchire ; il est le supplice d'Hercule, qui se sent brûler par le feu de la fatale tunique, et qui ne peut ni éteindre l'un, ni se délivrer de l'autre.

Sans doute des hommes se sont rencontrés qui ont vu dans le remords, l'effet d'un préjugé. « Mais, pourquoi, dit l'auteur du *Génie du Christianisme*, pourquoi le remords est-il si terrible, qu'on préfère souvent de se soumettre à la pauvreté et à toute la rigueur de la vertu, plutôt que d'acquérir des biens illégitimes ? pourquoi y a-t-il une voix dans le sang, une parole dans la pierre ? Le tigre déchire sa proie et dort ; l'homme devient homicide et veille ; il cherche les lieux déserts, et, cependant, la solitude l'effraie ; il se traîne autour des tombeaux ; et, cependant, il a peur des tombeaux ; son regard est mobile et inquiet ; il n'ose fixer les yeux sur les murs de la salle du festin, dans la crainte d'y voir des caractères funèbres ; tous ses sens semblent devenir meilleurs pour le tourmenter ; il voit, au

milieu de la nuit, des lueurs menaçantes ; il est toujours environné de l'odeur du carnage ; il découvre
le goût du poison jusque dans les mets qu'il a lui-
même apprêtés ; son oreille, d'une étrange subtilité,
trouve le bruit où tout le monde trouve le silence ;
et en embrassant son ami, il croit sentir, sous ses
vêtements, un poignard caché.

» Enfin, quand, trompé par de vains sophismes,
ou aveuglé par le délire de la passion, des hommes
pourraient, au sein du désordre, goûter une tranquillité éphémère, le moment viendrait toujours où
le cœur se troublerait ; les illusions les plus longues
ont un terme, le septicisme le plus ferme chancèle
quelquefois.

» En vain le crime s'entoure de ténèbres, cherche
la solitude et s'impose le silence ; une lumière inexorable l'éclaire sans cesse, un regard vigilant le suit
toujours, une voix secrète l'accuse sans relâche ; en
vain il a cru fermer, d'un sceau éternel, l'abîme de
son cœur, une pensée descend dans cet abîme ; elle
en suit tous les détours et elle en sonde toutes les
profondeurs, comme autrefois la pensée du Dante
sonda toutes celles de l'enfer ; elle découvre d'abord,
à l'entrée de cet enfer, les vains désirs et les joies
coupables. Mais le Seigneur lui crie, comme autrefois au prophète : « Creusez plus bas ; mettez à nu les
hontes de l'avarice, les taches du poison de l'envie
et les blessures toujours saignantes de l'orgueil. »

La pensée accusatrice a-t elle obéi, Dieu lui crie encore : « Creusez plus bas, dévoilez les affreux mystères de la débauche ; écartez les replis qui recouvrent les souillures de l'inceste, de l'adultère. » Ce
n'est point assez : « Creusez plus bas, ajoute le Seigneur ; au-dessous de ces iniquités que vous voyez,
il y a d'autres iniquités encore plus profondément
ensevelies ; montrez au jour ces vestiges de sang
qu'on pensait avoir cachés à jamais dans le sein des
tombeaux et dans les entrailles de la terre. »

Il est, dit Byron, il est des heures, dans la vie,
où le remords dit au coupable : Je t'avais prévenu.
En vain une âme indomptable croit laisser le repentir à la faiblesse ; le remords indocile reproduit son
accusation ; les rêves de l'ambition s'évanouissent ;
l'amour avoue ses déceptions ; l'incrédulité a ses
doutes, et se dit : Peut-être. Et quand tous nos projets de bonheur s'écroulent, quand une affreuse
amertume se répand sur toutes nos joies, l'avenir
accourt avec ses mystères ; mille pensées funèbres,
longtemps écartées, nous assiégent ; l'abîme de notre cœur s'ouvre enfin, et nous y retrouvons toutes
nos iniquités ensevelies. »

C'est surtout la pensée de la mort qui trouble
les coupables.

Hommes de vains plaisirs et de folles passions!
enchantez vos jours par toutes les délices de la vie,
ouvrez vos cœurs à toutes les joies de la terre ; dor-

mez votre sommeil, heureux du monde, repoussez loin de vous et les réflexions du présent et les accusations du passé, et les menaces de l'avenir ; épaississez les ténèbres qui couvrent les souillures de votre âme ; creusez jusqu'aux entrailles de la terre, pour y ensevelir le secret de vos iniquités ; à une heure inévitable, à une heure fatale, dont Dieu s'est réservé la connaissance, à la lueur des éclairs et au bruit de la foudre, les hontes de votre vie toute entière seront dévoilées; tout ce qu'elle a eu d'infamie sera mis à nu devant Dieu et devant les hommes ; une voix sortira de la voûte céleste, une voix, dont toutes les tombes entendront l'écho, dira tout à coup : « Tremblez! vous qui avez souillé votre âme par les convoitises de l'avarice, par les noirceurs de la calomnie, par les lâchetés de l'hypocrisie. Tremblez! vous qui avez fait couler les pleurs de la veuve et de l'orphelin, et qui avez donné à vos larcins les apparences de la justice ; tremblez! vous qui avez enlevé à des âmes pures leur innocence et leur bonheur, ou qui avez versé le sang des hommes dans les ténèbres. Hommes souillés par des parjures et des trahisons! hommes de honteuses débauches ou de sanglantes vengeances! écoutez le bruit de la tempête et de la foudre! écoutez ces voix menaçantes qui roulent sur vos têtes ! Iniquités protégées par la sombre épaisseur des forêts ou de la nuit, noirs forfaits ensevelis dans les ténèbres ou dans la tombe, sortez des abîmes qui vous couvrent, et venez demander grâce à ces terribles accusateurs !

Le criminel se dit, comme le prince Hamlet :

La mort, c'est un sommeil,... c'est un réveil peut-être;
Peut-être, ah! ce mot qui glace épouvanté
L'homme au bord du cercueil par le doute arrêté,
Devant ce vaste abîme il se jette en arrière,
Ressaisit l'existence, et s'attache à la terre.
Dans nos troubles puissants qui peut nous avertir
Des mystères d'un monde où tout va s'engloutir!
Oui, si des dieux partout l'œil suit les parricides,
Si d'eux, morts ou vivants nous dépendons toujours,
Qui nous dit qu'à leur voix les monuments sont sourds,
Et qui connaît du Ciel jusqu'où va la puissance.
En vain le meurtrier croit braver la vengeance,
Par un signe éclatant, s'il faut le découvrir,
Ces marbres vont parler, ces tombeaux vont s'ouvrir;
Il verra tout à coup, pour lui prouver son crime,
Du cercueil ébranlé s'échapper sa victime,
Et le flambeau du jour allumé par les dieux,
Ils n'ont qu'à dire un mot, va pâlir à leurs yeux.

La tragédie de *Macbeth* est à elle seule un admirable traité du remords; nulle part il n'est peint avec des couleurs plus sombres, gradué avec plus de talent, et rendu à la fin plus terrible; faible d'abord, quand le crime n'est encore qu'une pensée vague, il devient une souffrance plus vive, à mesure que la pensée criminelle s'affermit et devient une action; le premier effet de la tentation qu'éprouve Macbeth, c'est d'attrister son âme.

Macbeth, dans sa pensée, accomplit un ouvrage,
Dont lui—même il a peine à soutenir l'image.

Comme un ambitieux a toujours des rivaux,
Macbeth, outre le tourment de sa propre faute,
ressent le tourment de l'envie, la crainte d'une trahison dont il donne l'exemple, et les vagues terreurs qui accompagnent toujours les mauvais desseins.

Il est des jours d'ennui, d'abattement extrême,
Où l'homme le plus ferme est à charge à lui-même;
Pendant le triste accès de nos profonds dégoûts,
Que le temps qui s'enfuit marche à pas lents pour nous.
De noirs pressentiments notre âme embarrassée,
Soulève un poids fatal dont elle est oppressée.
Que cette nuit est longue !

Le plus grand malheur de celui qui commet un
crime, c'est d'en comprendre toute l'horreur au
fond de son âme.
En vain Macbeth est pressé, par l'odieuse Frédégonde, de poignarder Duncan ; il frémit à cette idée,
et s'énumère à lui-même toutes les raisons qui doivent l'arrêter.

Le frapper! mais l'honneur, mais la reconnaissance!
Mais un vieillard, un roi, mon parent, mon ami,
Ici, dans ce palais, sous ma garde endormi !

FRÉDÉGONDE.

Quoi ! déjà des remords ?

MACBETH.

Frédégonde, crois—moi,
J'ai pitié de mon fils, de moi—même et de toi.
Non, ce n'est pas en vain que notre âme frissonne,
C'est le Ciel alarmé qui s'ébranle et qu'itonne.

Plus il approche du moment fatal, plus il se trouble ; il frémit comme à l'idée d'un inévitable supplice, et bien loin de goûter la joie de son succès, il conjure les objets témoins de son crime, de ne point l'accuser ; il leur demande grâce.

Marbres silencieux,
Soyez sans mouvement, sans oreilles, sans yeux,
Doublez autour de moi vos épaisseurs funèbres,
Ne sentez pas mes pas glisser dans vos ténèbres.

Quand tout est consommé, sa souffrance s'accroît encore ; il voit alors son crime dans toute son horreur ; l'image de ce crime lui est toujours présente, et il s'écrie, à l'aspect de sa victime :

Il est donc toujours là... Quel témoin !... Qu'on l'emporte.
Entrons... le voir encor ; il semble à cette porte
Que son corps tout sanglant est prêt à m'arrêter !
Quelle horreur ! quel forfait ! ou fuir ? ou m'éviter ?
J'entends du bruit. On vient. O supplice ! ô prodiges !
Quoi ! de la mort partout j'aperçois des vestiges ?
Il avait bien du sang !

Quel mot que celui-là, comme il peint admirablement bien le supplice d'un meurtrier condamné à revoir toujours sa victime ; ce qui s'est passé depuis quelque temps reste présent pour lui ; il ne se souvient pas d'avoir vu, il voit encore, il voit toujours ; le sang de sa victime n'a point cessé de couler pour lui ; et, dans la situation d'esprit où il se trouve, rien de plus profondément vrai que ce mot : il avait bien du sang. Les lois de la nature sont tellement changées, pour son supplice, qu'elles lui font d'une apparence, une réalité, et d'un souvenir, un spectacle ; il en est réduit à demander les larmes, qui sont le partage de la douleur, comme un soulagement.

Si je pouvais pleurer !

Des larmes ! Prions... Qui?... Mourons... Il est des dieux.

Voilà les mots qui lui échappent et qui sont autant de cris de douleur, autant de preuves qu'il ne peut y avoir d'autre refuge pour le coupable, que le repentir.

Puis viennent les reproches que s'adressent les deux complices, c'est-à-dire les souffrances de la honte.

MACBETH.

Qu'as-tu fait de Duncan? c'est toi, c'est toi.

II. 14

L'homme a instinctivement une si grande horreur du crime, qu'il ne veut jamais l'avoir commis de lui-même, et sans y être poussé.

Toutefois, Macbeth n'est pas au terme de ses douleurs.

Au moment où il reçoit la couronne, il est sommé par les grands de l'Ecosse de jurer le supplice de l'assassin de Duncan; il est condamné à prononcer sa propre sentence.

SETON.

Jure qu'en ce pa'ais, encor plein d'épouvante,
De Duncan égorgé calmant l'ombre sanglante,
Contre son meurtrier tu vas tout à la fois
Armer le Ciel vengeur et le glaive des lois.
Ordonne qu'à l'instant son supplice s'apprête!

MACBETH.

Je le jure... Sa mort... Fantôme horrible! arrête!
Arrête! et depuis quand, couverts de leurs lambeaux,
Les spectres déchaînés sortent-ils des tombeaux?

Un affreux malheur pour le criminel, c'est de penser qu'il aurait pu ne pas l'être, c'est de regretter son innocence perdue à jamais : ce malheur n'est point épargné à Macbeth.

MACBETH.

Je connus un Macbeth, noble, vaillant, fidèle,
Défenseur de l'état, défenseur de son roi,
Ce Macbeth généreux, hélas! ce n'est plus moi.

Allons, délivrons-nous d'un affreux diadème !
Si je pouvais encor redevenir moi-même ?
Jamais... D'un poids fatal mon âme est oppressée.

Puis il continue :

Le sommeil pour jamais a fui de ma paupière,
Je l'invoque aujourd'hui par des vœux superflus,
Duncan m'a dit tout bas... tu ne dormiras plus.

Le poëte ajoute encore au regret de l'assassin en amenant devant lui un jeune prince qui a conservé la douce tranquillité de l'innocence.

Ainsi, par une habile gradation, l'horreur du remords est portée à son comble; ainsi on voit Macbeth réussir dans tous ses projets, et trouver dans chacun de ses succès une nouvelle souffrance ; ainsi on voit toutes ses joies devenir des tortures, et, quand, entouré de ses amis, de sa famille, il entend les compagnons de sa gloire applaudir à son triomphe, quand chacun des assistants le croit arrivé au comble des félicités humaines, l'heureux Macbeth se tue pour échapper à son bonheur.

Dans le *Faust* de Goëthe, ce personnage porte ses regards sur un tableau fantastique où il revoit toutes les scènes de sa vie passée; il reconnaît celle qu'il a perdue; il pâlit et cherche en vain à détourner les yeux de ces horribles images; mais le remords, sous la forme de Méphistophélès, les lui retrace sans cesse.

FAUST.

Elle eût été si heureuse dans une chaumière, aux pieds des Alpes! Sans moi elle eût vécu paisible, au sein de l'innocence. Hélas! je n'ai point eu de repos que je n'aie brisé et flétri sa pauvre destinée. Mais écartons cet importun souvenir, jetons le voile protecteur de l'oubli sur les fautes de l'irréparable passé; cherchons dans les investigations et les calculs de la science, une distraction à ma souffrance.

MÉPHISTOPHÈLES.

Ce tableau m'occupe malgré moi. Comme cette jeune fille est belle! quel charme respire encore sur ce pauvre visage flétri par la douleur! Elle méritait peut-être un meilleur sort?

FAUST.

Laissons-là ces vaines illusions; le spectacle de la nature appelle mon admiration; c'est à l'étude de ses merveilles que je vais désormais livrer ma pensée.

MÉPHISTOPHÈLES.

Elle t'a aimé de tout son amour; elle a sacrifié au fol attachement qu'elle avait pour toi les joies saintes de l'innocence; et sa beauté, que le désespoir lui a ôtée, et ses amitiés de sœur, et ses rêves de jeune fille. Comme elle t'aimait!

FAUST.

N'est-il point d'autres félicités que celles de l'amour? n'est-il pas un bonheur que peuvent donner les triomphes du génie, la possession des biens de la terre?

MÉPHISTOPHÈLES.

Les faibles gémissements de ce fantôme arrivent jusqu'à nous. N'es-tu pas frappé comme moi de la douceur de sa voix? n'es-tu point ému de ses tendres accents? tu les as autrefois entendus avec ravissssement.

FAUST.

Il était écrit que je la perdrais ; il y a de l'inévitable et de l'indomptable dans les choses humaines ; mais je puis revivre d'une vie nouvelle ; je puis comme tant d'autres, boire à la coupe enchantée de Circé, et dans l'ivresse des plaisirs, je perdrai mes souvenirs, j'étoufferai mes regrets, je me délivrerai de mon cœur.

MÉPHISTOPHÈLES.

Son regard semble chercher un regard ami ; ses bras sont tendus vers nous comme pour une étreinte accoutumée.

FAUST.

Hélas ! je lutte en vain ; les fleurs de ce premier amour se relèvent une à une dans mon cœur, comme se redressent celles de la prairie, quand l'orage qui les a flétries est dissipé.

La *Phèdre* de Racine est un tableau des souffrances du remords non moins admirable de coloris, non moins frappant de vérité ; comme Shakeaspear avait ouvert et mis à nu le cœur du meurtrier, Racine a ouvert et mis à nu le cœur de la femme adultère ; il nous a fait suivre avec un indicible intérêt les progrès de sa passion et ceux de ses souffrances : ces deux choses se suivant toujours dans la nature morale, a des intervalles plus ou moins éloignés.

Pour toute femme, la chasteté est le premier devoir, le premier mérite, la première gloire ; mais Phèdre n'est pas seulement femme, elle est reine,

elle est épouse, elle est mère; l'obligation de rester
pure lui est imposée plus rigoureusement qu'à une
autre femme; avant de faillir, elle a plus de liens à
briser, plus d'affections à étouffer, plus de devoirs
à fouler aux pieds; il en résulte que la douleur du
remords doit être plus profonde pour elle que pour
une autre; car plus notre cœur tient à un sentiment, plus il souffre à s'en détacher.

Au moment où Phèdre écoute sa passion, le remords proteste par la douleur contre cette injuste
victoire; et à mesure qu'elle devient plus coupable,
elle devient plus malheureuse.

En vain elle cherche à se faire illusion sur le caractère de son penchant; en vain elle ne l'avoue
qu'avec des formes de langage qui en atténuent la
honte; en vain elle dit qu'elle a longtemps résisté,
qu'elle se condamne au fond du cœur, qu'elle a mille
fois souhaité la mort, et qu'elle est vaincue par la
fatalité.

En parlant ainsi, elle se justifie plus aux yeux
des spectateurs qu'aux siens propres; elle se sent
démentie dans ses vaines allégations par l'impi-
toyable justice de sa conscience; elle ressent, au
milieu de ses justifications, l'aiguillon acéré de la
douleur; elle a peur de son époux, qu'elle offense,
de son amant qui la méprise, de ses enfants qu'elle
déshonore, des dieux qui la menacent, mais surtout elle a peur d'elle-même.

Ce n'est pas assez ; un premier crime la conduit à d'autres, la vie de Thésée l'importune ; et le bruit de son trépas lui cause une joie homicide, elle calomnie Hyppolite, avec la certitude que cette calomnie est son arrêt de mort ; mais ces nouveaux crimes ne font qu'ajouter à ses souffrances morales ; chaque pas nouveau qu'elle fait dans la voie fatale où elle est engagée, lui arrache un nouveau cri de douleur ; enfin, elle arrive à ne pouvoir plus supporter le poids de la vie ; le succès de ses divers projets ne diminuent en rien la douleur qu'elle ressent de les avoir conçus ; elle a réussi à tromper Thésée ; elle a pu se venger d'Hyppolite ; la mort d'Enone l'a délivrée d'une complice ; toutes les preuves de son crime ont disparu, et néanmoins elle est désespérée du seul souvenir de ce crime ; elle avait résisté aux souffrances de la haine, de la jalousie, de la terreur et de la honte ; mais elle est vaincue par les remords ; le remords la tue.

A voir la sombre énergie avec laquelle est retracée ici la douleur du remords, on se prend involontairement à plaindre celle qui l'éprouve ; un crime qui cause tant de regret paraît expié ; la tache imprimée à l'innocence disparaît sous les larmes, et l'on est tenté de croire que Racine, au lieu de peindre le remords, a peint le repentir ; il n'en est rien pourtant ; si Phèdre a honte de sa passion, dans le secret de son âme, elle y reste attachée.

Hélas! du crime affreux dont la honte me suit,
Jamais mon triste cœur n'a recueilli le fruit.

Ce n'est pas là le gémissement du repentir; c'est, au contraire, le cri du désespoir poussé par un amour déçu dans son attente; c'est le cri d'une âme qui regrette de n'avoir pas été aussi coupable qu'elle pouvait l'être; ce mot là est un mot sorti de l'Enfer: ce mot, dit Chateaubriand, est celui du damné.

DES VERTUS.

AMOUR DU BEAU MORAL.

'A M. Théry, Proviseur du Collége.

Sortimur à naturâ nobiles ad laudem impetus.

Cette admiration du beau en lui-même, dégagé des formes extérieures qui peuvent le révéler, des circonstances qui l'accompagnent, des conséquences même nécessaires qui en dérivent, considéré dans ce qu'il a de propre et d'absolu, dans sa grandeur et sa beauté immédiate, voilà, dit Platon, ce que nous appelons l'*amour du beau moral.*

Nous ne sommes jamais témoins d'une bonne

action sans y applaudir; nous ne connaissons pas un homme bon qui n'obtienne notre sympathie; c'est à la peinture d'un grand caractère, c'est au récit d'une entreprise généreuse, que nous nous sentons émus involontairement; et ce qui est vrai d'un homme isolé, l'est encore plus des hommes pris en masse; dans une multitude, les intérêts privés, les petites passions, qui altèrent souvent la rectitude du cœur, se cachent ou se taisent; la conscience humaine y a toute sa vérité, toute sa dignité, toute sa puissance; et c'est au triomphe de la morale qu'elle fait servir cette puissance.

Jamais un poëte au théâtre, un pontife aux pieds des autels, un général à la tête d'une armée, un orateur à la tribune n'agit fortement sur la foule que par l'expression d'un sentiment ou d'une idée morale; les grandes pensées, les traits d'héroïsme peuvent seuls exciter un enthousiasme universel; l'éloquence la plus admirable, l'éloquence d'un Démosthènes, d'un Cicéron ou d'un Mirabeau, a besoin de se placer sous la protection des vertus patriotiques pour avoir toute son influence.

On n'a prise sur les hommes que par la peinture du beau moral.

La première fois qu'on entendit sur la scène le fameux *qu'il mourût* des Horaces, le murmure d'acclamation fut si fort, que la représentation de la pièce en fut interrompue.

14.

Il en fut de même du mot qui échappe à Tancrède quand il revoit son pays :

A tous les cœurs bien nés que la patrie est chère!

Qu'on examine tous les grands traits d'éloquence, on verra que leur beauté littéraire tient uniquement à leur beauté morale, et que celle-ci est la seule que comprenne la multitude.

Si ce que nous venons de dire est vrai, l'étude et la pratique du bien moral sont des éléments de succès en littérature; car il est clair que celui-là rendra mieux un beau sentiment, qui l'aura au fond de l'âme et dont la bouche parlera de l'abondance du cœur ; rien de plus vrai que le mot de Boileau :

L'esprit se sent toujours des bassesses du cœur.

Dans l'extrait suivant, la beauté morale a un caractère religieux :

« Les anciens philosophes n'ont jamais quitté les avenues d'académies et les délices d'Athènes, pour aller, au gré d'un dévouement sublime, humaniser le sauvage, instruire l'ignorant, guérir le malade, vêtir le pauvre et semer la concorde parmi des nations ennemies ; c'est ce que les religieux chrétiens ont fait seuls et font encore tous les jours; les mers, les orages, les glaces du pôle, les feux du tropique,

rien ne les arrête; ils vivent avec l'Esquimaux, dans
son antre glacé; ils se nourrissent d'huile de baleine
avec le Groëlendais; avec le Tartare, ils parcourent la solitude, ou ils suivent le Caffre errant
dans ses déserts embrasés; il n'est point d'île ou
d'écueils, dans l'Océan, qui ait pu échapper à leur
zèle; et comme autrefois les royaumes manquaient
à l'ambition d'Alexandre, la terre a manqué à leur
charité.

» Alors, ils tournèrent les yeux vers ces régions
lointaines, où tant d'âmes périssaient encore dans
les ténèbres de l'idolâtrie; ils sentirent un désir immense de verser leur sang pour ces pauvres étrangers. Il fallait percer des forêts profondes, franchir
des marais impraticables, traverser des fleuves dangereux, gravir des rochers inaccessibles; il fallait
affronter des nations cruelles, surmonter dans les
unes, toutes les ignorances de la barbarie, dans les
autres, tous les préjugés de la civilisation; tant
d'obstacles ne les arrêtèrent point.

» Qu'un homme, à la vue de tout un peuple, sous
les yeux de ses parents et de ses amis, s'expose à la
mort pour sa patrie, il échange quelques jours de
vie, pour des siècles de gloire; il illustre sa famille,
il l'élève aux richesses et aux honneurs. Mais le
missionnaire, dont la vie se consume au fond des bois,
qui meurt d'une mort affreuse, sans spectateurs,
sans applaudissements, sans avantages pour les siens,

obscur, méprisé, traité de fou, d'absurde, de fanatique, et tout cela pour donner un bonheur éternel à un sauvage inconnu, de quel nom faut-il
appeler cette mort, ce sacrifice? »

Nous avons admiré le beau moral dans un apôtre,
admirons-le dans Jésus-Christ lui-même, qui en est
l'expression la plus haute.

Jésus-Christ apparaît au milieu des hommes plein
de grâce et de vérité; l'autorité et la douceur de ses
paroles entraînent; il vient pour être le plus malheureux des mortels, et tous ses prodiges sont pour
les misérables; ses miracles, dit Bossuet, tiennent
plus de la bonté que de la puissance. Pour incul-
quer ses préceptes, il choisit l'apologue ou la parabole qui se grave aisément dans l'esprit des peuples; c'est en marchant dans les campagnes et d'a-
près les choses qui se présentent à ses yeux, qu'il
donne ses divines leçons; en voyant les fleurs d'un
champ, il exhorte ses disciples à espérer dans la Providence, qui supporte les faibles plantes et nourrit
les petits oiseaux; en apercevant les fruits de la terre,
il instruit à juger de l'homme par ses œuvres; on lui
apporte un petit enfant, et il recommande l'innocence; se trouvant au milieu des bergers, il se donne,
à lui-même, le titre de pasteur des âmes, et se représente rapportant, sur ses épaules, la brebis égarée.
Au printemps, il s'assied sur la montagne, et tire,
des objets environnants, de quoi instruire la foule

assise à ses pieds ; c'est du spectacle même de cette foule, pauvre et malheureuse, qu'il fait naître ses béatitudes : « Bienheureux ceux qui pleurent, bienheureux ceux qui ont faim et soif. »

Pur et sacré comme le tabernacle du Seigneur, infiniment supérieur, par l'élévation de son âme, à la vaine gloire du monde, il poursuivait à travers les douleurs, la grande affaire de notre salut ; forçant les hommes, par l'ascendant de ses vertus, à embrasser sa doctrine, et à imiter une vie qu'ils étaient contraints d'admirer.

Son caractère était aimable, ouvert et tendre ; sa charité sans bornes. L'apôtre nous en donne une idée en deux mots : Il allait faisant le bien.

Sa résignation à la volonté de Dieu éclate dans tous les moments de sa vie ; il aimait, il connaissait l'amitié ; l'homme qu'il tira du tombeau, Lazare, était son ami ; ce fut pour le plus grand sentiment de la vie, qu'il fit son plus grand miracle.

L'amour de la patrie trouva en lui un modèle. « Jérusalem ! Jérusalem ! s'écria-t-il, en pensant au jugement qui menaçait cette ville coupable, j'ai voulu rassembler tes enfants, comme la poule rassemble ses petits sous ses ailes ; tu ne l'as pas voulu. »

Du haut d'une colline, jetant les tristes yeux sur cette ville condamnée, pour ses crimes, à une affreuse destruction, il ne peut retenir ses larmes. Sa tolérance ne fut pas moins remarquable, quand ses disciples

le prièrent de faire descendre le feu du Ciel sur un
village des Samaritains, qui lui avait refusé l'hospitalité; il répondit, avec indignation : Vous ne savez
pas ce que vous demandez.

Or, le Christ n'était pas sorti du Ciel avec toutes
sa forces; il était homme et ressentait nos douleurs.

Il ne donna jamais aucun signe de colère que
contre la dureté de l'âme et l'insensibilité. Il répétait éternellement : Aimez-vous les uns les autres.
« Mon père ! s'écriait-il sous le fer des bourreaux,
pardonnez-leur, car ils ne savent ce qu'ils font. »
Prêt à quitter ses disciples bien-aimés, il fondit tout
à coup en larmes; il ressentit toutes les terreurs du
tombeau, toutes les angoisses de la croix; une sueur
de sang coula le long de ses joues divines; il se plai-
gnit que son père l'avait abandonné. Lorsque l'ange
lui présenta le calice, il dit : « O mon père ! faites
que ce calice passe loin de moi; cependant, si je
dois le boire, que votre volonté soit faite. » Ce fut
alors que ce mot, où respire toute la sublimité de
la douleur, s'échappa de sa bouche : Mon âme est
triste jusqu'à la mort.

Modèle de toutes les vertus, l'amitié le voit
endormi dans le sein de Jean, et léguant sa mère
à ce disciple; la tolérance l'admire dans le jugement de la femme adultère; partout la pitié le trouve
bénissant les pleurs de l'infortuné; dans son amour
pour l'innocence et la candeur, se révèle sa pureté;

la force de son âme brille au milieu des tourments de la croix, et son dernier soupir est un soupir de miséricorde.

Il est impossible d'aimer le beau moral sans se repentir d'une mauvaise action qu'on a faite.

DU REPENTIR.

A M. Flamanville.

> Il est cruel de faire des reproches
> à ceux qui s'en font, et inutile d'en
> faire à ceux qui ne s'en font pas.

Le repentir est tout à la fois un souvenir de nos fautes qui nous humilie, et une espérance de pardon qui nous console ; aux amertumes du regret, il mêle quelque chose des joies de l'innocence ; à travers les larmes, il fait briller un sourire.

Dans l'état de faiblesse et d'aveuglement où nous sommes, nous ne pouvons guère demeurer irréprochables ; conserver sa pureté primitive, est d'un ange ; la recouvrer par le repentir, est d'un homme. Un poëte a dit avec raison :

> Dieu fit du repentir la vertu des mortels.

Le repentir n'a toute sa beauté qu'aux yeux de la

religion ; elle seule est capable de l'inspirer ; elle
seule est capable de le payer du prix qu'il mérite ;
disons plus, elle seule est capable d'y croire. Devant
les hommes, l'honneur et l'innocence une fois perdus, ne se retrouvent jamais ; le sceau de la honte
une fois imprimé sur un front humain, y reste pour
toujours ; mais devant Dieu, il n'y a point de souillure qui ne puisse être effacée par les larmes ; le
larron repentant, la Magdelaine baignée de pleurs,
le Publicain prosterné aux pieds des autels, rede-
viennent des élus par le repentir.

Il y a, dans les vers suivants, une admirable exhortation au repentir, adressée par le génie d'un
poëte chrétien, au génie d'un poëte incrédule :

> Ah ! si jamais ton luth, amolli par tes pleurs,
> Soupirait sous tes doigts l'hymne de tes douleurs,
> Ou si du sein profond des ombres éternelles,
> Comme un ange tombé tu secouais tes ailes,
> Et prenant vers le ciel un lumineux essor,
> Parmi les chœurs sacrés tu t'asseyais encor!
> Jamais l'écho sacré de la céleste voûte,
> Jamais ces harpes d'or que Dieu lui-même écoute,
> Jamais des Séraphins les chœurs mélodieux,
> De plus divins accords n'auraient ravi les cieux.
> Courage ! enfant déchu d'une race divine !
> Tu portes sur ton front ta superbe origine !
> Chacun en te voyant reconnaît dans tes yeux
> Un rayon éclipsé de la splendeur des cieux ;
> Roi des chants immortels, reconnais-toi toi-même,
> Laisse au fils de la nuit le doute et le blasphème ;

Dédaigne un faux encens qu'on t'offre de si bas; ;
La gloire ne peut être où la vertu n'est pas.
Viens reprendre ton rang dans ta splendeur première,
Parmi ces purs enfants de gloire et de lumière,
Que d'un souffle choisi, Dieu voulut animer,
Et qu'il fit pour chanter, pour croire et pour aimer.

Le repentir d'une faute tient à la foi de celui qui se repent.

DE LA FOI.

A M. Danton, Professeur de Philosophie.

> Donnez – moi un point d'appui,
> et je souleverai le monde.
>
> ARCHIMÈDE.

La foi est l'adhésion que nous donnons à ce qui nous paraît la vérité.

Comme il y a plusieurs sortes de vérités, il y a plusieurs sortes de foi; ainsi, la religion, la philosophie et la science humaine, nous présentent chacune leur faisceau de vérités, qui ne sont pas du même ordre, et que nous n'acceptons ni d'après les mêmes raisons, ni avec la même confiance, ni avec le même mérite.

Tâchons de nous faire, de toutes, une idée juste.

La foi religieuse est un hommage de notre intel-

ligence à la sagesse supérieure de Dieu; elle est
une acceptation raisonnée des vérités qui nous viennent par la voie de la conscience, de la tradition
et de la révélation.

La foi religieuse implique la docilité de l'esprit,
mais elle suppose aussi l'exercice de la liberté; elle
est, tout ensemble, un acte de soumission et un
acte de volonté; elle nous vient de Dieu, puisqu'elle est une illumination de notre esprit que
frappe la vérité; mais elle vient aussi de nous, puisqu'elle suppose la disposition de notre cœur à reconnaître la lumière qui brille à nos regards.

Pour que l'homme ait la foi, il faut que Dieu l'é-
claire; mais quand brille la lumière divine, il faut
aussi que l'homme ouvre les yeux à cette lumière.

La foi, considérée comme clarté, est un don de
Dieu, et Dieu l'accorde à tous les hommes. *Illumi-
nat omnem hominem venientem in hunc mundum.*

La foi, considérée comme acquiescement à la vérité religieuse, est un mérite personnel pour le
croyant; car elle suppose, de sa part, examen de
l'esprit et docilité du cœur.

Celui qui croit, sans examen, a la foi d'un aveugle
ou d'un fanatique; celui qui voit la vérité, et qui
nie sa lumière, est un impie.

La loi, considérée dans le cercle des idées humaines, et que nous appelons *foi philosophique*,
est d'une part, l'apperception intellectuelle de la

vérité, et de l'autre, la volonté morale de ne pas l'abandonner : cette espèce de foi est la réunion de la sagacité de l'esprit qui saisit la vérité, et de la force du caractère qui la retient.

Quand il y a fermeté sans lumière, il en résulte l'obstination ; quand il y a connaissance du bien sans énergie pour le faire, il y a lâcheté.

D'après la définition que nous venons de donner de la foi religieuse et de la foi philosophique, on voit qu'elles n'ont pas tout à fait le même principe : la foi religieuse, qui est la source de toutes les vertus chrétiennes, a pour principe l'humilité, comme l'incrédulité a pour principe l'orgueil, lequel est le père de tous les vices.

La foi purement humaine a pour principe l'énergie du caractère.

La première tient beaucoup à la pureté du cœur ; un homme pervers répugne à recevoir des vérités qui condamnent ses penchants et qui menacent ses fautes.

La seconde tient beaucoup à l'exercice intelligent auquel on a soumis sa volonté.

La foi religieuse peut tenir à la simplicité comme à la pureté du cœur ; il y a comme un surcroît de lumières surnaturelles pour ceux en qui la raison est faible.

Il y a la foi de l'esprit pour le sage ; il y a la foi du cœur pour les pauvres d'esprit, et cette foi ins-

tinctive, cette foi qui est plus spécialement un don
de Dieu, est chez eux d'autant plus ferme, qu'elle
est comme placée au-dessus des arguments qui
pourraient l'ébranler; les raisons, qui seraient de
nature à inspirer le doute à des âmes simples, ne
sont pas même à leur portée.

Il se peut qu'on amène un philosophe comme
Mallebranche, à douter de l'existence des corps; on
ne pourra jamais en faire douter un charbonnier; la
foi de l'ignorance, quand elle est sincère, est plus
inébranlable que celle du savant.

Après avoir défini la foi, expliqué son principe,
et fait connaître les causes qui la fortifient, disons
quelle influence elle exerce sur les actions de l'homme
qui la possède; la religion nous l'enseigne, et l'expérience le confirme; la foi, c'est la puissance; la
foi est le levier avec lequel on ébranle le monde; la
foi, c'est la force avec laquelle on transporte les
montagnes.

La suite que l'on met dans ses actions tient beaucoup à la persuasion où l'on est que l'on a choisi la
bonne voie, et les moyens les plus sûrs d'arriver au
but, en un mot, elle tient à la foi; mais, au contraire, quand on est dans les ténèbres, quand on
craint de s'égarer, quand enfin on n'a pas de confiance dans le succès du voyage, on hésite sur la
route à prendre, on s'arrête pour regarder de droite
et de gauche, on n'arrive point, ou l'on arrive tard.

Dans le monde intellectuel, les Archimède, les Galilée, les Christophe Colomb, les Kepler, les Newton, n'ont été si loin, que parce qu'ils ont eu foi dans la vérité qu'ils cherchaient, et dans la puissance qu'ils avaient de la découvrir.

Dans le monde politique, les Cyrus, les Alexandre, les César, les Cromwell, les Napoléon, n'ont fait de grandes choses que par la foi qu'ils avaient ou dans leur fortune ou dans leur armée ou dans des idées sur lesquelles ils s'appuyaient.

Dans l'ordre des idées morales et religieuses, c'est la foi qui a inspiré les grandes résolutions et les grands sacrifices; c'est la foi qui a fait les martyrs et les confesseurs.

L'enthousiasme du poëte n'a d'autre cause que sa confiance dans son génie et dans la justice de son siècle ou de la postérité.

La foi, qui est un principe de force, est aussi un élément de bonheur; il n'y a d'affections douces que pour ceux qui les croient sincères; la félicité la plus divine, dit Goëthe, est la confiance dans la bonté du cœur humain; du moment que deux époux, deux amis, deux frères, deux compagnons d'armes doutent l'un de l'autre, leur affection est empoisonnée; du moment qu'un roi doute de la fidélité de ses peuples; un général, du courage de ses soldats, et un allié, de la bonne foi de ses alliés, ils sont les plus malheureux des hommes, et il n'y a au-dessus de leur

malheur que celui d'un philosophe, doutant de la
vérité qu'il enseigne, ou celui d'un Brutus doutant
de la vertu pour laquelle il meurt.

La fermeté de la foi religieuse est heureusement
peinte dans les vers suivants, de Lamartine :

> Pour moi, quand je verrais dans les célestes plaines
> Les astres s'écartant de leurs routes certaines,
> Dans les champs de l'Ether l'un par l'autre heurtés,
> Parcourir au hasard les cieux épouvantés,
> Quand j'entendrais gémir et se briser la terre,
> Quand je verrais son globe errant et solitaire,
> Flottant loin des soleils, pleurant l'homme détruit,
> Se perdre dans le sein de l'éternelle nuit,
> Et quand dernier témoin de ces scènes funèbres,
> Entouré du cahos, de la mort, des ténèbres,
> Seul, je serais debout, seul, malgré mon effroi,
> Être infaillible et bon, j'espérerais en toi,
> Et certain du retour de l'éternelle aurore,
> Sur les mondes détruits je t'attendrais encore.

Le même poëte nous expose les raisons de croire,
que nous fournit le spectacle de la nature; le personnage qu'il fait parler, dit à Dieu :

> Le monde qui te cache est transparent pour moi,
> C'est toi que je découvre au fond de la nature,
> C'est toi que je bénis dans toute créature ;
> Pour m'approcher de toi, j'ai fui dans les déserts ;
> Là, quand l'aube agitant son voile dans les airs
> Entr'ouvre l'horizon qu'un jour naissant colore,
> Et sème sur les monts les perles de l'aurore.

Pour moi, c'est ton regard qui du divin séjour,
S'entr'ouvre sur le monde et lui répand le jour.
Quand l'astre à son midi suspendant sa carrière,
M'inonde de chaleur, de vie et de lumière,
Dans ses puissants rayons qui raniment mes sens,
Seigneur, c'est ta vertu, ton souffle que je sens,
Et quand la nuit, guidant son cortége d'étoiles,
Sur les monts rembrunis jette ses sombres voiles,
Seul, au sein du désert et de l'obscurité,
Méditant de la nuit la douce majesté,
Enveloppé de calme et d'ombre et de silence,
Mon âme de plus près adore ta présence ;
D'un jour intérieur je me sens éclairer,
Et j'entends une voix qui me dit d'espérer.

Voulons-nous savoir quelles sont les consolations
que donne la foi au mourant, écoutons le même
poète :

Mais tandis qu'exhalant le doute et le blasphême,
Les yeux sur mon tombeau je pleure sur moi-même,
La foi se réveillant comme un doux souvenir,
Jette un rayon d'espoir sur mon pâle avenir,
Sous l'ombre de la mort me ranime et m'enflamme,
Et rend à mes vieux jours la jeunesse de l'âme.
Je remonte, aux lueurs de ce flambeau divin,
Du couchant de ma vie à son riant matin ;
J'embrasse d'un regard la destinée humaine,
A mes yeux satisfaits, tout s'ordonne et s'enchaîne ;
Je lis dans l'avenir la raison du présent,
L'espoir ferme après moi les portes du néant,
Et rouvrant l'horizon à mon âme ravie,
M'explique par la mort l'énigme de la vie.

La foi, c'est une consolation au milieu des misères ; la foi, c'est un soutien au milieu des orages ;
la foi, c'est la main tendue du haut du Ciel au
pécheur qui est dans l'abîme.

DE L'HUMILITÉ.

A Madame Anna de L'.....s.

Ex humili potens.

L'humilité tient à la foi ; car, pour croire, il faut
s'humilier.

L'humilité est dans l'homme le sentiment de sa
misère et de ses fautes.

Elle n'a rien de bas ; car, tandis que l'athée, le plus
orgueilleux, se croit destiné à rentrer dans la poussière, le chrétien le plus humble se croit destiné à
monter au Ciel.

Elle n'a rien de pénible ; car, si elle s'abaisse,
c'est devant Dieu.

Enfin, elle n'a rien de lâche ; car le même pécheur
qui s'agenouille au pied des autels est un confes-
seur intrépide de la foi, même au milieu des sup-
plices.

On ne doit pas être vain d'une fortune rapide ; les eaux qui croissent subitement sont toujours un peu bourbeuses.

On ne doit pas être vain de son talent, car le flambeau du génie comme celui du soleil est souvent environné de nuages.

On ne doit pas surtout être vain de son mérite, car la vertu la plus rare a ses faiblesses, et il n'y a rien de pur devant celui qui sonde les reins et les cœurs.

AMOUR DE L'OBSCURITÉ.

A M. Delafosse, Professeur de Faculté.

Mea mihi conscientia pluris est quàm omnium sermo.

Tout ce qu'on pouvait dire en faveur de l'obscurité, se trouve admirablement résumé dans les vers suivants, de Reboul :

Le rossignol caché sous la feuillée épaisse,
Avant de dérouler sa voix enchanteresse,
S'informe-t-il s'il est dans le lointain des champs
Quelqu'oreille attentive à recueillir ses chants ?
Non, il jette au désert, à la nuit, au silence
Tout ce qu'il a reçu de suave cadence ;
Si la nuit, le désert, le silence sont sourds,
Celui qui l'a créé l'écoutera toujours.

Toute fleur ne naît pas brillante sur nos rives,
Pour le sein des amours ou le front des convives,
Pour tomber sous le doigt d'un jeune éliacin,
Et parer de festons les voûtes du lieu saint.
Ah ! loin d'en être ainsi, le sort du plus grand nombre
C'est de briller un jour et de mourir dans l'ombre.
La retraite et l'oubli nous sauvent de l'orgueil,
Quand la gloire éblouit on ne voit plus l'écueil.
Un grand nom coûte cher dans les temps où nous sommes,
Il faut rompre avec Dieu pour captiver les hommes.

Et dans ceux-ci, dont nous ignorons l'auteur :

Compagne de la paix, amante du silence,
O toi qui présidas à mon humble naissance,
Qui de mes premiers ans as su charmer le cours,
Aimable obscurité, protège encor mes jours ;
Ton voile bienfaisant est cher à l'innocence :
Ce voile est sa parure ainsi que sa défense.
Dans ton paisible sein, j'aime à verser des pleurs,
Je viens, te confiant mes timides douleurs,
Etendre sur mon front cette ombre consolante,
Qu'invoque en gémissant l'infortune tremblante.
Hélas! du malheureux seul et privé d'appui,
L'obscurité tranquille est le dernier ami ;
Pour pleurer sans contrainte, il cherche les ténèbres.
Que je vous plains! ô vous, dont les noms trop célèbres,
Ont, immortalisés par d'éclatants revers,
D'une misère illustre effrayé l'univers.
Le mépris inhumain, prêt à compter vos larmes,
De la plainte à vos cœurs a défendu les charmes ;
Condamnés à l'éclat, il faut avec grandeur,
Porter seuls et debout, le fardeau du malheur.

La haine vous assiége, et la pitié captive,
A peine à ces clameurs, mêle une voix plaintive.
Oh! que n'êtes-vous nés sous un toit écarté,
A l'ombre des forêts et de la pauvreté!
La paix, l'aimable paix, que l'éclat épouvante,
Eût charmé de vos jours, la marche obscure et lente,
Semblable au doux repos d'un tranquille sommeil,
Dont nul songe importun n'a hâté le réveil.
L'homme, au premier moment de sa triste existence,
Accepta du malheur l'immortelle alliance.
Chacun boit à son tour la coupe des douleurs.
L'amitié, je le sais, y versant quelques pleurs,
Mêle au breuvage amer une douceur secrète;
Mais redoutant la gloire et sa pompe indiscrète,
Loin du palais des grands, loin du temple des arts,
Cette fille du Ciel se cache à nos regards;
Elle se plait aux lieux où se plait la nature;
Elle craint le souris de l'adroite imposture,
Et les dons corrupteurs qu'offre l'ambition,
Et le regard jaloux de l'admiration.
Ah! de l'orgueil séduit redoutez le délire,
Vous qui voulez aimer, tremblez qu'on vous admire!
Ce n'est pas seulement au faîte des grandeurs
Que l'aimable repos refuse ses douceurs;
Des talents enchanteurs la palme respectée,
Arme de traits aigus sa tige ensanglantée,
Et déchire la main qui l'ose conquérir.
Malheur à l'imprudent, qui, fier de la cueillir,
Affrontant les écueils semés dans la carrière,
De la lice des arts a franchi la barrière.
La satire cruelle, au sourire moqueur,
Attachée à ses pas, insulte à sa lenteur.
S'il tombe, la barbare, en sa perfide joie,
De traits empoisonnés court accabler sa proie;

Et de son fiel amer, l'abreuvant à loisir
Se fait de ses tourments le plus affreux plaisir ;
Mais, si d'un vol heureux, s'élançant vers la g'oire,
Il saisit dans ses mains le prix de la victoire,
Si de la renommée il entend le clairon
Proclamer son triomphe et publier son nom,
Dès lors, plus de repos ; la triste jalousie
Flétrira sur son front les lauriers du génie,
Et l'assiégeant partout d'un cri persécuteur,
Lui vendra ses succès au prix de son bonheur.
Je sais que le grand homme, aux bornes de sa vie,
Voit mourir à ses pieds les serpents de l'envie,
Et que, hâtant le cours de la postérité,
Le trépas le consacre à l'immortalité.
Mais qu'importe, la gloire à son ombre insensible ?
De l'asile des morts, perçant la nuit terrible,
De ce jour pâlissant les rayons sans vigueur
Vont-ils frapper ses yeux ou réchauffer son cœur ?
Non, ce stérile éclat, cette gloire tardive
Luit en vain sur le marbre où sa cendre est captive.

DE LA MODESTIE.

A M. Bouxin.

Feriunt summos fulmina montes.

La modestie est quelque chose de plus que l'a-
mour de l'obscurité ; elle n'est pas toujours une
preuve de mérite, mais elle le fait supposer.

Un homme qui a de la vertu, sait mieux qu'un autre ce qui lui en coûte d'efforts et de sacrifices pour demeurer vertueux; il n'est pas vain d'un avantage qu'à chaque instant il craint de perdre.

Un homme qui a de la science, sait aussi, mieux qu'un autre, combien sont bornées les connaissances humaines; à mesure qu'il s'instruit, il a plus de raison de se croire ignorant; et il en vient enfin à dire, comme Socrate : Je ne sais qu'une seule chose, c'est que je ne sais rien.

Les grands hommes sont encore modestes par une autre raison; ceux d'entre eux qui se sont fait un nom dans les lettres ou dans les arts, à la guerre, ou dans le gouvernement d'un état, parlent avec simplicité de leurs ouvrages ou de leurs actions, précisément parce qu'ils sont des hommes supérieurs, et que les grandes choses étant dans leur nature, ne leur paraissent pas devoir exciter l'étonnement.

L'histoire confirme nos assertions.

Anne d'Autriche reprochait un jour à Turenne d'avoir laissé échapper le prince de Condé. « Pourquoi, dit-elle, ne l'avez-vous pas pris? — C'est que j'avais peur, répondit le maréchal avec simplicité, qu'il ne me prît moi-même. »

Condé, en racontant ses campagnes, disait : Je *fuyais* aussi naturellement que nous les *battîmes*.

« Pourquoi, disait un père à son fils, ne parlez-vous jamais devant des gens instruits? — J'ai peur, dit le fils, que si je parle de ce que je sais, ils ne me parlent de ce que j'ignore. »

Crillon disait : Je fus brave un tel jour.

Il y a cette différence entre la modestie et l'humilité, qu'on est modeste devant les hommes et qu'on est humble devant Dieu.

RESPECT POUR L'INNOCENCE.

A M. Alexis de Tocqueville.

> La force du génie tient à la pureté du cœur.

Nous aimons naturellement ce qui nous présente ou nous rappelle l'image de l'innocence. Les Grecs et les Romains faisaient chanter les enfants dans leurs fêtes sacrées; notre religion donne à ses anges les traits de l'enfance, et ce sont de jeunes lévites vêtus de blanches tuniques, qu'elle fait agenouiller aux pieds des autels.

Ils connaissaient bien ce sentiment du cœur humain, ceux qui n'ayant pu, par eux-mêmes, ébranler la résolution de Caton, lui envoyèrent, par un petit enfant, l'épée qu'il demandait pour se tuer; ils supposaient à l'innocence le pouvoir d'attendrir, par son seul aspect, une âme stoïque qui résistait à tout le reste.

Quand le Christ enseigne aux hommes comment ils peuvent se faire aimer, il leur dit : Soyez semblables à de petits enfants. Ailleurs, il témoigne qu'il s'est véritablement revêtu de la nature humaine, par son amour pour l'enfance. « Laissez, dit-il, laissez venir à moi les petits enfants. » A ce trait on reconnaît le Dieu fait homme.

Les hommes témoignent de leur amour pour le bien, par la honte qu'ils ont de mal faire. Le méchant qui frappe sa victime, lui prête toujours des torts pour excuser sa méchanceté ; il calomnie pour échapper au reproche d'injustice.

L'homme est si bien convaincu des droits exclusifs de l'innocence, au respect et à l'amour, qu'il ne se donne jamais, lui-même, ni comme vicieux, ni comme criminel ; le brigand s'en prend à l'injustice de la société, du mal qu'il lui fait ; le tyran explique sa tyrannie, par l'indocilité de ses peuples ; la femme coupable, calomnie l'époux qu'elle trahit ; l'enfant ingrat accuse ses parents.

Pour qu'une passion nous abuse, il faut qu'elle se couvre, à nos yeux, d'un masque d'innocence.

Le secret de l'admiration qu'inspirent certains ouvrages, est dans l'innocence des personnages qu'ils mettent en scène. Voilà ce qui prête un si grand charme aux pastorales de *Paul et Virginie,* au roman du *Vicaire de Wakefield.*

Et à la pièce suivante :

L'ANGE ET L'ENFANT.

Un ange au radieux visage,
Penché sur le bord d'un berceau,
Semblait contempler son image,
Comme dans l'onde d'un ruisseau.

« Charmant enfant qui me ressemble,
» Disait-il, oh! viens avec moi!
» Viens, nous serons heureux ensemble,
» La terre est indigne de toi.

» Là, jamais entière allégresse,
» L'âme y souffre de ses plaisirs;
» Les cris de joie ont leur tristesse,
» Et les voluptés leurs soupirs.

» La crainte est de toutes les fêtes;
» Jamais un jour calme et serein,
» Du choc ténébreux des tempêtes
» N'a garanti le lendemain.

» Eh! quoi! les chagrins, les alarmes,
» Viendraient troubler ce front si pur!
» Et par l'amertume des larmes
» Se terniraient ces yeux d'azur!

» Non, non, dans les champs de l'espace,
» Avec moi tu vas t'envoler;
» La Providence te fait grâce
» Des jours que tu devais couler.

» Que personne dans ta demeure
» N'obscurcisse ses vêtements ;
» Qu'on accueille ta dernière heure
» Ainsi que tes premiers moments.

» Que les fronts y soient sans nuage,
» Que rien n'y révèle un tombeau ;
» Quand on est pur comme à ton âge,
» Le dernier jour est le plus beau. »

Et secouant ses blanches ailes,
L'ange, à ces mots, a pris l'essor
Vers les demeures éternelles ....
Pauvre mère !..... ton fils est mort !

JEAN REBOUL.

DE LA CHASTETÉ.

Ut lilium in valle.

La chasteté, suivant saint Ambroise, est une
exemption de toute souillure, une pureté morale d'action, de regard, ou même de pensée. Troublée par les
orages du cœur, si elle résiste, elle devient céleste.
Une âme chaste, dit saint Bernard, est par vertu, ce
que l'ange est par nature ; du reste, elle est si bien le
15.

caractère essentiel de l'âme et de la force intellectuelle, qu'il n'y a point d'homme qui n'en ait senti
les avantages pour les travaux de l'esprit.

La chasteté est le fil auquel tiennent toutes les
vertus d'une femme; quand ce fil est brisé, toutes
ses perles tombent. La chasteté doit être une vertu
délicieuse pour une belle femme qui a quelqu'élévation dans l'âme; l'estime universelle et la sienne
propre lui paient sans cesse par un tribut de gloire
ses combats de quelques instants; quand sa beauté
n'est plus, ses plaisirs restent encore; elle seule sait
jouir du passé.

C'est à la chasteté que tiennent la santé, la force,
le courage, la délicatesse du cœur, la vraie sensibilité et l'amour même; en un mot, toutes les vertus,
tous les biens de l'homme.

Une femme honnête porte, écrite sur son front,
l'honnêteté de son cœur; si, par-là, elle intimide les
hommages vulgaires, elle y gagne d'être plus respectée des honnêtes gens, dont le suffrage, à la longue,
fait l'opinion publique.

Les dénouements de l'*Odyssée,* de *Clarisse* et de
Paul et Virginie, ne sont d'une si admirable beauté,
que parce qu'ils répondent à la haute idée que se
font de la chasteté tous les hommes en général.

C'est à la chasteté que tient l'existence de la famille, le développement de chaque nation, le maintien de la grande société humaine : voilà pourquoi

les anciens avaient fait du feu qui représente la pureté, le symbole de l'Eternité.

Horace a dit avec raison :

Utcumque defecëre mores
De decorant bené nata culpæ.

Les Romains étaient sans doute bien persuadés
de cette vérité, quand ils vengeaient, par des révolutions, les outrages faits à deux femmes, Lucrèce et
Virginie ; quand l'immoralité d'un Tarquin et d'un
Appius leur paraissaient un plus grand crime que
leur tyrannie.

Rien ne prouve mieux le charme de l'innocence
que le dégoût profond que nous inspire le vice, qui
lui est contraire.

La pureté du cœur se reflète sur le visage et lui
donne son plus grand charme ; la vertu d'une femme
ajoute à sa beauté.

Il est remarquable que les chefs-d'œuvre de la
littérature ancienne et moderne soient consacrés
à l'éloge de cette vertu ; l'*Iliade* est le tableau des
malheurs causés aux Grecs et aux Troyens par l'a-
dultère d'Hélène ; l'action de l'Odyssée tient uniquement à la chasteté de Pénélope ; l'Hyppolite,
d'Euripide et de Racine, n'excitent que par elle
un si puissant intérêt.

Qu'est-ce que la Clarisse de Richardson, si ce

n'est une Epopée dont l'héroïne, défendue par la
seule chasteté, soutient une lutte sublime contre
toutes les séductions du rang, de la fortune, de la
beauté, de l'esprit et de l'amour.

Boileau a dit, en parlant de l'amour :

> De cette passion, la sensible peinture,
> Est pour aller au cœur la route la plus sûre.

Boileau a dit vrai ; mais, ce qui ne l'est pas moins,
c'est qu'il n'y a d'intéressant que l'amour chaste.
· Quel autre sentiment que celui de la chasteté
anime l'OEdipe roi, de Sophocle ; la Pauline, de
Corneille ; l'Andromaque, de Racine ; la Zénobie,
de Crébillon.

DE LA PUDEUR.

A Madame Clara V.

> *Nec amissâ pudicitiâ,*
> *Mulier, cœtera abnuerit.*

Un passage du roman de *Paul et Virginie*, nous
révèle tout ce qu'il y a d'incomparable beauté et en
même temps de sublime puissance dans ce sentiment.

Quand la vive image du péril saisit tous les matelots et tous les passagers du Saint-Géran ; quand,

au bruit de la tempête, dans la confusion d'un affreux désordre, et, à la vue de la mort, tous ces infortunés doivent n'avoir et n'ont en effet qu'une seule pensée, celle de se sauver, un sentiment plus cher que l'amour de la vie domine la terreur, dans l'âme de Virginie, et lui fait refuser un moyen assuré de salut; ni la vue du rivage où tant de bras sont tendus vers elle, ni la vue de Paul, dont l'amour lui rendrait la vie si douce, ni la pensée de sa mère, rien ne peut triompher de son héroïque résistance.

La pudeur, a dit un poëte, est la plus belle des craintes après celle de Dieu.

Comme le blanc et le pourpre se fondent délicieusement sur la joue d'un enfant et dans une belle rose, ainsi la pudeur est un heureux mélange de sentiments exquis dans une âme délicate.

La pudeur suppose l'innocence, mais elle tient pourtant aussi à cette science du bien et du mal que nous donne le progrès de la raison.

Elle résulte d'un combat entre l'instinct grossier des sens et la chaste pensée de l'âme qui veut les dominer; voilà pourquoi les périphrases, les demi-mots, les réticences se retrouvent si souvent dans le langage de l'amour; voilà pourquoi aussi la pudeur est inconnue de l'enfance, qui n'a point encore de sens, et de la vieillesse, qui n'en a plus.

Le coloris de la pudeur n'est point seulement un

charme du visage, il est aussi l'indice d'une beauté morale; Dieu l'a placé comme en évidence sur le front et sur la joue de la jeune fille, afin que celle-ci eût tout à la fois un moyen de charmer le regard, de toucher le cœur et de se faire respecter.

Les hommes, en choisissant tout ce qu'il y a de plus gracieux dans la nature pour en faire le symbole de la pudeur, ont montré l'estime qu'ils faisaient de cette vertu; les femmes même, qui ont perdu leurs mœurs, conservent encore instinctivement le sentiment de la pudeur; la nature est en elles plus forte que leur volonté dépravée.

La pudeur est regardée comme si essentielle à la beauté, que les femmes qui n'en ont plus le sentiment, en empruntent du moins les roses.

La pudeur est tout ensemble un instinct de la nature, un sentiment du cœur et un conseil de la raison.

Comme instinct, elle se retrouve dans tous les pays et dans tous les âges, chez les peuples civilisés et aux époques d'ignorance. Ainsi, Rebecca, à la vue d'Isaac, qui lui est destiné pour époux, se hâte de baisser son voile; ainsi Polyxène, en présentant sa tête aux coups du victimaire, range ses vêtements pour tomber avec décence aux yeux des Grecs spectateurs de sa mort.

Comme sentiment, la pudeur est plus délicate en des temps d'innocence et de moralité, ou sous

l'empire de la religion ; ainsi la pudeur d'une vierge
chrétienne sera plus craintive encore que celle d'une
autre femme ; ainsi, Virginie, dans la pastorale de
ce nom, fera un sacrifice que n'eût pas fait une
Romaine.

S'il n'y a point d'honnêteté sans intelligence, il
s'ensuit que la pudeur elle-même a besoin d'être
éclairée pour exercer sur le cœur tout son empire.

DE LA PATIENCE.

A M. Derodé Géruzez.

Homo sum, humani nihil à me alienum puto.

La patience tient au physique de l'homme, parce
qu'elle est, de toutes les vertus, celle dont la pratique nous fatigue le plus.

Le mot de *patience* vient d'un mot latin qui
signifie *souffrir,* et non seulement la patience est une
douleur, mais elle est une douleur prolongée ; elle
est donc une vertu d'une pratique difficile, car nous
répugnons à la douleur de toute la force d'une invincible nature.

Il y a d'autant plus de mérite dans la patience,
qu'on ne peut en montrer envers quelqu'un sans

lui donner la tentation d'en abuser; on se hâte de
demander plus à ceux qui accordent davantage, on
ose plus avec ceux qui ne résistent point, on ménage moins ceux dont on n'a rien à craindre.

Nous pouvons être patients par caractère, par
principes et par habitude de souffrir, cela est vrai;
mais tous les caractères ne sont pas trempés avec
une égale force; mais la raison ne parle ni à tous ni
toujours; mais le temps, qui émousse la sensibilité,
diminue encore plus vite les forces du corps et celles
de l'âme : la patience est donc, à tout prendre, une
admirable vertu.

Les Socrate, les Plutarque, les Épictète et les
Senèque ont dit, sur la patience, des choses admirables sans doute; mais ces belles choses néanmoins
nous laissent froids, et sont oubliées quand il s'agit
de les appliquer.

Nestor recommandant la modération au fils d'A-
trée, Phénix conjurant Achille d'oublier son injure,
Ulysse consolant Hécube de la mort de Polyxène,
ne manquent point d'éloquence, mais ils ne disent
rien qui échauffe l'âme et la remue profondément;
ils ne donnent aux passions qu'ils attaquent aucune
raison décisive de céder à leurs discours.

« Mortel, ne garde point une haine immortelle.
D'autres hommes ont souffert avant vous et comme
vous; imitez les prières, filles de Jupiter, qui suivent d'un pied boiteux, l'injure au front altier, et

qui, parcourant la terre sur ses traces, s'en vont, réparant les maux qu'elle a faits. Ou bien : le pouvoir de la destinée est invincible; quand la nécessité terrible appuie sur notre poitrine sa main de bronze, il faut céder. Voilà tous leurs moyens de consolation ; ils n'ont ni remèdes pour le présent ni promesses pour l'avenir; la religion du Christ est seule habile à fortifier les âmes contre la douleur; elle seule a des menaces capables d'arrêter la vengeance; elle seule connaît des paroles qui enchantent les plus cruelles douleurs; elle seule a des prix pour les âmes d'élite, qui sont, comme dit Bossuet, douces envers le malheur, et même envers la mort.

» Que peut dire un athée aux plaintes d'un Lazare couvert d'ulcères? d'une Rachel qui pleure ses enfants; d'un larron attaché à une croix? d'une Magdelaine que le monde repousse? rien autre chose que ces mots : souffrir est la loi commune, soumettez-vous à la nécessité; oh! bien différent est le langage de l'Evangile, qui promet à Lazare une place dans le sein d'Abraham ; au larron repentant, le royaume des Cieux ; qui dit à Rachel : un Ange vous attend dans le Ciel; à la pécheresse pleurant sa faute : il vous sera beaucoup pardonné, parce que vous avez beaucoup aimé.

» Comme le pauvre laboureur, au déclin du jour, quitte les champs, regagne sa chaumière, et assis devant sa porte, oublie ses fatigues en regardant le

Ciel; ainsi, quand arrive le soir de la vie, le chrétien mourant regagne, avec joie, la maison paternelle, et assis près de sa tombe comme au seuil
d'un monde meilleur, il oublie les travaux de l'exil,
dans les célestes visions de l'éternité. Voilà quelles
sont les consolations de la religion. »

Il peut être curieux de comparer un philosophe
et un religieux exhortant, à la patience, le même
infortuné. Jean-Jacques, par exemple :

LE PHILOSOPHE.

Vous vous exagérez singulièrement l'effet que
vous croyez produire ; vous êtes, sans doute, un
homme fort distingué, mais comme chacun de nous
a pourtant ses affaires et même ses idées à soi, un
livre ne remplit pas toute les têtes ; l'événement de
la guerre et de la paix, et même de moindres intérêts, mais qui nous touchent personnellement, nous
occupent beaucoup plus qu'un écrivain quelque célèbre qu'il puisse être; on vous a exilé, il vrai, mais
tous les pays doivent être égaux à un philosophe
comme vous; et à quoi serviraient donc la morale et
la religion que vous développez si bien dans vos
écrits, si vous ne saviez pas supporter les revers qui
vous ont atteint! sans doute quelques personnes vous
envient parmi vos confrères les hommes de lettres;
mais cela ne peut s'étendre aux autres classes de la

société, qui s'embarrassent fort peu de la littérature; d'ailleurs, si la célébrité vous importune, rien de si facile que d'y échapper; n'écrivez plus, au bout de peu d'années, on vous oubliera, et vous serez aussi tranquille que si vous n'aviez rien publié. Vous dites que vos amis vous tendent des piéges, en faisant semblant de vous rendre service; d'abord, n'est-il pas possible qu'il y ait une légère nuance d'exagération romanesque dans votre manière de juger vos relations personnelles? il faut une belle imagination pour composer un roman tel que le vôtre; mais un peu de raison est nécessaire dans les affaires d'ici-bas, et quand on le veut bien, on voit les choses telles qu'elles sont. Si pourtant vos amis vous trompent, il faut rompre avec eux, et vous seriez bien insensé de vous en affliger; car si vos soupçons sont fondés, vous ne devez pas regretter de tels amis.

LE RELIGIEUX.

Mon fils, je ne connais pas le monde, et j'ignore s'il est vrai qu'on vous y veuille du mal; mais si cela était ainsi, vous auriez cela de commun avec tous les bons qui, cependant, ont pardonné à leurs ennemis; car Jésus-Christ et Socrate, le Dieu et l'homme, en ont donné l'exemple; il faut que les passions haineuses existent ici-bas, pour que l'épreuve des justes soit accomplie; vous avez reçu du

Ciel des dons admirables; s'ils vous ont servi à faire
aimer ce qui est bon, n'avez-vous pas joui du bonheur
d'avoir été un soldat de la vérité sur la terre! si vous
avez attendri les cœurs par une éloquence entraî-
nante, vous obtiendrez, pour vous, quelques-unes
des larmes que vous avez fait couler.

Vous avez des ennemis près de vous, mais des
amis au loin, parmi des solitaires qui vous lisent; vous
avez consolé des infortunés mieux que vous ne pourriez vous consoler vous-même. Que n'ai-je votre
talent pour me faire entendre de vous. C'est une
belle chose que le talent, c'est une émotion divine
que celle qu'inspire l'éloquence, et si vous n'en
avez point abusé, sachez supporter l'envie; car une
telle supériorité vaut bien la peine qu'elle fait
éprouver. Remerciez Dieu, de qui vous tenez le
charme de ces paroles faites pour enchanter l'imagination des hommes; mais ne soyez fier que du
sentiment qui vous les dicte; ne mêlez point, à vos
peines, l'orgueil, qui leur donne de l'amertume; tout
s'apaisera pour vous, dans la vie, si vous restez toujours religieusement bon; les méchants même se
lassent de faire le mal; et puis, Dieu n'est-il pas là
pour avoir soin du passereau qui tombe, et du cœur
de l'homme qui souffre? Vous dites que vos amis
veulent vous trahir, prenez garde de les accuser in-
justement; malheur à celui qui repousse une affection véritable; car ce sont les anges du Ciel qui

l'envoient; vous seriez coupable si vous méconnaissiez une amitié sincère; car la beauté de l'âme consiste dans la généreuse confiance, et la prudence humaine est figurée par un serpent.

Mon fils, il faut prier, quand on est trompé dans ses affections; il faut prier, car, alors, on n'est pas seul. Vivez avec vos chagrins, comme avec vos plaisirs, en les contemplant comme des images, tantôt sombres, tantôt brillantes, que le vent fait disparaître; et soit que la mort vous ait ravi vos amis, soit que l'envie, plus cruelle encore, ait déchiré vos liens avec eux, vous apercevrez, dans les étoiles, leurs images divinisées; ils vous apparaîtront tels que vous les verrez un jour.   De Stael.

La différence de ces deux langages est si visible, que nous croyons inutile de la faire remarquer.

C'est la même religion qui a dicté les paroles qui suivent, et qui vont à l'âme par une voie si douce :

« Cétait une nuit d'hiver, le vent soufflait au dehors, et la neige blanchissait les toits.

» Sous un de ces toits, dans une chambre étroite, étaient assises, travaillant de leurs mains, une femme à cheveux blancs et une jeune fille.

» Et de temps en temps, la vieille femme réchauffait, à un petit brasier, ses mains pâles; une lampe d'argile éclairait cette pauvre demeure, et un rayon de la lampe venait expirer sur une image de la Vierge suspendue au mur.

» Et la jeune fille, levant les yeux, regarda, en silence, pendant quelque temps, la femme à cheveux
blancs, puis elle lui dit : « Ma mère, vous n'avez
pas toujours été dans ce dénuement. »

» Et il y avait, dans sa voix, une douceur et une
tendresse inexprimable.

» Et la femme à cheveux blancs répondit : « Ma
fille, Dieu est le maître, et ce qu'il fait est bien
fait. »

» Ayant dit ces mots, elle se tut un peu de temps;
ensuite elle reprit :

« Quand je perdis votre père, ce fut une douleur
que je crus sans consolation; cependant, vous me
restiez... Mais je ne sentais qu'une chose, alors.

» Depuis, j'ai pensé que s'il vivait et qu'il nous vît
dans cette détresse, son cœur se briserait, et j'ai
reconnu que Dieu avait été bon envers lui.

» La jeune fille ne répondit rien, mais elle baissa
la tête, et quelques larmes, qu'elle s'efforçait de cacher, tombèrent sur la toile qu'elle tenait entre ses
mains.

» La mère ajouta : Dieu, qui a été bon envers lui,
a été bon aussi envers nous. De quoi avons-nous
manqué, tandis que tant d'autres manquent de tout.

» Il est vrai qu'il a fallu nous habituer à peu, et
ce peu, le gagner par notre travail ; mais ce peu, ne
suffît-il pas? et tous n'ont-ils pas été, dès le commencement, condamnés à vivre de leur travail?

» Dieu, dans sa bonté, nous a donné le pain de chaque jour, et combien ne l'ont pas? un abri, et combien ne savent où se retirer?

» Il vous a, ma fille, donnée à moi, de quoi me plaindrais-je?

» A ces dernières paroles, la jeune fille, toute émue, tomba aux genoux de sa mère, prit ses mains, les baisa, et se pencha sur son sein, en pleurant.

» Et la mère : Après Dieu, vous m'êtes tout en ce monde; mais ce monde s'évanouit comme un songe, et c'est pourquoi mon amour s'élève, avec vous, vers un autre monde.

» Lorsque je vous portais dans mon sein, un jour je priai, avec plus d'ardeur, la Vierge Marie, et elle m'apparut pendant mon sommeil, et il me semblait, qu'avec un sourire céleste, elle me présentait un petit enfant.

» Et je pris l'enfant qu'elle me présentait, et lorsque je le tins dans mes bras, la Vierge Marie posa sur sa tête une couronne de roses blanches. Peu de mois après vous naquîtes, et la douce vision était toujours devant mes yeux.

» Ce disant, la femme aux cheveux blancs tressaillit et serra, sur son cœur, la jeune fille. A quelque temps de là, une âme sainte vit deux formes lumineuses monter vers le Ciel, et une troupe d'anges les accompagnait, et l'air retentissait de leurs chants d'allégresse. »

Un pauvre derviche, pieds nus, faute de souliers, faisait le pèlerinage de la Mecque, maudissant son sort, et accusant le Ciel de cruauté. Arrivé à la porte de la grande mosquée de Coufa, il aperçoit un pauvre qui avait les pieds coupés, et à la vue d'un malheur plus grand que le sien, il se résigna à supporter le sien avec plus de patience.

DE L'AMOUR DU TRAVAIL.

A M. Béon.

Sudavit et alsit.

Nous aimons le travail, parce que nous nous aimons nous-mêmes ; il nous plaît, parce qu'il nous donne, ou du moins nous promet la fortune, le crédit, le pouvoir, les honneurs et la gloire; c'est-à-dire, tous les avantages auxquels nous attachons du prix.

D'autres raisons nous font aimer le travail :

Au physique, il est un gage de santé, de force et de plaisir;

Au moral, il nous sauve des tentations qui assiégent l'oisiveté;

Sous le rapport intellectuel, nous lui devons nos connaissances, nos lumières et notre civilisation;

Ce n'est pas tout ; après avoir travaillé par intérêt, par raison et par devoir, nous arrivons à tra-
vailler par habitude; et enfin, par goût.

Le travail étant nécessaire au maintien de la société, la Providence a dû en faire la source des plus
grands avantages, et ne pas compter uniquement
sur la raison de l'homme pour le lui faire aimer.

Les heureux effets de l'amour du travail sont re-
tracés dans le poëme *des Travaux et des Jours*
d'Hésiode, dans les *Géorgiques* de Virgile, dans
l'Homme des Champs de Delille, qui sont trop
connus pour être cités.

DE LA TEMPÉRANCE.

A M. Petizon.

> Rien de trop.
>
> PYTHAGORE.

La tempérance est une de ces vertus dont l'éloge
ou le langage ne comporte point le pathétique.

Voltaire l'a jugée avec la raison d'un philosophe
et le génie d'un poëte :

Les plaisirs sont des fleurs que notre divin Maître,
Dans les ronces du monde, autour de nous fait naître ;
Chacun a sa saison, et par des soins prudents,
On peut en conserver dans l'hiver de ses ans;

Mais s'il faut les cueillir, c'est d'une main légère ;
On flétrit aisément leur beauté passagère.
N'offrez pas à vos sens, de mollesse accablés,
Tous les parfums de Flore à la fois exhalés ;
Il ne faut point tout voir, tout sentir, tout entendre,
Quittons les voluptés pour savoir les reprendre ;
Le travail est souvent le père du plaisir,
Je plains l'homme accablé du poids de son loisir.
Le bonheur est un bien que nous vend la nature,
Il n'est point ici-bas de moisson sans culture ;
Tout veut des soins, du temps, et tout est acheté.

DE L'ESPÉRANCE.

A M. de Maizières.

> Primò avulso non deficit alter
> aureus.

Chateaubriand nous a donné une admirable définition de l'espérance dans le passage suivant :

« Il est dans le Ciel une puissance divine, compagne assidue de la religion et de la vertu ; elle nous
aide à supporter la vie, s'embarque avec nous pour
nous montrer le port dans la tempête ; également
douce et secourable aux voyageurs célèbres et aux
passagers inconnus. Quoique ses yeux soient couverts d'un bandeau, ses regards pénètrent l'avenir ;
quelquefois elle tient des fleurs naissantes dans sa

main, quelquefois une coupe d'une liqueur enchanteresse ; rien n'approche du charme de sa voix, de la grâce de son sourire. Plus on approche du tombeau, plus elle se montre pure et brillante aux mortels consolés. La Foi et la Charité lui disent *ma sœur*, et elle se nomme *l'Espérance*. »

L'espérance et la foi ont un caractère commun de confiance ; mais sous d'autres rapports elles diffèrent l'une de l'autre.

Le principe de la foi est hors de nous ; celui de l'espérance, au contraire, est en nous-mêmes.

La foi est un point d'appui, et on a eu raison de lui donner une ancre pour symbole. L'espérance est un mouvement de l'âme vers un but quelconque, et c'est pour cela qu'on a dû la représenter avec des ailes.

Dans l'ordre des idées religieuses, l'espérance est une vertu et un mérite, parce qu'elle implique le dédain des biens de la terre et le désir des biens du Ciel.

Dans l'ordre des idées purement humaines, l'espérance est un principe d'activité, une cause d'efforts, un adoucissement aux peines présentes.

Voltaire, dans les vers suivants, nous a dépeint l'espérance :

Du Dieu qui nous créa, la clémence infinie,
Pour adoucir les maux de cette courte vie,

A placé parmi nous deux êtres bienfaisants,
De la terre à jamais aimables habitants,
Soutiens dans les travaux, trésors dans l'indigence
L'un est le doux sommeil, et l'autre l'espérance.

Le sommeil nous enlève par l'oubli aux souffrances du présent; et l'espérance, par ses illusions, nous donne les joies d'un meilleur avenir.

Otez l'espérance aux hommes, à l'instant vous les verrez frappés d'inertie; ôtez l'espérance de dessus la terre, à l'instant vous cesserez d'y voir le mouvement, le travail, le dévouement et les sacrifices; du moment que le savant, dans ses recherches, le voyageur dans ses courses, le guerrier dans les combats, l'homme des champs dans ses labeurs, ne seront pas soutenus par l'espérance du prix dû à leurs efforts, ils rentreront dans leur repos; du moment que, pour le pauvre, pour l'infirme, pour l'exilé, pour le captif, il n'y aura plus l'espoir d'un meilleur avenir; du moment que, pour l'honneur outragé, pour le mérite méconnu, pour l'innocence calomniée, il n'y aura plus l'espoir d'une réparation, un immense cri de douleur s'élèvera de tous les points de la terre.

Un poëte a montré comment les premiers jours de la vie sont enchantés par l'espérance.

Cette première aurore,
Ce réveil incertain d'une âme qui s'ignore,

Cet espace infini, s'ouvrant devant les yeux,
Ce long regard de l'homme, interrogeant les cieux,
Ce vague enchantement, ce torrent d'espérance,
Eblouissent les yeux au seuil de l'existence.
Salut, riant séjour où le temps m'a jeté,
Globe, témoin futur de ma félicité,
Salut, sacré flambeau qui nourris la nature !
Soleil, premier amour de toute créature !
Vastes cieux, qui cachez le Dieu qui vous a faits,
Terre, berceau de l'homme, admirable palais,
Salut !

Voici un tableau des effets moraux de l'espérance dans un âge plus avancé.

Le chasseur songe dans les bois
A ses filles sur l'herbe assises,
Et dans l'ombre croit voir parfois
Danser des formes indécises.

Le soldat pense à ses destins,
Tout en veillant sur les empires,
Et dans ses présages lointains
Entrevoit de vagues sourires.

Regarde, puis regarde encor,
Comme la vierge, fille d'Eve,
Jette en courant dans les blés d'or,
La chanson qui contient son rêve.

Vois sur l'onde les matelots,
Implorant la terre embaumée,
Lassés de l'écume des flots,
Ils demandent une fumée.

Se rappelant quand le flot noir
Bat les flancs plaintifs du navire,
Le hameau si joyeux le soir,
Les arbres pleins d'éclats de rire.

VICTOR HUGO.

L'espérance, dans l'homme, ne tient point à sa raison; elle n'est point fondée sur une appréciation juste de sa position, sur une volonté forte d'en tirer parti, sur un calcul exact des chances de l'avenir, toutes bases qui sont chancelantes et qui varient pour chacun; elle est fondée sur ce qu'il y a au monde de plus indestructible, sur l'instinct.

« La nature, dit Buffon, a rendu ce sentiment plus fort que la raison; un malade, dont le mal est incurable, qui peut juger son état par des exemples frappants et familiers, qui en est averti par les mouvements inquiets de sa famille, par les larmes de ses amis, par la contenance ou l'abandon des médecins, n'en est pas plus convaincu qu'il touche à sa dernière heure; il dit bien qu'il n'en peut revenir, qu'il est près d'expirer; mais examinez ce qui se passe sur son visage, lorsque par zèle, ou par indiscrétion, quelqu'un vient à lui annoncer que sa fin est prochaine, vous le verrez changer comme celui d'un homme à qui on annonce une nouvelle imprévue; jusqu'au dernier moment, il craint moins qu'il n'espère. »

L'homme va plus loin; il tire du sentiment même

de ses maux un motif d'espérance, comme a fait Milton.

Mais alors même qu'elle a un caractère purement humain, alors même qu'elle se rapporte seulement aux choses de la terre, l'espérance n'a de force et de puissance que par la religion; l'espérance du laboureur qui attend la moisson; l'espérance du matelot qui attend la fin des tempêtes; l'espérance du pauvre qui attend son pain de chaque jour, ont toutes une base commune, l'idée d'un Dieu bon, l'idée d'un Dieu immuable dans les lois qu'il donne à la nature; en un mot, elles ont toutes pour principe, la religion.

Dans toutes les conditions de la vie, la religion donne au malheur des motifs particuliers d'espérance; elle seule peut dire aux infortunés : heureux ceux qui pleurent, parce qu'ils seront consolés. Elle seule peut dire aux pauvres Lazares : vous reposerez un jour dans le sein d'Abraham. Elle seule peut dire au coupable repentant : vos péchés vous sont remis. Elle seule peut dire au captif : vous avez un Rédempteur. Elle seule peut dire aux orphelins : votre père est dans les cieux. Elle seule enfin peut dire aux mourants : la mort n'est qu'un passage de cette vallée à un meilleur monde.

Cette dernière idée est heureusement rendue dans les vers suivants, qui sont mis dans la bouche d'un chrétien qui va mourir.

Je te salue ô mort, libérateur céleste,
Tu ne m'apparais point sous cet aspect funeste
Que t'a prêté longtemps l'épouvante et l'erreur;
Ton bras n'est point armé d'un glaive destructeur.
Ton front n'est point cruel, ton œil n'est point perfide,
Au secours des douleurs un Dieu clément te guide;
Tu n'anéantis pas, tu délivres; ta main,
Céleste messager, porte un flambeau divin.
Quand mon œil fatigué se ferme à la lumière,
Tu viens d'un jour plus pur inonder ma paupière,
Et l'espoir, près de toi, rêvant sur un tombeau,
Appuyé sur la foi, m'ouvre un monde plus beau.

Le morceau suivant nous dépeint, mieux encore, quel est, en nous, l'indestructible instinct de l'espérance :

Souvent, las d'être esclave et de boire la lie
De ce calice amer que l'on nomme la vie,
Las du mépris des sots, qui suit la pauvreté,
Je regarde la tombe, asile souhaité,
Je souris à la mort volontaire et prochaine,
Je me prie, en pleurant, d'oser rompre ma chaîne;
Le fer libérateur qui percerait mon sein
Déjà frappe mes yeux et frémit sous ma main;
Et puis mon cœur s'écoute et s'ouvre à la faiblesse;
Mes parents, mes amis, l'avenir, ma jeunesse,
Mes écrits imparfaits; car à ses propres yeux
L'homme sait se cacher d'un voile spécieux.
A quelque noir destin qu'elle soit asservie,
D'une étreinte invincible il embrasse la vie,
Et va chercher bien loin, plutôt que de mourir,
Quelque prétexte ami pour vivre et pour souffrir;

Il a souffert, il souffre, aveugle d'espérance,
Il se traine au tombeau de souffrance en souffrance,
Et la mort, de nos maux, ce remède si doux,
Lui semble un nouveau mal, le plus cruel de tous.

DE LA CHARITÉ.

A M. Gustave de Beaumont.

> On fait plus de bien avec son cœur
> qu'avec sa bourse.

L'humanité des païens ne dépassait guère les frontières de leur pays; leurs seuls compatriotes étaient, pour eux, des hommes, les autres étaient des barbares. La maxime de Térence, *homo sum humani nihil à me alienum puto,* était pour eux une maxime sans application.

L'humanité antique n'avait rien, non plus, de cette bonté affectueuse qui double le prix des bienfaits, parce qu'elle permet, à celui qu'on oblige, de penser qu'on l'oblige pour lui-même.

Enfin, elle ne s'étendait ni à toutes les misères, ni à toutes les douleurs.

Mais la charité chrétienne embrasse tous les hommes, s'étend à tous les besoins, et donne, non seulement de la main, mais du cœur; par sa croyance

à la communion des saints, elle unit, par une chaîne
d'or, le ciel à la terre, et la terre aux limbes.

Elle a des soins pour ceux qui vivent; des prières
pour ceux qui ne sont plus; des alarmes pour ceux
qui doivent naître; de la pitié pour les infirmités de
la vieillesse; des larmes pour les faiblesses du jeune
âge; les misères du cœur, les égarements de la raison, les souffrances du corps, attirent tous ensemble son attention; au malade, elle envoie ces vierges
dont la douce voix enchante les douleurs; au pauvre
sauvage, les missionnaires qui les éclairent; elle a
ses bons pasteurs, qui vont à la recherche des brebis
égarées; ses guides du voyageur, qui font sentinelle
sur la montagne; ses pères du désert, qui défrichent
les terres incultes; ses hommes de miséricorde qui
vont au loin racheter les captifs, ou panser les blessés sur les champs de bataille, ou recueillir, au
fond des cachots, les adieux de ceux qui vont mourir. La bienfaisance est, sans doute, une admirable
vertu, mais elle ne fait aucun bien que la charité
ne puisse faire, et la charité en fait beaucoup que
l'humanité n'a jamais fait; la religion va bien loin
dans sa charité, puisqu'elle l'étend au crime même;
c'est elle qui dit au chrétien :

Ah! de tous les malheurs, le crime est le plus grand,
Le crime dont l'aspect t'irrite et t'importune,
A besoin de pitié plus qu'une autre infortune.

Nous sommes humains par sympathie, bienfaisants par devoir et charitables par religion; cela suffit pour faire voir que la charité est la plus étendue, la plus délicate et la plus désintéressée des affections, et qu'elle a nécessairement la pureté et la force de son principe, qui est l'amour de Dieu.

Dans l'ordre des idées religieuses, tous les hommes sont enfants de Dieu et membres de la même famille; ils ont été rachetés du même sang et ils sont appelés au même bonheur; ils ont tous, enfin, une âme également précieuse. Il n'y a donc que la religion qui nous apprenne à les aimer autant qu'ils le méritent. Un brame, qui se croit d'une nature supérieure à celle du Paria; un athée qui ne voit dans ses pareils que des animaux mieux organisés que les autres, ne peuvent avoir de charité pour ceux qu'ils méprisent.

« La charité, dit Chateaubriand, est une sorte de bienfaisance plus sublime que l'on doit au Christianisme; et le peu d'humanité qu'on remarque chez les anciens, ils le devaient eux-mêmes à leur culte; l'hospitalité, le respect pour les suppliants et pour les malheureux, tenaient à des idées religieuses. Pour que le misérable trouvât quelque pitié sur la terre, il fallait que Jupiter se déclarât son protecteur, tant l'homme est féroce sans religion. »

Jésus-Christ a fait de la charité l'obligation en quelque sorte unique du Christianisme. « Celui, dit-il, qui aime son prochain comme lui-même a accompli la loi. Aimez-vous les uns les autres comme je vous ai aimés, » a été sa dernière parole à ses disciples. L'exemple chez lui se joignait aux préceptes. Toutes ses œuvres ont été des œuvres de charité pour les autres, *pertransiit benefaciendo;* il a passé sur la terre en faisant le bien; il n'a fait des miracles ni pour frapper l'imagination, ni pour inspirer l'effroi; il les a faits pour rendre un fils unique à la veuve de Naïm, pour rendre la vue aux aveugles, l'ouïe aux sourds, le mouvement aux paralytiques et la santé aux malades; il a mis sa puissance au service de sa bonté; il a été, avant tout, le Dieu des miséricordes, le Dieu Sauveur, le Dieu de la charité.

Après la religion, ce qui nous dispose le plus à la charité, c'est le malheur.

« Les grands, dit La Bruyère, se piquent d'ouvrir une allée dans une forêt, de soutenir des terres par de longues murailles, de dorer leurs plafonds, de faire venir dix pouces d'eau, de meubler une orangerie; mais de rendre un cœur content, de combler une âme de joie, de prévenir d'extrêmes besoins ou d'y remédier, leur générosité ne s'étend pas jusque-là. »

AMOUR DE LA VERTU.

A M. Michelet, Professeur d'Histoire et de Morale au Collège de France.

> Les anciens avaient des maîtres de justice,
> de courage, de tempérance, comme aujour-
> d'hui on a des maîtres de littérature, de phi-
> losophie et de calcul.

La vertu est l'accomplissement des devoirs que la morale nous impose.

Nous avons une raison qui nous la montre, un cœur qui nous y porte, et une volonté pour choisir entre elle et le vice.

Mais, d'un autre côté, notre raison ayant ses ténèbres et notre volonté ses faiblesses, il nous arrive souvent de méconnaître nos devoirs ou de les trahir, et c'est précisément pour cette raison que la vertu est, pour nous, un mérite.

« La vertu, a dit un philosophe, n'appartient qu'à un être faible par la nature, et fort par sa volonté. »

Le principe de la vertu est dans la nature même de l'homme, que Dieu a fait à son image; nous aimons naturellement la vertu, par cela seul que notre âme est une émanation de la divinité, et qu'elle participe du principe dont elle est sortie.

Cet amour de la vertu est même, en nous, un sentiment indestructible et qui se manifeste, par le remords, jusque dans les âmes les plus dépravées.

Toutefois, il n'est pas la vertu même; et pour

être vertueux, il faut, tout à la fois, aimer le bien
et le pratiquer.

« Il n'est pas si facile qu'on pense, dit Rousseau,
de renoncer à la vertu ; elle tourmente longtemps
ceux qui l'abandonnent ; et ses charmes, qui font
les délices des âmes pures, font le premier supplice du méchant qui les aime encore et n'en saurait plus jouir. »

Enfin, la vertu est si nécessaire à nos cœurs, que
quand une fois on a abandonné la véritable, on
s'en fait ensuite une à sa mode, comme on remplace les croyances de la religion par la supersti-
tion, et l'observation des devoirs de la morale par
les pratiques d'une dévotion minutieuse.

Considérée dans ses rapports avec l'intérêt de
l'homme, la vertu est le meilleur des calculs. « Rien
n'est plus adroit, disait une reine, qu'une conduite irréprochable. » Et d'ailleurs, si les sacrifices
à la vertu coûtent souvent à faire, il est toujours
doux de les avoir faits, et l'on n'a jamais vu personne se repentir d'une bonne action.

Considérée sous le point de vue social, la vertu
est la base même de la société. Les lois civiles, les
lois politiques ont leur meilleur appui dans les lois
morales et religieuses, qui seules, d'ailleurs, embrassent toutes les positions, tous les intérêts, tous
les rapports, qui règlent les pensées et les sentiments, comme les actions.

AMOUR DE DIEU.

A M. de Chateaubriand.

À l'homme qui a la plus belle et la moins contestée
des royautés contemporaines.

L'amour de Dieu est un sentiment de reconnaissance pour l'auteur de tout bien, d'admiration pour
l'auteur de toute perfection, et de docilité pour
l'auteur de toute sagesse.

Il est celui de nos sentiments qui peut avoir le
plus de force, qui comporte le plus de pureté et qui
nous donne le plus de bonheur.

Car, on ne peut aimer d'un amour infini que celui qui est parfait; on ne peut aimer avec une entière pureté que celui qui ne tient en rien à notre
nature ; on ne peut attendre un bonheur véritable
que de la seule affection qui ne trompe jamais.

L'amour de Dieu implique l'amour de la vertu,
qui seule peut lui plaire, et l'amour des autres
hommes qui, comme nous, sont ses enfants.

D'où il faut conclure que le plus beau des sentiments qui puisse animer le cœur de l'homme, c'est
l'amour de Dieu

Quels sont les moyens de le faire naître et de le
développer?

Le principe de l'amour de Dieu, c'est la pureté
du cœur; on s'attache à lui à mesure qu'on a moins

de raison de le craindre, à mesure qu'on lui ressemble davantage, à mesure qu'on fait pour lui
plus de sacrifices ; l'affection qu'on a pour Dieu est
soumise à la loi qui régit toutes les affections possibles; elle se fortifie par la souffrance.

Le corps entier de l'histoire témoigne de la puissance de ce sentiment ; on lui doit ce qui a été
pensé de plus sublime, ce qui a été fait de plus
beau, ce qui a été exécuté de plus grand ; la poésie
n'a atteint toute son élévation que quand elle a
pris un caractère religieux, comme dans les livres
saints, comme dans *le Paradis* de Milton, comme
dans *le Polieucte* de Corneille, comme *l'Athalie* de
Racine ; l'éloquence n'a eu toute sa force que dans
la bouche des orateurs chrétiens, dans la bouche
des Pascal, des Bossuet, des Bourdaloue et des
Massillon ? Où trouver, dans les histoires profanes,
des traits d'héroïsme comparables à ceux que nous
présente l'histoire des premiers chrétiens, et même
de toute l'église? Où sont les chefs-d'œuvre des
arts, qui surpassent, dans la peinture, les tableaux
qui décorent nos temples? dans l'architecture, nos
vieilles cathédrales? en fait de musique, les productions de la musique sacrée? La religion élève, à
sa hauteur, les choses qu'elle crée et les hommes
qu'elle inspire.

FIN.

TABLE DES MATIÈRES.

PREMIER VOLUME.

	Pages
Préface.	v
De la nature de l'Homme.	1
De la nature de l'Eloquence.	15
De l'Eloquence des Passions ou du Pathétique.	17
Des formes de Style qui conviennent mieux que d'autres à l'expression du Pathétique.	18

Affections primitives.

Du Sentiment en général.	62
De la Douleur.	67
Du Bonheur.	72
De la Bienveillance.	75
De la Haine.	77
De l'Amour du Bonheur.	82
De l'Amour de la Vie.	89
Du Dégoût de la Vie.	97

Affections domestiques.

De la Piété filiale.	100
De l'Amitié fraternelle.	103
De l'Amour paternel.	114
De l'Amour maternel.	128
De l'Amour conjugal.	142
De l'Amour des Serviteurs pour leurs Maîtres et des Maîtres pour leurs Serviteurs.	169

Affections sociales.

De l'Amour du Sol natal.	171
De la Sympathie de l'Homme pour l'Homme.	190
De l'Instinct de Sociabilité.	195

16.

	Pages
Du Besoin d'Estime.	198
Du Sentiment de l'Honneur	200
De l'Amour de la Gloire.	204
De l'Amour du Pouvoir.	217
De l'Amour des Honneurs.	241
De l'Amour de la Liberté.	246
De l'Amour de la Patrie.	271
De l'Amour du Prince.	291

Affections humaines qui tiennent au principe
intellectuel.

De l'Instinct de Curiosité.	302
De l'Amour de la Science.	306
De l'Amour du Vrai.	316
Du Fanatisme.	322

DEUXIÈME VOLUME.

De l'Amour du Beau intellectuel.	1
De l'Amour de la Musique.	28
De l'Enthousiasme.	39
De l'Imagination.	64
De l'Amour du Merveilleux.	75
De l'Amour du Jeu.	77

Affections humaines qui tiennent au principe de la
sensibilité morale.

De la Pitié.	79
De la Bonté.	103
De la Reconnaissance.	111
De l'Amitié.	115
De la Sensibilité.	129
De l'Amour.	132
De la Jalousie.	155
De l'Inconstance.	161
De la Mélancolie.	168

De l'Amour des Souvenirs. 190
De l'Amour de la Solitude. 193

Des Affections qui tiennent au principe de la volonté.

De l'Amour de la Sincérité. 197
De la Fierté. 199
De l'Amour du Péril. 217
De l'Instinct de Lâcheté. 220
Du Courage. 223

Des Vices qui tiennent au principe intellectuel.

De l'Orgueil. 244
De la Vanité. 257
De l'Amour de la Flatterie. 263
De l'Instinct de Malice. 264

Des Vices qui tiennent au principe physique.

De la Terreur. 267
De l'Avarice. 270
De la Paresse. 274
De la Gourmandise. 276

Des Vices qui tiennent au principe de la sensibilité morale.

De L'Envie. 281
De la Colère. 283
De la Vengeance. 292
De l'Instinct du Mal. 299
Du Remords. 305

Des Vertus qui tiennent au principe intellectuel.

De l'Amour du Beau moral. 320
Du Repentir. 327
De la Foi. 329
De l'Humilité. 336

386   TABLE DES MATIÈRES.

                                                            Pages
De l'Amour de l'Obscurité.   337
De la Modestie.   340

Des Vertus qui tiennent au principe de la sensibilité morale.

Du Respect pour l'innocence.   342
De la Chasteté.   345
De la Pudeur.   348

Des Vertus qui tiennent au principe physique.

De la Patience.   351
De l'Amour du Travail.   360
De la Tempérance.   361

Des Vertus religieuses.

De l'Espérance.   362
De la Charité.   369
Amour de la Vertu.   373
De l'Amour de Dieu.   375

FIN DE LA TABLE DES MATIÈRES.

A VERSAILLES,

DE L'IMPRIMERIE DE KLEFER, PLACE D'ARMES, **17**,

Maison des Gondoles.

Imprimé en France
FROC031230010720
24394FR00011B/171

9 782329 414492